PHANTOM LADY
CORNELL WOOLRICH

幻影女子

◆ 康乃爾．伍立奇—著 ◆ 葉妍伶—譯

名家推薦

伍立奇緊緊抓住讀者胃口的手法真是高竿，結局也非常令人滿足。如鬼魅般出現的迷人女子、為友拋下工作奮力查案的友人、為真愛涉險的外遇對象、先把你抓起來後來想想不對你還是去找個人幫你申冤吧的警探，共同譜出緊張、懸疑、驚奇的生死大戲。緊張在於主角的死刑判決已經出爐，日子慢慢倒數可說是命懸一線；懸疑在於每每燃起希望的火花隨即被掐熄，線索全都是死路一條；驚奇在於你以為這是黑色電影式的犯罪小說，沒想到是一部充滿意外性的推理傑作。

——推理小說家　呂仁

這本小說開頭幾個字就是一片烏雲：「刑前第一百五十天」，不管是一百五十還是一千五百，刑前這兩字都讓人無法輕易鬆開眉頭，康乃爾．伍立奇讓這片不祥烏雲逐漸滲入我們的眼底心裡。如果你現在想不起最後一次說謊是什麼時候，記不清最後一次跟妻子說過的話，《幻影女子》證明記憶的曖昧、道德的曖昧竟然如此可怖，這些我們習於遺忘的曖昧有一天總會回頭勒緊你——而這是伍立奇幹的好事，他從小說第一句話就開始收緊你脖上的吊索。

——粉絲團「龍貓大王通信」主人　龍貓大王

他的文字猶如深夜中的尖叫聲穿透你。有時你希望能拋開這段記憶，但是你做不到。

——愛倫坡獎終身大師獎得主　桃樂絲・戴維斯（Dorothy Salisbury Davis）

康乃爾・伍立奇既發明也壟斷了犯罪小說中的一個子類型。這是一個將暴力與焦慮相結合的故事。

——《從黎明到衰頹》作者，西方文化史人師　雅克・巴森（Jacques Barzun）

致M飯店六〇五號房——
無盡感激（再也不用待在裡面了）

「我不答覆，也不會再回來。」
——約翰·英格爾

1　刑前第150天

傍晚六點

夜色清淺，他的涉世歷練也淺。只不過夜色正甜美，他卻乖戾得很。從幾碼之外就可以看出他繃著臉，表情很是鬱結陰沉。這種怒意不易消散，往往會持續悶燒個好幾小時。除了怒氣之外，你還可以感覺到他很難堪，周遭什麼事情都看不順眼。街景美好旖旎，只有他顯得刺眼扎人。

這是五月傍晚，該去約會的時間到了，整座城市裡三十歲以下的人有一半都在梳理頭髮、提款充實荷包，接著春風得意地去赴約。另一半的人，也不到三十歲，則是朝鼻子撲粉定妝後，穿上特別挑選的衣服，飄飄然前往同一地點。不管你往哪兒瞧，這兩種人都搭在一起了。每個街角、每間餐廳、每座酒館。藥局外面、飯店大廳裡、珠寶店大鐘下，每個地方都被攻占了。千篇一律的開場白不斷重播著，儘管老套，但每次聽到總是新的。「我到了，你等很久了嗎？」、「你穿這樣真好看，我們去那兒？」。

就是像這樣的傍晚，西側胭脂色的夕陽豔光四射，好像也要赴約，用幾顆星星當作鑽石別針，妝點夜色織成的禮服。霓虹燈開始沿著街景眨呀眨，朝路人拋媚眼。計程車嗚著喇叭，所有人都在同一時間前往同一地點。空氣不是空氣，而是化成一片霧的香檳，還帶了點科蒂香水味，一不設防就進了你的腦門，或是你的心裡。

他這時走來，皺著一張臭臉，破壞了和諧的街景。他大步經過時，旁人一定很納悶他到底為了什麼發脾氣。不是健康問題，能這樣步履穩健的人想必無病無痛。也不是經濟問題，他那身衣著看來隨性但絕不是便宜貨，不會只是為了撐派頭。年紀也不是問題，如果他已年過三十，那頂多才過幾個月，不會是過了好幾年。如果他的五官不要擠在一起，他應該沒什麼皺紋。你可以從他靠髮際線、臉部表情比較不明顯的地方，看得出他皮膚還不錯。

他繼續帶著積怒難消的表情大步往前走，嘴角往下垂，鼻子下方拉出長長的法令紋。大衣掛在手臂上，隨著他的步伐上下翻動。他的帽子戴得太後面，帽冠凹的地方也不對，好像往頭上一按就沒再調過位置了。幸好鞋跟是橡膠做的，否則他早就在人行道上踩出火花了。

他本來沒打算走進去。你可以從他突然止步的動作看出來。他臨時起意踩了緊急煞車，好像雙腳突然上銹，一時間動彈不得。若不是招牌在他經過時剛好亮了起來，他可能完全不會注意到這地方，跟天竺葵一般紅的店招寫著「安森墨」，燈光染上了整條人行道，好像有人在街上潑了一整桶番茄醬。

他旋即轉身，看起來就是衝動的決定，然後闖了進去。室內空間呈狹長型，天花板低矮，約比街道矮個三、四階。這裡不大，而且這時候人也不多，看起來很適合暫歇一下、小憩一番。微暗的燈光向上打。角落的桌椅安排成半包廂陳設，沿著兩面牆排列。他沒多看那些座位，直接走向半圓形的吧檯，從後牆面對著門口。他沒看吧檯坐了哪些人、或者有沒有人，直接就把大衣放在一張高腳椅上，帽子疊上去，然後坐進旁邊的高腳椅。這態度表示他可能一坐就是一整晚。

他低著頭，眼神往下望，白外套的模糊影子進入他的視線，他聽到那人說：「晚安，您要喝點什麼？」

「威士忌。」他說。「外加一杯水，多小杯我都無所謂。」

那杯水他完全沒動，酒杯已經空了。

他坐下來的時候，一定無意間瞄見了右手邊有碗小餅乾或下酒的零食。他看都沒看就伸出手，他的手沒摸到餅乾，倒是摸到了一隻溫潤柔膩的纖手。那手迅速抽了一下。

他猛一轉頭，放開手，先來後到要有規矩。「抱歉。」他咕噥著。「妳先請。」

他又回頭繼續想自己的事情。當他再次轉頭、看她第二眼時，他的眼神卻無法離開了。他直盯著她瞧，但陰鬱、煩燥的心情依舊。

她全身上下最不尋常之處，就是那頂帽子。像極了一顆南瓜，不只是形狀、大小，連顏色都一樣。火焰般的橙色，鮮豔到幾乎刺眼，彷彿點亮了整間酒吧，就像低垂的花園派對燈籠。帽子正中心有一根長長細細的公雞羽毛，像昆蟲觸角一樣突出來。敢搭配這種顏色的女人恐怕不到千分之一。她不但敢，還穿出了氣勢。她的模樣令人吃驚，是驚艷，不是驚嚇。她的衣著則低調不搶色，靜默的黑，在那如發光燈塔的帽子下顯得黯淡。或許這帶有一種解放的意味。或許她要傳遞的訊息是：「當我戴上這頂帽子了，你們就給我注意了！我沒有極限！」

同時，她啃著小脆餅，裝作不知道他掃視的眼神。當她終於吃完，才表現出她注意到了。他走下自己的椅子，靠過來，站在她身旁。

她微微歪著頭，一副洗耳恭聽的樣子，好像在對他說：「我不會阻止你，想說就說吧。

至於我會不會聽你說完，就看你要說什麼事了。」

他要說的事相當明白精練。「妳今晚有計畫嗎？」

「有。也可以說沒有。」她的回答很有禮貌，卻不像是鼓勵他說下去。她沒有露出笑容，也沒有要接話的意思。她很懂得呈現自己——不管要她做什麼，她可不隨便。

他也不是隨便的人。他繼續說下去，這回口氣顯得冷淡拘謹。「如果妳已經有安排，請直說。我不會打擾妳。」

「你沒有打擾我——至少目前沒有。」她的意思表達得很清楚；我還沒做出決定。

他瞄了吧檯上方的時鐘一眼，那鐘正對著他們兩人。「聽我說，現在是六點十分。」

她也看了一眼。「確實是。」她只單純同意這件事。

他拿出皮夾，同時從夾層裡取出一只長方形小信封。他打開信封，抽出兩張緋紅色硬紙卡，再攤開來。「今晚賭場劇院有表演，我有兩個上好的座位，最前排，靠走道。願意和我一起去嗎？」

「你很直接。」她的眼神從票券移到他的臉上。

「我得直接一點。」他又繃著臉皺著眉。他甚至看都沒看她，只帶著恨意盯著那兩張票。「如果妳已經有安排，請直說，我就找其他人和我一起去。」

她眼中閃過一絲興趣。「這兩張無論如何一定要用掉？」

「這是原則問題。」怒火不滅。

「別人可能會以為，這麼說吧，你這是種拙劣的搭訕方法。」她讓他明白。「我之所以不這麼想，是因為你實在太唐突、太直率了，實情應該就是你說的那樣。」

「這不是搭訕。」他的表情線條還是一樣深刻。

這時，她的身體已經稍微轉向他了。她接受邀請的方法就是說：「我一直都很想做類似的事情，不妨趁現在。這種機會未來可能就碰不到了——至少沒那麼真誠。」

他扶她下高腳椅。「我們要不要先有個君子之約？這樣表演結束後也比較單純。」

「那要看你約定的內容是什麼。」

「我們只是今晚的伴，兩個人一起用餐、一起看表演。不需要知道對方的名字和住處，不需要個人資訊和細節，只是——」

她接下去說：「兩個人一起用餐、一起看表演，陪伴一個晚上。我想這很合理，事實上我們也很需要這樣的約定，我了解。我們就這麼做吧，省得尷尬，也不必撒謊。」她伸出手，他們迅速握了握。她首度露出微笑，很迷人的微笑，內斂，不太甜。

他揮手請酒保過來，想要結兩個人的帳。

「我這杯在你進來之前就付掉了。」她對他說，「我只是慢慢喝。」

酒保從外套口袋拿出小記事本，用鉛筆在第一頁寫下「威士忌一杯——六十」，撕下來之後遞給他。

他發現每張單子都有編號，酒保在上方畫了個大大的、突出的黑色數字十三。他扮了個苦臉，依照金額付費，把單子交給酒保，便轉身跟著她走出去。

她比他先走到門口。他們經過時，有個女孩和約會對象坐在牆邊的雅座，忍不住探出頭來看那頂光芒四射的帽子。他走在後面，正好捕捉到了女孩好奇的眼神。

一到外頭，她轉身面對他，疑惑地說：「接下來呢？」

他指著前面在排班的計程車。這時有一輛計程車經過，看到他的手勢就打算切進來搶生意，但第一輛計程車趕緊往前滑行，不讓那一輛得逞。兩輛車的擋泥板稍微刮了一下，不免互相叫罵一陣。等搶客之戰結束，第一位司機冷靜下來要賺錢的時候，她已經坐進去了。

他站在駕駛座外報上地點。「白屋餐廳。」然後才坐進後座。

車內燈亮著，他們便任由燈持續發光，或許是因為關燈通常暗示著親密接觸，他們兩人都不覺得這時適合關燈。

此刻，他聽到她放鬆地嘆口氣，順著她的視線望過去，他相當客氣拘謹地露出笑容。計程車司機登記證上的相片往往都不好看，但這張太像漫畫了，雙耳招風、下巴短淺、雙眼暴凸。他的名字則簡短好記：艾爾・艾爾普。

他記在心裡，不過馬上又忘了。

白屋是最適合帶情人約會用餐的地方，並以精緻佳餚聞名。這種餐廳通常很安靜，每個人都在仔細品味口中食物，就連最忙碌的時段也是。美食是饕客前來唯一的目的，不准任何音樂或噪音打擾。

她在玄關處跟他暫別。「可不可以給我幾分鐘修補時間的痕跡？你先進去坐，別等我，我會去找你。」

當化妝室的大門敞開迎接她時，他看到她的雙手撫上了那頂帽子，好像打算拿下來。她的動作還沒結束，門就關上了。他這時才明白，或許她這麼做是想要低調一點。她之所以暫時離開他，是為了把帽子拿下來，在他之後單獨走進餐廳，不要引起太多人注意。

領班在餐廳入口招呼他。「先生，一位嗎？」

「不，我訂了兩個人的位子。」他報出名字。「史考特·韓德森。」

領班在訂位清單上找到了他的名字。「啊，沒錯，」他瞥向這顧客的身後。「韓德森先生今晚單獨用餐嗎？」

「不。」韓德森不置可否。

四下望去只有那張餐桌空著。那位置很隱密，嵌在兩根柱子中間，只有從前方走來的人才看得到他們，其他用餐顧客都看不到。

當她出現在餐廳入口時，帽子已經拿下來了，他沒料到那頂帽子的效果這麼強烈。她現在毫不起眼，光芒全失，她的性格都崩塌了。她只是個棕髮黑衣女子，混雜在背景裡，如此而已。不是宜室宜家那一型，不是甜美可人那一型，不高　纖長，不小巧可愛，不時尚，不邋遢，不屬於任何一種類型。她就是個平庸的女人，毫無光彩，簡直就是路人。普通、平凡的芸芸眾生之一。

就算有人轉過頭看她也不會超過一眼，看完之後也不會有任何印象。

領班正在拌沙拉，沒時間招呼她。韓德森站起來讓她知道他在哪，他發現她沒有直接穿越餐廳直直朝他走來，而是從兩邊繞過來，雖然路徑比較長，但是完全不引人注意。

她把那頂帽子放在第三張餐椅上，一臂之遙，再覆上餐巾，或許是怕沾上食物汙漬。

「你常來嗎？」她問。

他刻意沒聽見她說話。

「抱歉，」她口氣一緩，「這算是個人隱私。」

負責他們這桌的服務生下巴有顆痣。他沒辦法不注意。

他沒問她意見就點了兩人份的晚餐，她仔細聽著，在他吩咐完後讚許地看了他一眼。

接下來，兩人的對話相當困難。她能選擇的話題不多，況且他的心情還那麼沉重。他和大部分男人一樣，把暖場的工作交給她，自己有一搭沒一搭地回著，雖然他佯裝在對話，其實心思多半飄到其他地方去了。他時不時會把思緒拉回來，但那簡直是一種精神摔角，他得很努力才不會顯得太失禮。

「妳不想脫掉手套嗎？」他問起。黑色的手套就和她全身上下的衣著一樣，只有那頂帽子除外。喝雞尾酒或濃湯時戴著手套還不算奇怪，但這時她正拿叉子擠壓鰈魚旁邊的檸檬。

她迅速脫下右手手套，左手手套還戴了一陣子，好像不打算脫下來，不過最後像是放棄無謂的掙扎般，她還是把左手手套也脫了。

他刻意不去瞄那枚婚戒，眼神落在遠處其他東西上，不過他知道，她發現他看到了。她很健談，不必費心經營話題。她也很機伶，不會挑些無聊、陳腐、瑣碎的話題。他們聊天氣、時事、桌上的美食。

「那個狂野的南美歌手夢杜莎，我們今晚就是要看她的表演。我第一次看她表演大概是一年前，她那時候講英語幾乎沒有口音。現在，她都在這裡表演，為了強調她的南美來歷，英語反而退步了，我看再表演個一季，她就回到純西班牙語了。」

他露出三分之一的淺笑。她見多識廣，他觀察得出來。只有見識夠多的人才能做出她今晚做的事，而且不會搞得一團亂。她很中庸，有禮貌又不輕率。話說回來，如果她稍微逾越分寸，或許會給他留下更深的印象、更正面的記憶。假設她教養沒那麼好，她可能會比較三八、比較潑辣、比較像暴發戶。如果教養更好一點，她可能會更舌燦蓮花——那也會留下深刻的印象。她不屬於這兩種極端，比這兩種極端都好。

晚餐快結束時，他發現她在研究他的領帶。他好奇地低頭看了一眼。「顏色不對嗎？」他想知道問題出在哪。這是素色領帶，沒有圖案。

「不，挺好的，單獨來看。」她馬上安慰他。「只不過，和衣服不搭——只有領帶和你這身衣著搭不起來。對不起，我不是有意批評。」她做出結論。

他又低頭看了一眼，帶著不經意的好奇，好像這時才注意到自己選了哪一條。就連自己都很驚訝竟然是這條領帶。她點出了配色衝突，他便把胸前口袋的手帕往下塞一點，降低撞色的衝突感。

他點了兩支菸，兩人慢慢啜著白蘭地，最後才離開。

當她站在玄關全身鏡前戴回帽子時，她又活了過來，她又有了個性。他不禁想著，這帽子真是她的造型神器。就像打開水晶吊燈的開關通了電流一樣。

魁梧的劇場門房身高約六呎四吋，在計程車停下來時替他們開門，當那頂帽子從他眼皮下方迅速經過時，他的雙眼像卡通人物一樣，差點要掉出來。他的白色鬍鬚像海象一樣，活脫脫就是《紐約客》雜誌裡的漫畫人物。她下車時與他擦身而過，他暴凸的雙眼跟著帽子從右方溜向左方。韓德森留神默默看著這兩人的無聲喜劇，以為自己一會就忘了。好像任何事都忘得了一樣。

劇場大廳空無一人，顯見他們來得多遲。就連門口驗票員都不在位子上。舞臺燈光下有個無名的身影，可能是負責通知大家進場的員工，他替他們開了門，拿手電筒看了他們的票券，然後領他們循走道而下，沿著地上一排小燈走。

他們的座位在第一排。太前面了。舞臺是一陣灼眼的橘光，過了一會他們的雙眼才適應眼前的景象。他們耐心地坐著看滑稽劇一幕幕變化。她偶爾露出微笑，有時甚至爆出笑聲。他頂多擠出勉強的笑容，好像覺得不笑不得體。聲音、顏色、燈光愈來愈強，最後布幕落下，結束了上半場。

中場休息，燈亮了。四周觀眾紛紛起身往外走。

「要出去抽菸嗎？」他問。

「我們留在這兒吧。我們沒像其他人坐了那麼久。」她把大衣領子拉起來，往後頸攏一攏。劇場內空氣已經很悶了，他猜想她這麼做，應該是盡量別讓其他人看見她的側臉。

「看到認識的人了嗎？」她悄聲說，帶著一抹微笑。

他低頭才注意到自己的指頭一直忙著折起節目單每一頁的右上角，從第一頁到最後一頁。整本節目單都折過了，每一頁右上角都有個後折的小三角形。「我每次都這樣，這毛躁的習慣已經跟著我好多年了。有的人是塗鴉，我則是折頁。但我當下都不曉得。」

舞臺下方樂團進場的門開了，樂手一一就座，準備開始下半場。鼓手最靠近他們，只隔著一道扶手。他看起來像隻老鼠，一副十年來都沒有呼吸過新鮮空氣的樣子。顴骨周圍的臉皮繃得很緊，頭髮貼在頭皮上油膩發亮，像是一頂溼答答的浴帽，正中央還有一條白色的縫線。他的鬍鬚好細好小，簡直像是髒東西從鼻孔流出來。

他剛開始沒望向觀眾，只忙著調整座椅，不知道在拉緊什麼或是在調音。不過當他一忙完，稍微放空，就馬上注意到她和她的帽子。

那一眼不知道讓他怎麼了，那張無趣蠢笨的臉瞬間凍結，像是催眠或著魔了一樣。他微微張口，像一條魚，嘴巴一直開著。他時不時提醒自己不要盯著她，但她已經停在他心上，他就算別開眼神也無法忍很久，雙眼總會再飄回她身上。

韓德森留意了一陣子，帶著一種事不關己卻甚感幽默的好奇心。終於，他發覺鼓手的眼神開始讓她不自在，決定出手阻止，他惡狠狠地瞪了一眼，讓鼓手的眼神盯在譜架上，再也不亂瞟。不過你可以看得出來，即便轉過頭去，他還是一直想著她，因為他的頸子很僵硬也很刻意。

「我好像很惹人注目。」她憋著笑意。

「厲害的鼓手就這樣把一個晚上給毀了。」他表示同意。

人群陸續回到觀眾席，燈光一暗，觀眾就座，第二場的序曲便開始了。他繼續折他的節目單。

下半場進行到一半，樂聲漸揚，美式管弦樂團放下樂器，筒鼓與手搖鼓的異國曲風取而代之迎接主秀，南美歌手艾思黛拉．夢杜莎登場了。

他還沒有發現任何異狀，就被他的伴推了一下。他不明所以地看了她一眼，然後又看向舞臺。

他的男性觀察力還沒發揮功能之前，這兩個女人已經變成死對頭了。一句低沉隱密的話鑽進他耳裡。「看看她的臉，幸好舞臺腳邊有燈光，否則她一定會殺了我。」

舞臺上那雙靈動的黑色眼睛中明顯透露出敵意，在那燦爛的笑容上方是完全一模一樣的頭飾，就和第一排座位上他的女伴同款，他們坐那個位子歌手不可能沒注意到。

「現在我知道他們這身特殊裝扮的靈感打哪來了。」她咬牙低聲說。

「幹麼這麼酸？我想她應該覺得有人模仿是一種恭維。」

「男人不會懂的。你可以偷我的首飾、可以偷我的金牙，但不可以偷我的帽飾。最重要的是，這帽子是她表演的特色，是她的招牌。或許被抄襲了，我不覺得她曾經允許別——」

「我想這是剽竊的行為。」他興致盎然地看著，甚至有點忘我。

她的演出很純粹，就像所有真正的藝術。有時候遺忘也是很純粹的行為。她以西班牙語演唱，不過歌詞並不複雜，盡是「小妞、小妞、蹦蹦、小妞、小妞、蹦蹦」不斷重複。同時她的雙眼不斷看向兩側，每一步都用力擺臀，將身側小花籃裡的花束拋向觀眾席裡的女性。

唱完第二遍的時候，前兩、三排的女性觀眾都接到花了，明顯只有韓德森的伴除外。

「她故意排擠我，就是因為那頂帽子。」她信誓旦旦地悄聲說。事實上，每一次舞臺上這個踩著高跟鞋賣力演出的歌手經過他們的絕佳座位時，都會刻意繞過去，她會不爽地轉個身，在經過時任那身像保險絲電流一樣的晚禮服強光閃爍。

「你看看我怎麼對付她。」她屏住呼吸，只說給他聽。她扣緊雙手，支著下顎，像個老虎鉗。

她的暗示完全被忽略。

她把手臂略向前伸，約半條胳臂的距離，藉以吸引目光。

舞臺上的雙眼瞇了一會，然後又恢復自然的表情，望向其他觀眾。

韓德森的伴突然用力彈手指，聲音響得蓋過了音樂。那對眼睛又轉回來，怒視這打擾演出的人。又拋出花朵，但還是沒給她。

「我從來不認輸。」他聽到她固執地咕噥著。他還沒搞清楚她的意思，她已經站了起來，站在她的座位上笑盈盈地，等對方正眼回應。

那一瞬間，兩個女人之間很僵。不過她有不公平的優勢。臺上的歌手雖然一直被這位觀眾挑釁，但為了所有觀眾，她還是得保持甜美迷人。

韓德森的伴站起來之後，產生了意料之外的結果。歌手走向舞臺另一端時，聚光燈也一路跟著表演動線走，卻低低劃過臺下第一排她的頭頸，偏偏她是全場唯一站著聽表演的人，還站在樂團前方。結果每個人都注意到兩人的帽飾竟如此相似。觀眾開始議論紛紛，往外擴散，就像平靜的水面被落石掀起了漣漪。

歌手投降了，而且投降得很快，避免大家繼續比較她們的裝扮。她像是被勒索般拋出了花束，優雅的曲線劃過燈光。歌手在臺上略微蹙眉噘嘴，想掩飾之前刻意忽略她的行為。「哦，我剛剛沒給妳嗎？真抱歉，我不是故意的。」不過她皮笑肉不笑，那表情後面還是帶著欲置人於死的怒意。

韓德森的伴迅速接過花束，雙脣勾起親切和藹的線條後坐回座位上，只有他才聽得到她口中說出：「謝謝嘍，妳這個小心眼的拉丁妹！」他感覺喉頭一嗆。

氣勢大減的歌手慢慢踏著碎步回到舞臺側邊，音樂漸消，就像漸行漸遠的車輪。女歌手一到舞臺側邊，他們便看到短暫的武打戲碼，儘管全場觀眾仍歡聲雷動。有個穿襯衫的男子，應該是舞臺經理，他以粗壯的手臂阻擋歌手再度衝上臺去。顯然她若要回到臺上，不只是為了謝幕。他熊抱著她，把她的雙手壓在身體側邊，她的手握成拳頭，不斷抽動著想給臺下那女人一點教訓。接下來舞臺一黑，另一首曲子又開始了。

落幕後，他們起身離開，他把節目單扔在座位上。「做個紀念。」她說。

沒想到她彎腰撿了起來，疊在她仍保留的節目單上。

「我沒想到妳這麼感性。」他沿走道順著緩慢移動的人群向前。

「說起來也不算感性，只不過——我有時候很佩服自己這麼衝動，這些小東西可以提醒我。」

衝動？因為她從來沒見過他就答應陪伴他一個晚上嗎？他聳聳肩——只是想像，沒真的做出動作。

大家在門口搶計程車，一團混亂，這時發生了一段不幸的小插曲。他們都已經招到計程車、準備坐進去時，一個盲眼的乞丐靠近她，無聲地討錢，捧著杯子推向她。她手上的菸已經點著了，這時不知是被乞丐還是旁人一推，不偏不倚落進杯中。韓德森看見香菸掉進去，她卻沒有。他還來不及阻止，那乞丐以為是錢往杯中一掏，結果痛得立刻把手收回來。

韓德森馬上把還在燃燒的香菸撿出來，然後放了一元紙鈔進去賠償他。「對不起，老兄，那不是故意的。」他低聲解釋，發現那乞丐還可憐地朝燙傷的手指吹氣，他又再放了一張紙鈔，因為那乞丐大有可能誤會她刻意欺負盲人，但韓德森看她一眼就知道她絕非故意。

她跟著他坐進計程車，車子便往前行。「是不是很可憐？」她只這麼說。

他還沒告訴計程車司機要開去哪。

「現在幾點了？」她這時問。

「快十一點四十五。」

「不如回去安森墨，我們第一次見面的地方，喝今晚最後一杯酒，然後就此道別。你走你的路，我走我的。我喜歡完整的一個圓。」

圓通常是空心的，他這麼想，不過這時講這個似乎很掃興，所以他沒說出口。

酒吧在他們抵達時人聲鼎沸，比傍晚六點熱鬧多了。不過他還是在吧檯末端替她找到了一張空位，他靠牆站在她身旁。

「那麼，」她端起酒杯，離吧檯一吋高，試探地看著酒杯，「再見了，很高興遇見你。」

「妳這麼說真客氣。」

他一飲而盡，她只喝了一小口。「我會在這兒待一會，」她的口氣像是要打發他。她朝他伸出手。「晚安了——祝你好運。」他們輕輕握了握手，就像今晚剛結識的朋友。就在他準備轉身離開時，她瞇著雙眼看他，好像要給他什麼忠告。「你既然氣已經消了，何不回去彌補她？」

他驚訝地看了她一眼。

「我整個晚上都曉得。」她靜靜地說。

那話說完，他們就分別了。他往門口走，她繼續飲著她的酒。這齣戲結束了。

他走到門口時回頭望了一眼，他還能看到她坐在那裡，就在彎曲吧檯的末端靠近牆壁的位子，孤單地低著頭，或許撥弄著吸管。有兩個人站在吧檯轉角處，可以從他們的肩膀縫隙微微看到那頂亮橘色帽子。

那是他最後的印象，香菸煙霧瀰漫與人影疊疊的空間裡，隱約見得到那頂帽子的橘影，就在他身後，像一場夢，不真實且從來沒發生過的夢。

2　刑前第150天

午夜

十分鐘後，他家離酒吧才距離八個路口——兩條直線，直走過七個路口後左轉——他在轉角的公寓前下計程車。

他把車資找剩的零錢放進口袋，用鑰匙打開前門走進去。大廳裡有個男子在等人。他站著，有點無所事事地來回踱步，從這裡走到那裡，又走到別的地方，和所有在大廳等待的男人一樣。他不是住戶，韓德森從沒見過他。他不是在等車子來接，若是等車的話會開大廳指示燈，應該是樓上沒動靜。

韓德森沒多看一眼就經過他身邊，按下電梯按鈕。那人發現了牆上的畫，過分認真地欣賞。他背對韓德森，其實他有點刻意裝作不曉得大廳裡有人，不過太假了。

韓德森推定，他一定很心虛。那幅畫根本不必看得那麼投入。他一定是在等人下樓，一個他沒資格陪伴的人。

韓德森心想，他憑什麼管那麼多？關他什麼事？

電梯到了，他走進去，沉重的黃銅電梯門自動關上。他按下六樓，最高樓層。從電梯的菱形玻璃窗往外看，大廳逐漸往下沉，就在要消失之前，他看到那個看畫的人，顯然是沒耐心繼續等他約會的對象了，那人離開畫前，快步走向控制板。不過這個小動作他根本沒放在心上。

他踏上六樓走廊，摸索著鑰匙。走廊很安靜，周圍完全沒聲音，只有他找鑰匙的時候聽到銅板在口袋裡叮咚作響。

他把鑰匙插進自家大門，然後開了門。室內沒有燈光，另一端也是完全暗的。他一見狀，不知怎地猜忌心起，便從喉嚨深處發出輕蔑的聲音。

他點亮一盞燈，小巧整潔的玄關出現了，但這盞燈只照亮這個小區域，那拱型開口的後方仍是一片黑暗，什麼都看不到。

他關上大門，把帽子和大衣扔在椅子上。這股寂靜、這片黑暗似乎讓他很不高興。陰沉的表情又回到他臉上了。當他晚上六點一人在街上時，表情也是這麼陰沉鬱悶。

他對著黑暗喊出一個名字。「瑪榭拉！」命令般的口吻不是很友善。

黑暗中沒有回音。

他走進黑暗裡，用同樣嚴厲的使喚口吻。「夠了，別鬧了！妳明明醒著，妳以為妳在騙誰？我剛剛在街上還看到妳房間燈亮著。成熟一點，這麼做沒有用！」

寂靜中沒有回音。

他在黑暗中走對角線，朝牆邊某處走去，顯然他很清楚動線。他這時比較像在發牢騷，聲音沒那麼尖銳了。「我回來之前，妳明明就還醒著！妳一聽到我回來就睡了！這是在逃避問題！」

他伸直手臂摸索著，還沒摸到任何東西燈就開了。突然湧入的光線讓他嚇了一跳，光線來得太急，他還沒準備好。

他沿著手臂的方向看過去，開關距離他的手指還有幾公分，根本還沒摸到。有隻手剛離開電燈開關，往牆邊滑。他的雙眼順著那袖子往上，看到一張男人的臉。

他吃驚地轉了半圈，那裡還站了另一個人。他又轉了半圈，完全背對剛剛的方向，那裡站了第三個人，就在他身後。這三個人面無表情，不動聲色像雕像一樣，把他圍成了半圓。

這三個安靜的幽靈讓他太震驚了，他狐疑地環顧四周，想找到方向，想找到熟悉的物品，想確認自己有沒有走錯地方，他真的是走回自己家嗎？

他的雙眼落在牆邊桌上那土耳其藍的燈座上，這是他的東西。他又看到牆角低矮的椅凳，那也是他的東西。書櫃上的對開相框，一邊是嘟著嘴、張著大眼、一頭捲髮的漂亮女子，另一邊是他的臉。

那兩張臉朝不同的方向，互不關心，視線沒有交集。

所以這是他家沒錯。

他們三個似乎永遠都不會說話，他只好先開口。他們似乎打算站在那裡瞪他一整晚。

「你們幾個人在我家幹麼？」他厲聲問。

他們沒回答。

「你們是誰？」

他們沒回答。

「你們想要幹麼？你們怎麼進來的？」他又喊了她的名字。這次喊她則很像是要她解釋他們怎麼會出現在這裡。他轉頭過去面對一扇門，但那門聞聲不動，依然神祕兮兮、不明所以地關著。

有人說話了。他的頭猛地轉過去。「你是史考特．韓德森嗎？」他們把半圓縮小了些。

「對，那是我的名字。」他繼續看著那道緊閉的門。「發生什麼事？怎麼了嗎？」

他們繼續問問題，不打算回答他的提問，簡直讓他抓狂。「你住在這裡，對嗎？」

「我當然住在這！」

「你是瑪榭拉．韓德森的丈夫，對嗎？」

「對！聽著，我想知道這是怎麼回事。」

其中一人做了個手勢，他沒來得及理解那是什麼意思。等他會意過來已經遲了。

他想靠近那道門，卻發現他們其中之一擋在他面前。「她在哪？她出去了嗎？」

「她沒出門，韓德森先生。」其中一人靜靜地說。

「那麼，如果她在這，為什麼不出來？」他一生氣就大聲了起來。「講話啊，講點話啊！」

「韓德森先生，她沒辦法出來。」

「等一下，你剛剛給我看的那是什麼，警徽嗎？」

「韓德森先生，放輕鬆。」這四人的互動像是拙劣地跳著團體舞。

他稍微移動一下，他們就跟著他動，然後他往另一個方向挪移，他們又跟著他走。

「放輕鬆？但我想知道發生了什麼事！我們被搶了嗎？發生意外了嗎？她被車撞了嗎？手放開！讓我進去，可以嗎？」

但他們三雙手對他一雙。每次他掙脫其中一人，另外兩個就會揪住他別處。他馬上就激動到無法克制，接下來就要出拳了。安靜的房內只聽見四人侷促的呼吸。

「我住在這裡，這是我家！你們不可以這樣對我！你們有什麼權力不讓我進我太太的臥室——」

突然間，他們都鬆手了。中間那個人朝最靠近門口的那人做了個小動作，無奈又有點不情願地說：「好吧，喬，讓他進去。」

原本用力阻擋他的那條手臂忽然放下來，他開門的時候差點重心不穩，踉蹌了兩步才走進去。這裡布置精細，是個充滿巧思的空間，以藍色和銀色為主調，瀰漫著他熟悉的香氛。梳妝檯上的娃娃穿著藍紗蓬蓬裙，無助的大眼睛似乎飽含恐懼地看著他。兩根用來支撐藍色絲帳的水晶柱，其中一根橫倒在她膝上。兩張床，兩條藍色綢被，一條平整光滑如冰，另一條則裹著人藏在裡面。可能睡著了，或是生病了，從頭到腳包得緊緊的，只有頂端冒出一、兩撮捲髮，像古銅色的泡沫。

他走到一半停下腳步，臉色慘白。「她——她對自己做了什麼！噢，這個小笨蛋！」他恐懼地瞄過兩床之間的床頭桌，但那上面沒東西，沒有水杯或小藥瓶。

他頹喪地走向床邊，身子一低，撫著她的被子，揉著她圓潤的肩膀，不解地搖晃著。

「瑪榭拉，妳沒事吧——？」

他們跟在他之後穿過房門。他略微感覺到自己的一舉一動都在他們監視之下，他們不斷分析著他的行為。但他沒時間理他們，他只在乎她。

門口的三雙眼睛直盯著，看他摸索著藍色綢被。他掀起一角。

那瞬間恐怖驚駭、超越現實，足以在他心上留下一輩子的創傷。她笑盈盈地看著他。那死屍慘澹的笑容已完全靜止。她的頭髮在枕頭上披散開來。

警探的手伸過來阻止他。他往後一退，拖著腳步，一步步慢慢退。藍色綢被一蓋，她又消失在眼前。永遠離開了。

「我不希望發生這種事。」他聲音都裂了。「我沒想到會看見——」

那三雙眼睛互看對方，在心中默記下他的話。

他們帶他到另一個房間，引領他到沙發旁。他坐下來。其中一人回去關上門。

他安靜地坐下來，用一手蓋著眼睛，好像房內光線太強。他們似乎沒看著他。其中一人站到窗邊，沒特別注視哪裡。另一人站到小茶几旁，翻著雜誌。第三個人在他對面坐下，但沒看著他。他拿個小東西清指甲縫，專心的程度看起來好像此刻對他來說這是最重要的事。

韓德森此時把手放下來。他發現自己看著她的照片。他伸出手把對開相框給闔了起來。

那三雙眼睛用心電感應溝通了一回。

室內的寂靜彷彿讓天花板降了下來，壓得他們喘不過氣。終於，坐在他對面的人開口了。「我們得和你談一談。」

「你們可以再給我一分鐘嗎？拜託？」他一臉蒼白地說，「我實在太震驚——」

椅子上那人體諒地點點頭。窗邊那人繼續看著窗外。桌邊那人繼續翻著女性雜誌。

最後，韓德森揉揉眼角，好像想看得更清楚。他簡短地說：「好了，你們開始吧。」

剛開始的對話很隨意，不像詰問，根本不知道他們開始偵訊了沒。或者這只是一種技巧，讓他們能得到更多資訊。「韓德森先生，你今年幾歲？」

「三十二。」

「她的年紀？」

「二十九。」

「你們結婚多久了？」

「五年。」

「你的職業？」

「仲介業。」

「韓德森先生，你今晚幾點離開這裡的？」

「五點半到六點之間。」

「可以更清楚一點嗎？」

「我可以縮短範圍，沒問題，但我不知道門是幾點幾分關上的。嗯，大概是五點四十五到五十五分之間。我記得我走到街角時，正好聽到六點的鐘聲。下個街口有間小教堂。」

「了解，你當時吃過晚餐了嗎？」

「沒有。」他緊接著說。「沒，當時還沒。」

「那就表示你今晚在外面用餐嘍。」

「我今晚在外頭吃飯。」

「你獨自用餐嗎？」

「我在外面吃飯，沒跟我太太一起。」

桌邊那人已經把雜誌翻完了。窗邊那人對他失去興趣。坐在椅子上那個則是小心翼翼地接著問，好像怕冒犯他。「那麼，嗯，你很少不和太太一起吃飯，對吧？」

「我通常會和她一起。」

「好，既然你這麼說，你今晚是怎麼過的？」警探沒看他，望向他在菸灰缸彈下的一座菸灰。

「我們計畫今晚一起出去吃飯，結果她臨時說身體不舒服，說她頭痛——我就自己出門了。」

「有爭執嗎？」那問題幾乎聽不見，問得很若無其事。

韓德森同樣以若無其事的方式說：「稍微，你知道的。」

「當然。」那警探好像很清楚這種家中口角是怎麼回事。「但不嚴重，對吧？」

「絕對沒有嚴重到讓她做出這種事，如果這是你調查的方向。」他反問了一個問題，像是突然提高了警覺心。「話說回來，到底發生了什麼事？你們還沒告訴我。怎麼——？」

外門一開，他的話就停了。他歇斯底里地看著，直到那人關上臥室的門。他略微弓身，想要站起來。「他們要做什麼？他們是誰？他們在裡面做什麼？」

椅子上的那人走過來，把手按在韓德森的肩膀上，讓他坐回去。不過他其實沒多施力，那只是個安撫他的動作。

窗邊那人看過來說：「有點緊張是嗎，韓德森先生？」

一種屬於所有人類的本能和自尊逼得他說：「我要怎麼自在輕鬆？」他苦澀地指責，「我才剛回家，就發現我太太死在家裡。」

他說得有理。窗邊那人顯然點到為止。

臥室房門又開。他們的動作很笨拙不協調。韓德森的瞳孔放大，慢慢地巡著房門到玄關之間的短短距離。他的雙腳不自覺抖了起來。「不！不可以這樣！你看看他們在幹麼！像拖一袋馬鈴薯一樣！她那美麗的長髮竟然拖在地上，她那麼愛護——」

警探的手按住他，把他壓在原處。外門靜靜地關上了。臥室裡的香氣散出來，似乎在悄聲說：「記得嗎？記得你曾經愛過我嗎？記得嗎？」

這次他忽然頹坐，把臉埋在糾結的手掌裡。你可以聽到他的呼吸聲，看到他的太陽穴暴凸。他放下雙手後無助又意外地說：「我以為男人不掉淚——結果我剛剛就哭了。」

椅子上那人遞給他一根香菸，替他點燃。他的雙眼在火柴光芒下看起來很明亮，韓德森的雙眼。

不知是因為詰問被打斷，或是問不出更多資訊，他們就沒再繼續了。當他們又開始說話時，像是漫無目的的閒談，就像是在打發時間，沒事找事聊。

「韓德森先生，你很會穿搭。」椅子上那人突然注意到。

韓德森厭惡地看他一眼，沒答腔。

「你每一樣都搭配得很好。」

「穿搭就是一門藝術。」原本在翻雜誌的那個接話了。

「襪子、襯衫、口袋裡的手帕——」

「就除了那條領帶。」窗邊的人不同意。

「為什麼你們要在這種時候討論這種事？」韓德森困乏地抗議。

「應該配藍色領帶，不是嗎？每一件都是藍色的。那領帶讓你看起來很蠢。我不是時尚達人，但光看到這樣我就覺得——」他繼續天真地說，「你怎麼會把領帶這麼重要的配件給搞錯呢？其他衣著都那麼費心搭配了。你沒有藍色領帶嗎？」

韓德森差點要求他。「你現在要對我做什麼？你看不出來我沒辦法聊這麼瑣碎——」

他又問了一次，口氣和之前一樣平淡。「韓德森先生，你沒有藍色領帶嗎？」

韓德森撥著頭髮。「你想要把我逼瘋嗎？」他聲音很小，似乎不能忍受這種無關緊要的話題。「有，我有一條藍色領帶，應該在我的領帶架上。」

「那你在配衣服的時候，怎麼沒想到呢？任何人都會覺得配藍色領帶才合理。」那警探做了個手勢要他放低戒心。「除非，當然，你本來要配藍色領帶，但臨時改變主意，把領帶拿掉了，換上現在這條。」

韓德森說：「這有什麼差別？你幹麼一直問？」他提高音調。「我太太死了。我心裡很亂。我打哪個顏色的領帶到底有什麼差？」

警探繼續問，好像水滴不間斷地往下落。「你確定你原本不是打那一條，後來才改變心意？」

他按捺著脾氣。「對，我很確定，就掛在我的領帶架上。」

警探明白地說：「不，不在你的領帶架上。所以我才要問你。你知道你每一條領帶都垂在架上，一層一層就像魚骨頭一樣？我們找到了你的領帶架，就是你平常收納領帶的地方，我們看到架上有個空位。那個空位在最下面那層，也就是說，上面的領帶都還掛得好好的。所以你看，那條領帶從其他條下方抽出來，表示你一定有走到那裡，原本選了那一條，而不是從上層隨便抽取。現在我想不通的是，為什麼你都費心把那條從所有領帶下面抽出來了，卻改變心意打上你今天上班用的，結果根本配不上這身衣著？」

「我受夠了！」他嘟囔著。「我受不了了！我跟你說，你想講什麼就講清楚，要不就閉嘴！如果不在領帶架上，那會在哪裡？我沒打那條領帶！在哪裡？你知道的話就告訴我啊！

在哪裡究竟有什麼差別？」

「差多了，韓德森先生。」

他等了很久才繼續說下去，久到他還沒聽完便已經臉色慘白。

「就繫在你太太的頸子上。緊到要了她的命。緊到我們得用刀子割才能鬆開。」

3　刑前第149天

破曉

在問過一千個問題後，曙光鑽進窗子，讓室內看來稍微不同。儘管一切都沒變，人也沒變。現在看起來像是徹夜狂歡派對才剛結束。每個容器裡都有菸灰，很多器皿根本不是用來裝菸灰的。土耳其藍的檯燈還在，在黎明之中散發微光顯得有點突兀。照片也都還在，但影中人已不復存在。

他們的模樣和動作看起來都很像宿醉未消。沒穿大衣、沒戴帽子，衣領敞開。其中一人在浴室裡潑著冷水略整儀容，門沒關所以聽得到他漱口的聲音。另外兩個一直抽著菸，不斷走來走去。只有韓德森安靜地坐著。他整晚都坐在同一張沙發上。他覺得他好像已經坐了一輩子，永遠困在這房子裡，從來不知道其他地方是什麼樣子。

浴室裡的那個叫柏吉斯，他走到了門口，撥掉頭髮上的水珠，好像剛剛把整個頭都埋在水槽裡。「你的毛巾放哪裡？」他問韓德森，似乎這問題很稀鬆平常。

「我從來沒自己找過。」韓德森可憐兮兮地說，「她——我只要開口就有，我到今天都不知道毛巾收在哪。」

那警探無可奈何地四處張望，在門檻上直滴水。「那我可以拿窗簾來擦嗎？」

「可以。」韓德森有點同情他。

又開始了。正當他以為詰問已經全部結束時，一切又開始了。

「不只是兩張票而已。你為什麼一直要我們相信你們為了兩張票在吵架？」

他先抬起頭，發現看錯了人。他習慣對著人說話。但問他問題的不是這個人。

「因為事情就是這樣。整件事就是如此。我還能說什麼？你沒聽說過兩個人為了兩張票吵架嗎？你知道，爭執就是這麼雞毛蒜皮。」

另一人說：「少來了，韓德森，不要拖時間了。她是誰？」

「誰是誰？」

「噢，又來了。」問他問題的人一臉厭煩。「我們又要回到一、兩個小時前，今天凌晨四點就問過了，她是誰？」

韓德森疲倦地撥髮，無力地垂著頭。

柏吉斯從浴室走出來，邊走邊紮襯衫。他從口袋裡拿出手表戴回去，呆呆地看了一眼，然後漫無目標地踱到玄關。他一定是拿起了他家電話，這時聽到他出聲。「好了，提爾尼。」沒人理他，尤其是韓德森。他雖然眼睛張開著，但快要睡著了。

柏吉斯又踱了進來，好像他也不知道自己要做什麼。最後他走到窗前，稍微調整窗簾，讓更多光線進來。外頭窗檯上有一隻鳥，一副很懂事的樣子歪頭看他。他說：「韓德森，來一下，這是什麼鳥？」他看韓德森動也沒動就繼續說，「快來，免得牠飛走了。」好像這是全世界最重要的事情一樣。

韓德森起身走過去，站在他旁邊，背對整個房間。「麻雀。」他簡短地說。他看了柏吉斯一眼，好像是說：這不是你要的答案。

「我就知道是麻雀。」柏吉斯說，然後要他繼續往前看。「你家的景觀很優。」

「盡量看吧，景觀和鳥。」韓德森苦澀地說。

室內明顯安靜了下來，所有詰問都停止了。

韓德森轉過身，然後停在原處。沙發上有個女性，就在他原本坐的地方。她進來的時候完全無聲無息，連大門鉸鍊都沒發出聲音，她走路時衣褲也沒有任何沙沙聲。

那三個警探眼神犀利的程度，簡直像是要挖進他的臉孔裡，把每一層皮膚都剝下來。他內心一揪，外表依然保持鎮定。他表情有點僵硬，像紙板一樣，但他至少確定臉部肌肉都沒有動作。

她看著他，他也看著她。她很標緻，是盎格魯薩克遜人，甚至比盎格魯薩克遜人更正統。藍眼睛，太妃糖色的直髮俐落地劃過前額，駝色大衣披在肩上，雙臂沒穿進袖子裡。她沒戴帽子，不過提了個手提包，年紀很輕，應該還在相信愛情與男人的階段。又或許她一輩子都會相信愛情與男人，就是很理想主義的個性。你可以從她看他的方式判斷出來。從她的雙眼就可以看出她的內心正在焚香祈禱。

他舔了舔嘴脣，點點頭，但那幅度幾乎無法察覺，好像是對著一個見過面卻喊不出名字的人打招呼，或許他們從沒見過面，但他不想輕慢。

在那之後，他對她好像就沒興趣了。

柏吉斯一定是暗地裡做了什麼手勢，瞬間只剩他們兩個，其他人都離開了。

他想要打手勢，但來不及，駝色大衣凌空飛起，她已經不在衣服底下，大衣落在沙發一角。她飛撲到他懷裡。

他想閃開，於是往旁邊一站。「別這樣。小心，他們可能就想看到這個。他們搞不好在聽我們的每一句——」

「我沒什麼好怕的。」她勾起他的手臂輕輕晃。「你怕嗎？你怕嗎？你告訴我呀！」

「這六個小時我都在避免說出妳的名字。他們怎麼會把妳捲進來？他們怎麼知道妳？」他用力拍肩膀。「可惡！我寧願把我的右臂剁掉，也不要把妳給捲進來！」

「但我想要陪你，他們都困住你了。你還不夠了解我，是吧？」

她的吻讓他無法回答。他說：「妳第一次吻我的時候，還不知道我是不是——」

「不，我不知道，」她堅持地說，吐氣在他的臉頰上。「噢，我不可能錯得那麼離譜，沒人會看走眼，如果我錯了，那我的心應該要關進精神病院，但我的心可聰明了呢。」

「好，替我告訴妳的心：沒事的。」他哀傷地說，「我不恨瑪榭拉。我只是不夠愛她，沒辦法和她繼續走下去，如此而已。但我不可能殺了她。我沒辦法殺人，殺男人都無法了更何況——」

她把頭埋在他的胸口，說不出的感激。「你何必解釋這些？我見過流浪狗朝我們走過來時你的表情，或是載貨的馬兒停在街口——噢，現在不是告白的好時機，但你以為我為什麼愛著你？你該不會以為因為你長得俊帥吧，是嗎？還是因為你聰明？還是因為你瀟灑？」他帶著微笑繼續撫摸她的頭髮，這時停下手，吻著她的髮絲。「我愛的是你的內在，沒有人發現，只有我看得見。你那麼善良，你那麼棒——但這些都藏在你心裡，只讓我一個人知道，只讓我擁有。」

她終於抬起頭，雙眼盈淚。

「不要這麼做，」他溫柔地說，「我不值得。」

「值不值得我自己決定，你少潑我冷水。」她頂嘴。她不以為意地看著門口，臉上的光芒暗了一些。「他們呢？他們覺得——？」

「我想目前一半一半吧，否則他們不會把我困這麼久——他們是怎麼把妳拖進來的？」

「我六點收到你的訊息，就是我昨晚到家的時間。我最討厭不知道到底發生了什麼事就去睡覺，所以我忍到最後才回電到這裡給你，大概是十一點。警方那時候已經在這裡了，他們立刻派人過去找我談話。從那時候就一直有人在我身邊。」

「太好了，妳也整晚沒睡！」他憤恨地說。

「我也不想睡。你有麻煩了我怎麼睡得著？」她的手指撫過他的輪廓。「只有一件事最重要，其他都無所謂。一切都會水落石出的，一定會。他們一定有方法可以查出到底是誰下的手——你說了多少？」

「妳是說關於我們嗎？完全沒說，我就是不想講到妳。」

「搞不好就是糾結在這裡。他們可以感覺到你有所隱瞞。我已經陷進來了，你不覺得應該把他們該知道的都交代清楚嗎？我們沒什麼好怕的，也沒什麼好丟臉。你愈早講，這件事愈快調查清楚。他們或許從我的態度就已經猜到，我們已經踰越了分際──」

她話還沒說完，柏吉斯就回到房裡，像是找到證據般洋洋得意。當另外兩個跟著進來時，韓德森甚至看到他對他們眨眼睛。

「樓下有一輛車，可以帶妳回妳的住處，瑞齊曼小姐。」

韓德森走到他面前。「聽我說，你可不可以不要把瑞齊曼小姐捲進來？這不公平，她真的沒──」

「一切都看你，」柏吉斯對他說，「我們之所以會帶她過來，都是因為你讓我們覺得有必要提醒你──」

「我知道的一切、我能告訴你的一切，你都會曉得。」韓德森向他保證，「別讓她給記者纏上了，你們不必公開她的名字，把事情搞大。」

「只要你講的都是實情。」柏吉斯有所保留。

「都是實話。」他轉身面對她，比之前更溫柔地說，「凱蘿，妳先回家吧，去睡覺，別擔心，馬上就沒事了。」

她當著所有人面前吻他，好像無畏表現她對他的情感。「你會保持聯絡嗎？可以的話就打給我？如果可以的話，今天就打。」

柏吉斯和她走到門口，交代守在外頭的警察：「跟提爾尼說，不准任何人靠近這位小姐。不洩漏名字、不回答問題、不提供任何資訊。」

「謝謝，」韓德森等他走回來之後，鄭重致意，「你很值得信賴。」

警探不置可否地看了他一眼，坐下來，拿出筆記本，翻過兩、三頁密密麻麻的筆記後，畫了一條歪歪斜斜的線，然後翻到新的一頁。「我們開始吧？」他說。

「開始吧。」韓德森順從地說。

「你說你們有吵架，這是真的嗎？」

「是。」

「為了兩張票，是嗎？」

「為了兩張票和離婚的事情。是真的。」

「講到離婚了，你們之間交惡嗎？」

「不是交好或交惡的問題，而是根本沒感覺，你可以說是麻木了吧。我好一陣子之前就問她要不要離婚。她說她知道瑞齊曼小姐的事。我說了。我沒打算隱瞞。我本來就想好好處理。她不肯離婚。離家出走也行不通，我不想那麼做。我想娶瑞齊曼小姐。我們盡量避開彼此，但這生活簡直身處地獄。我受不了了。這真的有必要說明嗎？」

「有必要。」

「我前晚跟瑞齊曼小姐談過，她看得出來這件事讓我壓力很大。她說：『讓我試試，讓我來跟她談。』我沒答應。她說：『那你得再試一次，用不同的方式。理性地談，想辦法說服她。』雖然不願意，但我還是試了。我上班的時候打給她，訂了老地方的雙人晚餐，買了兩張表演票，第一排靠走道的位子。下班前我最要好的朋友約翰・隆巴邀我去參加告別派對，我還拒絕了，他接下來要去南美幾年，這是他出發前我們最後一次見面的機會。但我還是以晚餐為重。我會對她好，就算要了我的命。

「後來當我回到家，她什麼都沒準備，根本不打算和解。她喜歡現狀，打算維持現狀。我怒氣都上來了，我承認發了一頓火。她竟然忍到最後一分鐘，讓我去淋浴、換衣服，然後她就坐在那裡笑問：『你怎麼不帶她去呢？』她一直刺激我。『何必浪費錢呢？』於是我從這裡打電話給瑞齊曼小姐，就當著她的面。

「可是沒有用。她不在家。瑪榭拉笑到臉都歪了。她故意的。

「你知道，女人笑你的時候，都會讓你覺得自己像個白痴。我氣到沒法冷靜思考。我大喊說：『我現在就出去，邀見到的第一個女人代替妳！第一個有曲線、穿高跟鞋的，不管是誰！』然後我就戴上帽子，甩門出去了。」

他的聲音就像需要上發條的時鐘。「就這樣。我已經全部講完，沒法更清楚了，因為事實就是這樣，沒能再添加什麼。」

「那你離開之後，之前給我們的行蹤都是對的嗎？」柏吉斯問。

「是，只不過我不是一個人。我和別人一起。我跟她說我會找路人一起去吃飯、看表演，我真的這麼做，對方也答應了。我整個晚上都和她在一起，直到我回家前的十分鐘。」

「你幾點見到她的？抓個大略的時間。」

「離開這裡沒幾分鐘，我走進一間酒吧，在第五街那邊。我就是在那裡遇見她的——」他手指動了一下。「等等，我想起來了。我知道我幾點碰到她的。我們那時候一起看時鐘，因為我要給她看我的票。六點十分，一秒不差。」

柏吉斯的指甲劃過下唇。「哪一間酒吧？」

「我不記得了。招牌是紅色的，我現在只記得這些。」

「你可以證明你們六點十分在那裡嗎？」

「我剛剛就說我在那裡了。為什麼？這有什麼重要的？」

柏吉斯慢條斯理地說：「嗯，我可以誘導你，但我不幹那種事。就直接說了吧，你太太的死亡時間正是六點十分。她斷氣的時候，手表撞到梳妝檯，就剛好停在——」他看著筆記說，「六點——八分——十五秒。」他放下筆記。「現在呢，任何兩條腿的生物，或就算長了兩片翅膀，都沒辦法在一分鐘又四十秒之內從這裡到第五街。你只要證明你六點十分在那裡，這件事就結了。」

「我已經說了！我在那裡看了時鐘。」

「那不算證據，只是你的片面之詞。」

「那怎樣才算是證據？」

「要經過證實。」

「為什麼要由我舉證？我解釋得還不夠？」

「因為目前看來沒人有犯罪動機，除了你。你以為我們幹麼在這裡陪你坐一整夜？」

韓德森任雙臂垂到膝蓋上，最後嘆口氣說：「我懂了。」在他說完之後，寂靜盤旋在室內好一陣子，久久不散。

柏吉斯最後開口了。「你說你在酒吧遇到的這個女人，她可以證實你所說的時間嗎？」

「可以。她和我一起抬頭看時鐘。她一定記得。對，她可以。」

「好，那就這樣辦。假使你沒和她串供，加上她能證實你不在犯罪現場，就能消除我們的疑慮。她住哪？」

「我不知道。我們回到相識的原處——回到那間酒吧後，我就離開了。」

「嗯，那她叫什麼名字？」

「我不知道。我沒問，她也沒說。」

「連名字都不知道，沒有暱稱嗎？你和她在一起六個小時，你怎麼稱呼她？」

「『妳』。」他悶悶不樂地回答。

柏吉斯又拿出筆記本。「好吧，她長什麼樣子？我們自己去找她，把她帶來作證。」

漫長的等待。

「怎樣？」他終於說話。

每過一分鐘，韓德森的臉就更蒼白一分，他用力嚥下口水後說：「我的天，我說不出來！」他話都說不清楚了，「我完全不記得她，她消失了。」他無助地把手圈在面前。「或許我剛回到家的時候還可以告訴你，或許；但現在我完全想不起來了。從我到家以後發生了太多事。瑪榭拉意外死亡，然後你們又整晚纏著我。她就像是一部過曝的電影，完全褪色了。當時雖然在她旁邊，我也沒仔細留意，滿腦子都在想我自己的事。」他輪流看著他們的臉，想尋求協助。「她就是一片空白！」

柏吉斯想幫他。「慢慢來，認真想。現在，專心，她的眼睛？」

韓德森頹然張開手掌。

「想不出來？沒關係，那頭髮呢？頭髮是什麼樣子？髮色？」

他把雙手貼在眼窩上。「我也不記得了。每次想講一種髮色，就覺得可能是另一種，然後又想到其他顏色。我覺得可能是第一種。我不知道，可能是混色。不是棕色、不是黑色。她大部分時間都戴著一頂帽子。」他略懷希望地抬起頭，「我最記得那頂帽子。橘色的，這有用嗎？對，橘色，就是這顏色。」

「假設她昨晚拿下帽子之後，接下來六個月都不戴那頂帽子呢？那我們去哪找人？你能不能想起她的個人特徵？」

韓德森痛苦地再次把太陽穴揉進腦袋裡。

「體型呢？胖的？瘦的？高的？矮的？」柏吉斯不耐煩了。

韓德森扭著上半身，先轉向一側，再轉到另一側，好像要逃避問題。「我想不出來，沒了，我想不出來！」

「你在耍我們啊?」其中一人冷冷地說,「這是昨晚的事情,又不是上星期或去年。」

「我從來就不擅長記臉,就算我心平氣和、沒什麼事情好煩也記不得。噢,她很大眾臉,我想——」

「當真?」黑臉警探嘲弄地說。

他的表現愈來愈糟,想到什麼就直接講,完全沒經過思考。「她的身材就和其他人一樣,我只記得這麼多了——」

夠了。柏吉斯的臉愈拉愈長,顯現他隱藏已久的霸氣凶狠。他顯然是脾氣來得慢的那種人。他沒把已經寫鈍的鉛筆收回口袋裡,反倒像射飛鏢一樣,既憤怒又精準地瞄向他對面的牆壁擲去。他漲紅著臉,穿上忽略多時的大衣,整了整領帶。

「兄弟,走吧。」他粗魯地說,「我們離開吧,已經很晚了。」

他在玄關前的拱型走道下停了一會,冷冷地瞟了韓德森一眼。「你把我們當什麼了?」他怒叱著,「以為我們很好騙嗎?你跟一個女人出去,待了六小時,就昨晚的事,然後你說不出她的長相!你在酒吧裡肩並肩坐在她身邊,整頓晚餐從吃沙拉到喝咖啡這段時間,你坐在她正對面——但她的臉就是橘色帽子下的一片空白?你以為我們會信嗎?你想唬我們,用個女鬼,沒有名字、沒有長相、沒有身高、沒有胖瘦、沒有眼型、沒有髮色,什麼都沒有,我們就要拿你的話當真,相信你老婆死的時候你在那裡不在家?你連撒謊都那麼笨拙,十歲小孩都可以拆穿你。事情就這兩種可能,你要嘛獨自一人,憑空捏造出一個女人;要嘛更可能的就是，你獨自一人，昨晚某個時刻在人群裡見到她，就想跟我們說她一直和你在一起，但她明明就不在你身邊。這就是為什麼你刻意把她講得那麼模糊，讓我們不知道她的長相，沒辦法調查真相！」

「好了，站起來，」另一人命令韓德森，那口氣就像鋸木機劃過松樹一樣，「老柏難得動怒，」他半幽默地說，「但他怒火一燒起來，再強硬的人都會焦掉。」

「我被捕了嗎？」史考特．韓德森起身被另一個人架到門口時問柏吉斯。

柏吉斯沒直接回答他。但是他從柏吉斯給第三人的指令得到了答案。

「喬，把燈關了，這裡好一陣子不會有人了。」

4　刑前第149天

傍晚六點

車子就停在轉角，某處看不見的鐘樓開始報時。「來了。」柏吉斯說。他們已經等了一分鐘，車子一直沒熄火。

韓德森還未獲得自由，也還沒遭到起訴，他就坐在後座，夾在柏吉斯和另一個昨晚今晨都在訊問他的人中間。

他們叫第三個人「荷蘭人」，他站在車子外面的人行道上，傻傻呆呆的。他蹲在人行道中央繫鞋帶，站起來的時候正好是鐘聲第一響。他站直了。

這晚就和前一晚一樣。正值下班後大家約會的時間，西側的天空化了妝，每個人都在同一時間前往同一地點。韓德森沒做任何表示，坐在兩個看住他的人中間。這時他一定在想，沒料到幾個小時之內變化這麼大。

他家就在他們身後那個轉角，只是他已經不住在那裡了。他今天住在警察總局附屬的拘留室。

他沉悶地說：「不，回到上一家店，」他對柏吉斯說，「第一響的時候，我正好走到這間內衣店門口。我現在看到店鋪又聽到鐘聲，就記起來了。」

柏吉斯傳話給人行道上的那個人。「荷蘭人，退回剛剛那一家店，從那邊開始。就是這裡。好，開始走！」六點的第二響鐘聲傳了出來，他按下手中的碼表。

人行道上那高瘦的紅髮男子開始往前走。車子同時往前滑，沿著人行道並行。

「荷蘭人」剛開始看起來有點不自在，腿很僵硬，漸漸地比較自然。

「他的速度怎麼樣？」柏吉斯問他。

「我想我走得比較快，」韓德森說，「我發現我煩心的時候走很快。我昨晚走得很急。」

「荷蘭人，快一點。」柏吉斯指導車外的大個子。

那個高瘦的傢伙稍微加快腳步。

第五響，最後第六響。

「現在怎樣？」柏吉斯問。

「差不多是我的速度了。」韓德森確認。

紅綠燈出現在他們面前。紅燈把車攔了下來，但行人可以繼續走。韓德森前一晚根本沒在看路。他們的車在下一段路追上了荷蘭人。

他們走到了第五街。一個街口過了，兩個。

「看到沒？」

「沒，就算有也沒印象。招牌很紅，比這個紅，整個人行道像潑了紅油漆。」

第三個街口。第四個。

「看到沒？」

「沒印象。」

柏吉斯警告他。「你給我小心點，如果再拖下去，你的不在場證明也就完了。你現在應該已經坐到酒吧裡，過了八分半鐘了。」

「如果你不相信我，」韓德森提不起勁，「又有什麼差別？」

「實測兩點之間的步行時間也無妨，」坐在他另一邊的人這時說，「我們可以等到查出你實際出現在這裡的時間之後，再重新計算一次。」

「九分鐘過了！」柏吉斯唸出時間來。

韓德森頭低低的，從車內慢慢掃視經過的每一間店鋪。有個名字飄過他面前，招牌燈無色無光。他很快地轉過去看。「就是這裡！我想就是這間，安森墨，就像是這間店。我幾乎可以確定。有點異國的——」

「荷蘭人，停！」柏吉斯大叫，用力按下碼表。「九分鐘，十秒半。」他宣布道，「十秒半上下的誤差我們也會算進去，畢竟人群疏密還有等紅綠燈的時間每次都不一樣。整整九分鐘，從那個街角走到這間酒吧，再加上從你家走下來到第一個街角、聽到第一聲鐘響的那段時間，我們都測過了，也就是說——」他轉身看他，「若證明了你最晚在六點十七分走進這間酒吧——不能更晚——那你還是可以自動排除嫌疑。」

韓德森說：「我可以證明我在六點十分之前就到這裡，只要能找到那女人。」

柏吉斯甩開車門。「我們進去。」他說。

□

「你見過這人嗎？」柏吉斯問。

酒保僵硬地揚起下顎。「有點眼熟。」他承認，「不過，我的工作就是一直看臉、臉、臉。」

他們給他多一點時間，他側臉看著韓德森，然後走到正對面，從那裡看著他。「我不知道。」他還是很猶豫。

柏吉斯說：「有時候，相框和照片一樣重要。我們用別的方法試試。你站到吧檯後面去。」

他們一起走過去。「韓德森，你當時坐哪張椅子？」

「就在這附近，時鐘在正上方，放零食的小碗就在那邊。」

「好，坐上去。酒保，再試一次。別管我們，好好看他的臉。」

韓德森愁眉苦臉低頭看著吧檯，就和他當時一樣。

奏效了。酒保一彈手指。「這有用，老天啊，我想起他來了。就昨晚啊，對不對？一定是只喝一杯，沒待到讓我馬上有印象。」

「現在我們要知道他幾點來。」

「我上班的第一個小時，客人還沒滿。我們昨天滿晚才開始熱鬧的，有時候就是這樣。」

「第一個小時是什麼時候？」

「六點到七點。」

「好，那是六點之後過多久？我們得知道。」

他搖搖頭。「對不起，長官，我只有快下班才看時鐘，剛上班的時候不會。可能是六點，可能是六點半，可能是六點四十五。我根本說不準。」

柏吉斯看著韓德森，眉毛微揚，然後又轉頭過去看酒保。「講講當時在這裡的那個女人。」

酒保直接問：「什麼女人？」

韓德森的臉瞬間像是色譜，從自然膚色變成蒼白再變成慘白。

柏吉斯揮手要他閉嘴。

「你沒看到他起身去跟一個女人說話嗎？」

酒保說：「沒，長官，我沒看到他起身去跟任何人說話，我沒辦法發誓，但我的印象是，當時酒吧裡沒別人可以陪他說話。」

「那你有沒有看到一個女人獨自坐在這裡，搞不好你沒看到他過去跟她說話。」

韓德森無助地指著旁邊兩張椅子。柏吉斯還來不及阻止，他就搶著說：「她頭戴橘色帽子。」

「不要這樣。」警探警告他。

酒保突然變得很不爽，不知道為什麼。「聽我說，」他說，「我做這行已經三十七年。

我看人看膩了，夜復一夜，開張又打烊、開張又打烊，我負責調酒。不要走進來問我他們戴什麼顏色的帽子，或者他們有沒有搭訕誰。對我來說，他們就是顧客。對我來說，他們就是一杯一杯的酒，對，就是一杯一杯的酒。你跟我說她喝了什麼，我可以告訴你她有沒有在這裡！我們帳都收得很好。我去老闆辦公室拿來給你。」

他們這時全都看著韓德森。「我喝威士忌和水。我只喝威士忌，從來不點別的。給我一分鐘就好，我想想我能不能記起她喝什麼。那時候她快喝完了——」

酒保拿著一個大錫盒走回來。

韓德森揉著額頭說：「她杯底有櫻桃，然後——」

「我們有六種調酒都有櫻桃。我去拿給你。高腳杯還平底杯？酒體是什麼顏色？如果是曼哈頓，那就是高腳杯，酒體是棕色的。」

韓德森說：「她把玩著高腳杯，不過酒體不是棕色，不，是粉紅色之類的。」

「傑克玫瑰。」酒保反應很快。「這下簡單了。」他花了點時間把帳單翻過來查，最早結的墊在最下面。「你看，我們都整理得很好，上面還有編號。」他邊翻邊說。

韓德森靈光一閃，身體往前傾。「等等！」他屏息說，「這讓我想起來了。我記得我那張帳單的編號：十三。是個不吉利的數字。我記得他遞給我的時候，我特別看了一下，若是你看到那種數字也會特別有印象。」

酒保把兩張帳單放在他們面前。「對，你說得沒錯，」他說，「在這裡，但不在同一張帳單上。十三是威士忌和水。傑克玫瑰在這裡，有三張，七十四號，這張是記在湯米帳上，前一班的員工，負責午後場，我認得他的筆跡。不只這樣，一定還有另一個男人跟她在一起。從這帳單看來，三杯傑克玫瑰和一杯蘭姆酒，沒有哪個正常人會混喝這兩種酒。」

「所以？」柏吉斯緩緩問道。

「就算她待到我的值班時間，可是她的酒是湯米調的，不是我，我還是不記得有見到過什麼女人。但如果她待下來，根據我在吧檯三十七年的經驗，他應該沒有走過去跟她說話，她身邊一定有其他人了。三十七年的經驗也告訴我，那個人最後一定和她一起離開，因為沒有人會連續請女性三杯傑克玫瑰，最後還讓別人坐享其成。」他拿抹布擦擦吧檯作為結論。

韓德森聲音發顫。「可是你記得我在這裡。如果你記得我，怎麼會不記得她？她還比較引人注目。」

酒保講得頭頭是道。「當然，我記得你，是因為我現在又看到你了，你就在我面前。要是把她帶到我面前，我或許也會想起她。我沒看到人就是想不起來。」

他兩手撐在吧檯邊緣，像是喝醉酒後雙腿無力的人。柏吉斯撥開他的手臂。「走吧，韓德森。」

韓德森另一條手臂還不肯放開，準備朝酒保撲去。「不要這樣對我！」他哽咽地爭取著，「你知道他們要控告我什麼嗎？謀殺！」

柏吉斯立刻捂住他的嘴。「閉嘴，韓德森。」他的指令很簡單。

他們把他帶出去，他還持續想掙脫他們回到酒吧。

他們走到街上以後，緊緊圍著他往前走。「十三號帳單確實是你的。」其中一個警探哼了一聲。

「就算她這時候出現，只要晚那麼一點，對你來說都沒用。」柏吉斯警告他，他們坐下來等其他同仁追蹤到計程車司機，看能不能帶他過來。「她得在六點十七分之前到酒吧。但我很好奇她會不會晚一點才出現，會的話那是多晚。這就是為什麼我們要一步步把你那整晚的行程從頭到尾走一遍。」

「她會！她一定會！」韓德森堅持地說。「一定有人記得她，在我們去過的其他地方，等你找到她了，她自己就可以告訴你，她是幾點幾分在哪裡第一次見到我。」

柏吉斯派出去查案的那人回來報告了。「陽光車行有兩個司機那天在安森墨外面排班。我把他們兩個都帶來了，分別是巴德·希奇和艾爾·艾爾普。」

「艾爾普。」韓德森說。「就是這個奇怪的名字。我一直想不起來。我跟你說過，我們兩個都在笑這名字。」

「把艾爾普帶進來，另一個司機沒事了。」

本人的長相比登記證上更滑稽，因為活生生的人是彩色的。

柏吉斯說：「你昨晚有沒有跑一趟白屋餐廳？」

「百無、百無——」他一開始很遲疑。「我一個晚上載好多人——」然後他用自己的方法加速回憶。「百無，人不多的時候一趟大概六十五分。」他嘟噥著，然後又恢復了音量。「有，我有！我其中一趟賺了六十五分錢，前後那兩趟才三十分錢。」

「看看四周，有印象是誰付錢嗎？」

他的眼皮掃過韓德森的臉，然後又回到他身上。「這個人，對不對？」

「我們在問你，不要問我們。」

他拿掉問號。「就是他。」

「一個人還是有別人？」

他想了一分鐘，然後緩緩搖頭。「我不記得還有其他人，我猜是一個人吧。」

韓德森往前一倒，好像有人踹他的腳踝。「你一定有看到她！她比我先上車，又比我先下車，女士總是優先——」

「噓，安靜。」柏吉斯不准他說話。

「女的？」那司機一副委屈。「我記得你，我很記得你，因為我為了載你，擋泥板還撞凹了——」

「對、對，」韓德森趕緊同意他，「或許就是這樣，你才不記得她上車，因為你的頭轉看另一邊，但等我們到——」

「等你們到那邊，」計程車司機講得很篤定，「我的頭沒有看另一邊，因為司機在收錢時不會看旁邊。我沒看到她下車，這樣可以了嗎？」

「我們一路上都沒關座位上的燈，」韓德森懇求，「她就坐在你後面，你有沒有辦法看得到？她一定有出現在後照鏡、甚至擋風玻璃上——」

「現在我很確定了，」司機說，「現在我很確定——就算我本來不太確定。我開車開了八年，如果不關燈，那你一定是一個人搭車。我從沒見過男女一起上車後燈都不關的。只要燈亮著，你就知道車上只有一名乘客。」

韓德森說不出話來，如鯁在喉。「你怎麼會記得我的臉卻不記得她的？」

柏吉斯在那司機還沒回答之前就霸氣回應。「你自己也不記得她的臉啊。你還跟她相處了六小時呢——這是你說的。他可是背對著她二十分鐘。好吧，艾爾普，這就是你的證詞。」

「我的證詞就是這樣。昨晚我只有載到他一個人。」

他們到白屋餐廳的時候，裡面的人正在收拾。餐桌上的桌布都收起來了，細細品嚐美食的饕客已經離開。內場傳來器皿碰撞聲，聽起來員工在廚房裡用餐。

他們圍著一張沒鋪桌巾的桌子，拉開椅子坐下來，好像鬼魂的餐會即將開始，桌上都是隱形的餐具和食物。

領班很習慣對人鞠躬，一走出來就朝眾人躬身，即便他已經下班了。他的鞠躬看起來不太對勁，因為他拿掉了領結，臉上又有一抹食物。

柏吉斯說：「你有沒有見過這個人？」

他黑溜溜的眼睛看著韓德森，馬上就有答案。「當然有。」

「最後一次見到他是什麼時候？」

「昨晚。」

「他坐在哪裡？」

他精準地指向一張餐桌，「在那裡。」

「嗯？」柏吉斯說，「然後呢？」

「然後什麼？」

「誰跟他一起？」

「沒有人跟他一起。」

韓德森的額頭冒出青筋。「你明明看到她在一、兩分鐘之後就跟著我進來，和我坐在一起。你明明就有看到她整頓飯都坐在那裡。你一定有。你有一次還經過我那桌，鞠個躬說：『每道菜都合口味嗎，先省？』」

「對，那是我的工作。我每桌至少會問一次。我很記得我問過你，因為你的臉，這該怎麼說？你的臉有點不悅。我也很清楚記得有兩張座位，分別在你左右。

「我相信我還拉了拉其中一張椅子。你剛剛也重複了我說的話。如果我說『先生』，那就表示你身邊沒有人。如果是一位先生和一位小姐共同用餐，那我會說『先生女士』，絕對不會怠慢任何一位客人。」

他雙眼的黑色瞳仁炯炯有神，就像有人將兩顆狩獵用的子彈朝他的臉發射後固定在那裡。他轉頭面對柏吉斯說：「嗯，如果你還有任何疑問，我可以給你看昨晚的訂位紀錄，你可以自己查。」

柏吉斯特別慢條斯理地說：「無妨。」表示他很願意查訂位紀錄。

領班橫越餐廳，走到對面打開抽屜，拿出紀錄本。他沒離開餐廳、沒離開他們的視線，原封不動地把紀錄本交給他們，完全沒打開內頁，讓他們自己檢查。他只說了一句：「上面有日期。」

大家的頭都湊了過去，只有領班文風不動。紀錄都用鉛筆寫，但看得清楚就夠了。他們翻到五月二十日星期二那一頁。這頁畫了兩條對角線，形成一個大叉叉，表示已經結束，不過無損紀錄的正確性。

上面有九到十個名字，就像這樣仔細排列：

十八桌：羅傑・艾胥黎，四人（劃掉）

五桌：雷朋夫人，六人（劃掉）

二十四桌：史考特·韓德森，兩人（沒劃掉）

第三個名字旁邊有括號：（1）

領班解釋說：「這些符號說明得很清楚，劃一條線表示訂位的人已經就座。如果沒劃掉，表示那人始終沒出現；如果沒劃線，我又寫上數字，就表示只有多少人來，其他人還沒到。括弧裡是我的筆記，這樣我就知道等他們來的時候要帶去哪一桌，不必問太多問題。不管他們是不是等到上甜點才來，只要人有出現，我就會把整組劃掉。所以你看，這裡很明顯：這位先生訂了兩人座，先生自己出席了，另一位始終沒出現。」

柏吉斯觸摸紀錄本，確定沒有塗改的痕跡。「沒塗改過。」他說。

韓德森伸長手，把手肘支在桌上，捧著頭。

領班搓著雙手說：「我的記憶全都依賴我的訂位紀錄本。對我來說，這上面寫了，韓德森先生昨晚獨自用餐。」

「對我們來說也是。抄一下他名字、地址之類的基本資訊，搞不好以後會有其他問題要問。好了，下一位，迪米崔·馬洛夫，那一桌的服務生。」

在韓德森眼中，面前只不過換了一個人。一場夢、一場玩笑，不管是什麼，都不會停。

這一定很適合拿來當鬧劇劇本。對他們來說很好笑，對他可就不是了。他注意到有個人正在寫筆記。他的手指勾著拇指，就像以前的髮膠廣告。「不、不，不好意思，這位先生，叫我米崔，迪不發音。」

「不發音幹麼要拼出來？」其中一人納悶地問他旁邊的人。

「我不管怎麼拼，」柏吉斯說，「我只想知道你是不是負責二十四桌。」

「從十點開始，那一區，一直到二十八桌，都是我負責。」

「昨晚二十四桌這個人是你負責的，對嗎？」

他準備要好好介紹。「啊，當然，沒錯！」他整個人亮了起來。「晚安！您好嗎？您這麼快又回來光顧啦！」他顯然不知道他們是警探。

「不，他不是回來吃飯的。」柏吉斯猛然打斷，揮手阻止對方繼續多禮。「你昨天服務這桌時，這裡有幾個人？」

那服務生看起來很困惑，好像他想努力回答，卻不知道標準答案是什麼。「他。」他說，「沒別人了，就他。」

「沒有女伴？」

「沒有。女伴？什麼女伴？」然後他又超級無辜地補了一句。「怎麼了？他搞丟了嗎？」

這句話說完，只聽到一聲嚎叫，韓德森張開口深呼吸，像痛到受不了一樣。

「對，他昨晚弄丟了。」其中一人打趣說。

服務生發現自己創造的哏竟然有人接，害羞地朝他們眨眨眼睛，不過顯然他不知道重點在哪。

韓德森口氣淒涼悲絕。「你替她拉椅子啊，還翻開菜單遞給她。」他拍著腦袋說，「我看到這些動作了，可是你卻說沒見到她。」

那服務生用東歐人的溫暖熱情、不帶敵意地解釋：「對，只要有女士，我就會替她們拉椅子。不過昨晚沒有女士啊，我怎麼會拉椅子？給空氣坐嗎？如果沒有人坐在這裡，我難道還會遞帳單嗎？」

柏吉斯說：「對我們說話，不要對著他，他是我們拘捕的人。」

他繼續滔滔不絕地說，只是轉過來面對警探。「他給我的小費只有一點五人份。怎麼會有女士跟他在一起？你覺得如果昨天有兩個人來用餐，他卻只給我一點五人份的小費，我今天會對他那麼客氣嗎？」他眼中有斯洛伐克民族的怒火。光用想的他就被激怒了。「你以為我會馬上忘記這種事嗎？我會記得兩週！哈！你以為我還會歡迎他回來嗎？」他鼻子噴出戰鬥民族的火焰。

「一點五人份的小費是多少？」柏吉斯好奇地問。

「一人來用餐，小費是五十分；兩人是一塊錢。他給我七十五分，就是一點五人份。」

「兩人用餐不能付七十五分嗎？」

「不行！」他憤恨地噴氣說，「如果我看到，我會這樣做。」他從桌上拿起一個隱形的托盤，「我會說：『先生謝謝，真謝謝哦，謝謝你哦，這位先生。』如果他身旁有女伴，他會覺得很丟臉，就會再補一些。」

「我應該會補，」柏吉斯承認道，然後轉過頭去，「韓德森，你說你給多少小費？」

韓德森的答案軟弱到可憐兮兮。「就像他說的，七十五分。」

「再一件事就好，」柏吉斯說，「我要看一下他晚餐的帳單。你們有留著，對吧？」

「經理有，你得問他。」那服務生一副很敬業的樣子，好像他很確定自己夠誠實。

韓德森突然機警地往前一坐，原本無精打采的模樣都消失了。

經理把帳單拿出來。帳單一捆一捆的，收在檔案夾裡，依照日期排列，顯然很方便他月底結算。他們毫不費力就找出了帳單，上面寫著二十四桌，三號服務生，一份特餐——四點二五元。蓋有淺紫色戳章，已結清——橢圓形的章上標註五月二十日。

當天二十四號桌還有另外兩張帳單。一張是一杯茶，七十五分，傍晚左右，用餐時段前。另一張是四人份晚餐，顯然很晚才進來，就在打烊前。

他們得攙扶韓德森上車，他簡直不良於行，雙腿僵直。他們經過夢幻般的街頭，不真實的建築和不真實的街道往後消失，像玻璃上的倒影。

他突然開口。「他們說謊——他們要殺害我，每個人都想殺我！我到底哪裡對不起他們了？」

「你知道這讓我想到什麼嗎？」其中一人在旁邊說，「魔術秀，裡頭的人就當著你的面消失了。柏吉斯，你看過嗎？」

韓德森不由自主地聳聳肩，低垂著頭。

外頭有表演，音樂聲、笑聲參雜著掌聲，漸漸湧進這間擁擠的小辦公室，隱隱約約地。劇場經理坐在電話旁等，生意很好，他盡量對他們和顏悅色，躺在旋轉椅上品嚐雪茄。

「這兩個位子確實有付錢，」經理彬彬有禮，「我只能說，他進來的時候沒看到有其他人陪──」他突然焦慮地打斷自己的話，「他快暈倒了，請盡快帶他出去，我不希望表演時場邊有騷動。」

他們打開門，半扶半扛著韓德森到門口，他的背都快拖到地上了。歌聲從前門竄出來。

「小妞、小妞、蹦蹦、小妞、小妞、蹦蹦──」

「啊，不，」他哽咽地哀求著，「我受不了了！」他癱在警車後座，雙手交疊，像是受盡了折磨似地看著他們，希望能恢復一點理智。

「你為何不坦白說根本沒人陪你呢？」柏吉斯試著跟他講理。「你看不出來這樣會簡單得多嗎？」

韓德森試著用理智、平穩的聲音回答，但仍忍不住顫抖。「你知道接下來會怎樣嗎？如果我那樣說，如果我能那樣說，我就會開始失去理智。我這輩子從來沒有這麼篤定過。我不能把我現在知道的都當成事實，就像——我的名字是史考特・韓德森——那樣確切的事實。」他拍著自己的大腿。「——就像這是我的腿，這是事實，我會開始懷疑一切、否定一切，很快就會發瘋了。她待在我身旁六個小時。我碰了她的手臂。我可以感覺到那曲線。」他伸出手，順著柏吉斯雄壯的肩頭往下比劃，「她衣服的縐褶、她說過的話，若有似無的香水味。她湯匙碰到湯盤的聲音。她把椅子往後拉時留在地上的印記，她下計程車時車底盤輕微起伏。那杯酒去哪了？我的眼睛看著她舉起酒杯，放下來的時候，酒杯已經空了。」他的雙拳揮向膝蓋四、五次。「她在、她在、她在！」他快哭了，至少他的臉皺在一起。「現在他們都想說她不存在！」

警車一整晚都在城市樂園裡前行。

他講了一些任何嫌疑犯都不會說出口的話，他說得很認真，賭上自己的真心和靈魂。「我很害怕，帶我回拘留室，可以嗎？拜託，各位，帶我回去。我想要四面環牆，我想要用手感覺到牆壁的厚實、堅硬，這絕對不會假！」

「他在發抖。」其中一人若無其事地說。

「他需要喝點東西，」柏吉斯說，「在這裡停一分鐘，你們下去幫他弄一杯黑麥啤酒。我不想看到人折磨成這樣。」

韓德森咕嚕嚕地灌下去，好像怎麼牛飲都不夠快，然後他倒在座位上。「我們回去吧，帶我回去。」他哀求著。

「他被鬼附身了。」其中一人竊笑說。

「自找的。」

接下來，車上都很安靜，他們下車後排成一個方陣，走上總局的階梯。韓德森一個踉蹌，柏吉斯扶著他的手臂。「韓德森，你最好睡飽一點，」他又建議說，「然後請個厲害的律師，兩者缺一不可。」

5　刑前第91天

「……你們已經聽到，被告說他遇見了某個女人，地點在一間名叫安森墨的酒吧，發生在謀殺案當晚六點十分。也就是說，從警方調查結果推估，那是在被害人死亡後的兩分四十五秒。很清楚。陪審團的各位先生女士，你們馬上就可以看出來，他六點十分在第五街的安森墨酒吧，不可能兩分四十五秒前還在自己家裡。任何長兩條腿的人都沒辦法在那麼短的時間跑那麼遠。就算有車子、有翅膀或是有推進器，都沒辦法做到。我再次強調，時間清清楚楚，可是不夠明確。

「很剛好嘛，是不是？他就那天晚上碰到她，一整年其他晚上都沒見過。幾乎像是之前就講好他那天晚上需要她當人證。好奇怪，這不是預謀嗎？你們已經聽到，被告在回答我的問題時，承認他從來不會出去勾搭不認識的女人，說他結婚以來從沒做過這種事。我提醒大家，他說一次都沒有。這是被告說的，不是我說的。各位先生女士，你們自己也聽到了，他從來沒有過這種念頭，那天是第一次。他沒有做這種事的習慣。他的個性不是這樣。偏偏，唯獨那個夜晚，他們要我們相信他找了個陌生女人陪伴。是不是太隨便了？怎麼會那麼剛好？就只有——」

他聳聳肩，停頓了很久才繼續說下去。

「這女人在哪裡？我們都等著要見她。他們為什麼不讓我們看她是誰？有什麼理由？他們有在法庭上說這女人是誰嗎？」

他伸出食指隨便指一位陪審員。「你有見到她嗎？」另一位。「你有嗎？」第三位，坐在第二排。「你有嗎？」他雙手一攤。「有任何人見過她嗎？她從頭到尾有坐上證人席嗎？沒有，當然沒有，各位先生女士，因為──」

他又停了一會。

「因為根本沒有這個人。從頭到尾都沒有。他們沒辦法捏造一個不存在的人。他們沒辦法虛構出一個人、她說話的方式或她的眼神，什麼都沒有。只有上帝才能創造出一個高矮胖瘦都明確的成熟女人。就連上帝也要花十八年，兩個星期辦不到。」

法庭內各處發出笑聲。他則感激滿意地露出微笑。

「這人敗訴就要關一輩子，如果真有其人，你們覺得他們會不請她來做證嗎？他們難道不會請她來說明那晚的時間點嗎？當然會！」

戲劇性地暫停一會。

「──這個女人啊，我們都先忽略這點。我們人在法院，距離他堅持說他遇見她的地方好幾哩遠，幾個月都過去了。我們聽聽當時在場的人怎麼說，他應該和她在一起，那他們一定有見到她嘍。有嗎？有人看到她嗎？你們自己都聽到了。他們有看到他，沒錯，每個人都想得起來，不管記憶有多模糊、不管當時有多倉促，每個人都對他有印象。史考特．韓德森，在那一晚。到此為止，好像每個人都有一眼瞎了。各位先生女士，你們不覺得有點不對勁嗎？我覺得很怪啊。當大家出雙入對的時候，總會有點印象。人類的眼睛怎麼會只看到一個，沒看到另一個──尤其他們還同時出現呢？這違反物理法則啊。我沒辦法解釋。這太莫名其妙了。」

他聳聳肩。

「我很歡迎大家提出建議。其實我自己也有幾點建議。或許她的肌膚很透明，可以透光，所以每個人都看不到她，直接看到後——」

全場譁然大笑。

「又或許她只是剛好不在他身邊。既然她不在，那所有人都沒見到她，就很自然了。」

他態度和語調一轉，全場都尖起耳朵。

「何必堅持這謊言？我們認真一點。這個人要被判終身監禁。我可不把判刑當兒戲。被告顯然不在乎。我們別管假設和推論，回頭看事實。我們不要討論女鬼啦、妄想啦、幻覺啦，我們來討論一個確實存在、沒人會去質疑的女人。瑪榭拉・韓德森曾經是個活生生的存在，生前見人死後見屍。她不是女鬼。她被謀殺了。警方有照片為證。這是第一項事實。我們都看到目前被拘禁的那個人，頭一直低低的——不，現在他抬起頭挑釁地看著我。這場官司勝敗決定了他的生死。這是第二項事實。」

他像演員般充滿自信地走到一旁。「我喜歡事實大過於幻想，你們呢，各位先生女士？事實比較容易處理。

「那麼，第三項事實是什麼？第三項事實就是他殺了她。沒錯，這是無法否認的確切事實，和前兩點一樣。所有細節我們都在法庭內證實過了。我們不是要你們相信鬼魅、幻覺，那是被告要的！」他提高音量。「我們的所有主張，都是根據文件、口供、證據，一步步都有實證！」他的拳頭砸在陪審席前的扶手上。

他站著不說話，揪緊全場的注意力，然後放低音量說：「你們都很清楚情況，也清楚他的家庭背景，再來就是謀殺過程。被告他自己不否認這些事實無誤。你們也聽到他證實了，在壓力之下，或許他不情願，但他的確證實了一點，我們提出的資料都很正確。我們的證據毫無虛假，不要聽我講，聽他講。我昨天問他，你們都聽到他的回答了。我再簡短為大家複習一次。

「史考特．韓德森陷入婚外情。他不是因為婚外情才出現在法庭裡。他愛上的那位女子不是今天的重點。你們已經發現，法庭內始終沒提過她的名字，這樁案件沒有扯到她，我們也沒要求她作證，她沒有涉入這樁難以寬恕的殘忍謀殺案。為什麼？因為沒必要，這案件和她無關。我們在法庭的任務不是處罰無辜的人，讓她名聲敗壞、慘遭羞辱。這是他的罪行——你們見到的這個人——只有他要負責。這不是她的罪行，她無需受到牽連。警方與檢察官也都調查過她了。這整件事都和她無關，她沒有唆使他犯罪，她也完全不知情，直到案發之後才曉得。她完全沒錯，但也已經受了夠多苦。我們都同意這一點，所有人，包括被告與檢方都同意。我們知道她的名字和身分，但我們始終稱她『那位女子』，將來也會繼續沿用下去。

「那麼，他冒著危險愛上那位女子的時候，還記得讓她知道他已經結婚了。沒錯，我說冒著危險——從他太太的角度來說確實如此。那位女子不願意接受一個有婦之夫的愛情。她是個正直、善良的人，每個和她談過的人都可以強烈感受到。我自己也這麼覺得，各位先生女士，她很可愛，但不幸遇到錯的人。所以我才說，她不願意接受一個有婦之夫的愛情。他發現面前有塊可口的蛋糕卻吃不到。

「那麼，他去找他太太談離婚。好冷血，真的。她拒絕離婚。為什麼？因為對她來說，婚姻很神聖，不能允許他出軌，為了長痛不如短痛而就此罷休。這太太很奇怪，是嗎？

「當他說太太不肯離婚時，那位女子建議他們忘了彼此。他沒辦法接受。他覺得自己左右為難。他太太不願放棄他，他不願意放棄那位女子。

「他爭取到一點時間，再試一次。如果你覺得他第一次談離婚時那麼冷血，這個人會用什麼方式談第二次呢？他決定用談生意的方法，把她太太當作是外地來的買家，好好招待她。各位先生女士，我想你們應該可以看出他的性格了吧，這可以看出來他把婚姻當生意。一樁有裂痕的婚姻、一個破碎的家庭、一位即將拋棄的妻子，對他來說，就是只有吃晚餐和看表演的價值。

「他買了兩張戲票，還在高級餐廳訂了位。他回家說要帶她出門。她還不知道他怎麼突然那麼殷勤。一時之間，她還誤以為或許他打算重修舊好。她坐在鏡子前面梳妝打扮。

「過了幾分鐘，他回到臥室，發現她還坐在梳妝檯前，完全沒準備。因為她終於搞清楚他的用意了。

「她說她不會放棄他。她認真地說華麗的表演與精緻的晚餐比不上這個家的價值。換句話說，她還沒讓他有機會開口，就再度拒絕了離婚的要求。這太超過了。

「他走到最後一步，原本手上拿著領帶，剛抓好長度準備要打上去。這時，無法控制的怒意蒙蔽了他的理智，她既猜出他的意圖又不聽他的話，他看她坐在鏡子前，就拿領帶對準她的咽喉勒緊，殺意之強烈、力勢之猛烈、手段之殘酷，完全超越我們的想像。警方已經向各位說明過，那領帶簡直解不開，他們得用剪的，領帶完全陷進她柔嫩的咽喉。你們曾徒手撕裂七褶式高級絲質領帶過嗎？各位先生女士，那是不可能的。領帶會像刀刃一樣劃破你的手指；你的手會破，領帶卻不會。

「她死了，手臂抽了一、兩下，然後就死在那裡，死在她丈夫手裡。這男人發誓要珍惜她、保護她。大家不要忘了。

「他就這樣勒著她，在她的鏡子前面，讓她看到自己死前的掙扎，這持續了好幾分鐘。好長、好長的一段時間。在他放手之前，她早就斷氣了，為了維持坐姿，他一直掐著她。等他確認她死了，死透了，救不回來了，她再也阻止不了他——然後他做了什麼？

「他有試圖救她嗎？他有感到懊惱或表現出悔恨嗎？沒有，我來告訴你們他做了什麼。他冷靜地放手，繼續換衣服，就和她的屍體在同一個房間裡。他選了另一條領帶繫上去，代替拿來當凶器的那一條。他戴上帽子、穿上大衣，就在離家之前，他打電話給那位女子。她很幸運，可能是她這輩子最幸運的事。她沒接到那通電話。她過了好幾個小時才知道發生了什麼事。他還滿手血腥，剛結束他太太的生命，為什麼就要打給她？不是因為悔恨，不是為了懺悔他所做的事情，才要求她協助或給意見。不，不是這樣，他是要找她串供。他需要她配合製造不在場證明，她根本不知情，他要邀她出去，用同樣的票，吃同一頓飯。他或許在見到她之前，還會把時間倒推回去講給她聽，這樣她就會記得時間點，然後帶著滿滿的信任替他做證。她會很誠實。

「各位先生女士，對你們來說，這是不是謀殺？

「但那招沒用，他聯絡不上她。所以他只好換一招。他自己出門，冷血地把原本要和太太一起過的夜晚給過完，沒跳過任何步驟，從六點到午夜。當時他沒想到要做一件事：在街上找個陌生人，利用她製造不在場證明。他當下太亢奮、太惶恐了。又或許他有想到，但他沒有勇氣。他不敢相信陌生人，他怕他的行為舉止會露餡。又或許他推斷後覺得找陌生人也已經太遲，沒什麼用，他都離開家這麼久了。他的不在場人證可以幫他也可以害他，只要他拖延一分鐘就對不上了，只要問仔細一點就可以推斷他們實際見面的時間為何，會跟他想講的不一樣。他什麼結果都想透了。

「那要怎麼做呢？哎，捏造一個女伴呀，這麼簡單。他找了一個魅影，刻意講得很模糊、很籠統，這樣就沒人能找到她，就不會破壞他的證詞、說錯他們相遇的時間。換句話說，哪個對他比較有利？沒辦法證實的不在場證明，還是可以戳破的不在場證明？我讓各位來判斷。沒辦法證實的不在場證明永遠都沒辦法確認，但永遠可以保留懷疑的空間；容易被戳破的不在場證明馬上就會被揭穿，讓他沒法辯駁。他就只能這麼做了，他只好這麼做，然後一路演下去。

「也就是說，他刻意在蒐證的過程扯了一段鬼話，明知她不存在，明知沒人能找到她，找不到剛好順他的意，只要沒找到這個女人，他七零八落的不在場證明就能繼續用下去。

「結論是，各位先生女士，我只問你們一個簡單的問題。當一個人活下去與否，就靠他能不能提供另一個人的長相和其他細節，此刻他卻完全想不起來，這正常嗎？這有可能嗎？大家注意，不是漏掉一點細節而已哦，是她眼睛的顏色、頭髮的顏色、臉型、身高、胖瘦，統統想不起來。你們自己站在他的立場想想看。你有可能忘得這麼徹底、這麼要命嗎？想不起來就沒命了！大家都知道，為了活命，很多人記憶力會大增。如果他真的希望找她出來做證，他有可能完全不記得她嗎？如果真有其人的話？我讓大家好好想一想。

「我想我該說的都說完了，各位先生女士，這案件很單純，論點很明確，沒有讓人疑惑的地方。」

檢察官停了很久之後指出，「檢方控告你們看到的那個人，史考特・韓德森，謀殺他的妻子。

「檢方要求判他死刑。

「檢方報告完畢。」

6　刑前第90天

「被告請站起來面對陪審團。」

「陪審團代表請起立。」

「各位陪審員，請問你們確定判決了嗎？」

「庭上，我們確定了。」

「你們判被告有罪或無罪？」

「庭上，有罪。」

犯人席上發出窒息的聲音，「噢，我的天——不——！」

7　刑前第87天

「庭前囚犯，在本庭宣布判刑之前，你有沒有話要說？」

「有什麼好說的，他們說你犯了罪，但只有你知道沒有。誰會聽你說？誰會相信你？

「你要告訴我，我非死不可，如果你說我非死不可，那我就得死。我沒有比其他人更怕死，我就和所有人一樣怕死。死並不容易，但因為誤會而死更難。我不是因為我做了什麼該死，這是誤會。這是最難的死法。等面對死亡的那一天到來，我會盡量從容，這是我唯一能做的事了。

「但我跟你們說，跟你們所有人說，就算你們不聽或不相信：我真的沒殺人，我沒有。就算有這麼多證據、這麼多指控，就算要在電椅上受死，都沒辦法改變這事實，我沒殺人就是沒殺人。

「我準備好了，庭上，好了。」

法官席上傳來同情的聲音。「我很抱歉，韓德森先生，我想這是我判刑以來聽過最動容、最真切的哀求，但陪審團已做出判決，我別無選擇。」

同一個聲音稍微宏亮地說：「史考特・韓德森經審判後，判定犯下一級謀殺罪，在此宣判此人將於十月二十日，於州立監獄以電椅執行死刑，由典獄長行刑。願上帝寬恕你的靈魂。」

8　刑前第21天

有個人在監獄的囚室外走廊上小聲地說：「他在這，這一間。」然後又揚起蓋過鑰匙撞擊聲的音量說：「韓德森，有人來看你了。」

韓德森沒說話也沒動作。門開了立刻關起來。漫長、尷尬的安靜，兩人互看。

「我猜你不記得我了。」

「人們會始終記得是誰殺了自己。」

「我不會殺人，韓德森，我把犯罪的人交給審判者。」

「然後再來看他們有沒有逃跑，讓自己安心，知道他們還被關在原本的地方，一天過一天、一分一秒等死。你一定很擔心吧。來啊，看仔細，我在這，好端端地關著，你現在可以滿意地離開了。」

「韓德森，你心裡好苦。」

「三十二歲就死，怎麼會甜？」

柏吉斯沒答話。這種話沒人能好好接下去。他快速眨了幾次眼，表示他聽到了。他在狹窄的囚室裡轉身往外看。

「很小，對不對？」韓德森根本沒轉頭。

柏吉斯聽到便迅速轉身，好像牆壁快壓迫到他一樣。他從口袋裡拿出一樣東西，走到床前，韓德森還蜷縮在床上。「抽根菸？」

韓德森嘲弄地說：「現在是怎樣？」

「哎唷，不要這樣。」警探嘶啞地說，菸沒有收回來。

韓德森不情不願地拿了一支，比較像是為了讓柏吉斯離開他面前，而不是真的想抽。他的眼神依然苦澀。他無禮地先在袖子上抹一抹，才把香菸放進嘴裡。

柏吉斯給他打火機。韓德森還是一臉輕蔑，直視前方，越過小小的火焰，望著柏吉斯的臉。「現在是怎樣？要行刑了嗎？」

「我知道你的感受——」柏吉斯口氣很溫和。

韓德森聞言大怒。「你知道我的感受！」他怒不可遏，把菸灰彈到警探腳邊，瞄得很準。「你想去哪就去哪！」然後他又指著自己的雙腳。「但我不行！」他的嘴角都垮了。「給我滾！出去！出去！去取別人性命，找個新案子，我的案子已經沒人關心了。我的案子已經結束了。」

他躺回床上，呼了口煙在牆上。煙圈碰到床鋪頂端又落在他身上。

他們這時不盯著對方了，但柏吉斯仍站著沒離開。他終於開口說：「我知道你上訴失敗了。」

「對，我上訴失敗了。現在沒有干擾、沒有阻礙、沒有任何事情可以抵擋處死壞蛋的刑求。我現在可以直接去死了。食人族再也不必挨餓了。他們可以賞給我乾淨俐落痛快。」他轉頭看聽他說話的人，「你幹麼看起來那麼難過？很可惜我的痛苦不能延長嗎？很可惜我不能死兩次嗎？」

柏吉斯做了個苦臉，好像香菸已經爛掉了。他踩熄香菸。「中傷我也沒用，韓德森，我還沒打算放棄這案子。」

韓德森專注地盯著他一陣子，好像這時才第一次注意到他的態度有些不同，之前怒火燒壞了他的觀察力。「你在想什麼？」他問。「隔了好幾個月，到底是什麼風把你吹來？」

柏吉斯摸摸後頸。「我自己也不知道要怎麼解釋，這實在很奇怪，」他承認，「我知道我的調查工作在你被判刑之後就結束了——我要開口也很難。」他的結語很弱。

「怎麼了？不難啊，我就是個關在籠裡該死的人。」

「就是這樣才難。我發現——嗯，我要說的是——」他暫停一下，然後決定一口氣說出來，「我相信你是無辜的。好，我好不容易講出來了，可能對你或對我來說沒什麼，韓德森，我認為你沒殺人。」

漫長的安靜。

「喂，說話啊，不要呆坐在那邊看我。」

「我不知道要說什麼。有人把他親手埋葬的屍體挖出來說：『抱歉，老兄，我猜我搞錯了。』你告訴我，我接下去該說什麼？」

「我想你說得沒錯，我確實是無話可說，但我還是覺得我把調查工作執行得很好，尤其在蒐證工作上。我會再更仔細一點，明天會重新蒐證，如果有必要蒐兩次就兩次。我個人的想法沒有價值，我的工作是要找出確切的證據。」

「那你現在想法轉彎是怎麼回事?」韓德森譏諷地問。

「這很難解釋或講清楚。這過程很緩慢,花了好幾個星期、好幾個月我才慢慢接受。就像水滴要滲透整本記事本一樣。我在法庭上聽審時才開始想這事,逐漸推翻了自己原先的論點。他們指證歷歷,倒是讓我反向思考,後來我開始回顧這一切。

「我不知道你懂不懂我的意思。偽造的不在場證明向來很完美、沒有破綻、所有細節都處理得很好。你的不在場證明爛透了。這個女人你完全想不起來。十歲小孩都可以描述得比你完整。我坐在法庭後面聽,然後慢慢想:嘿,這個人講的一定是實話!任何謊言,隨便哪種謊言都比你講的有料。只有無辜的人才會像你這樣,完全搞砸辯解的機會。有罪的人都很靈光。你敗訴就沒命了,但你唯一拿來保護你自己的,就只有『女人』、『帽子』、『滑稽』。我對自己說:『這多麼真實啊。這傢伙在家裡起了爭執,隨便找一個他沒興趣的人,結果發現家裡出了人命,整個崩潰,然後聽到自己被告——』,」他揮著手說,「哪種情況比較有可能?——他其實記得很多細節,還是他稀微的印象在衝擊之下完全被抹滅,記憶就空白了?

「這件事在我心裡很久了,每次想起來壓力就更大。有一次,其實我已經走到這裡了,可是我想了想又掉頭離開,後來我和瑞齊曼小姐談過一、兩次——」

韓德森拉長了頸子。「我開始看到希望了。」

警探馬上機警地說:「不、不,還沒!你可能以為是她來找我,最後改變了我的想法

——剛好相反。我先調查她，然後去找她談一談——我跟她說的事差不多和我剛剛跟你講的一樣。我承認，在那之後她來找過我好幾次——不是去警局，而是到我家。我們談了好幾次，但總是沒結果。若不是我心中有疑惑，不管是瑞齊曼小姐或任何人想動搖我，都是不可能的。要我改變想法，一定要我發自內心起疑，外人很難說服我。我今天來這裡找你，就是我自己的決定。我不是答應她的懇求才來，她也不知道我來找你。只有我才能說服我自己。」

他開始來回踱步。「嗯，既然我已經說出來了，我就不會退縮。我的調查工作就該那樣進行，我們就是用這種方法蒐證。我蒐證非常徹底，不可能更仔細了。」

韓德森沒接話。他悶悶不樂地坐著看地板，暗自思索。他看起來沒剛剛那麼苦澀了。柏吉斯踱步時，人影時不時覆蓋在他身上。他連抬頭的精神都沒有。

這時，影子一停，他聽到銅板在口袋裡叮咚作響的聲音。

柏吉斯說：「你得找個能幫你的人。可以全職替你解圍的人。」

他繼續擺弄著銅板。「我沒辦法，我有我的工作要處理。噢，我知道電影裡有那種被當成英雄的警探，願意放下一切、專注在自己的案件上。我有老婆和小孩。我需要這份工作。而且，畢竟你我只是陌生人。」

韓德森頭也沒抬，低聲說：「我又沒叫你幫我。」

柏吉斯終於不再繼續晃口袋裡的銅板，他走向韓德森。「找個你親近的人，你只要負責這件事——」他握緊拳頭信誓旦旦地說，「——然後我會盡全力支援他。」

韓德森第一次抬起頭，但又馬上垂下。他無精打采地說了一個字：「誰？」

「這個人要能投入熱情、信念、狂熱。不是為了錢，而是為了他自己的發展。他願意為你翻案，因為你是史考特・韓德森，不是別人。因為他喜歡你，對，甚至愛你，因為他寧願自己死掉也不願意見你枉死。這個人不能受女色錢財誘惑。就算時間已經不夠了，他也願意拚到最後一刻。就是需要這樣的熱血。只有這樣才能翻案。」他說話時，手已經從口袋裡拿出來，搭在韓德森的肩上，一臉堅持。

「你已經有個願意這樣為你付出的女友了，我知道，但她只是個年輕女孩，有熱血卻沒經驗。她會盡力，但這還不夠。」

終於，韓德森槁木般淒冷的表情柔和了點，他任警探代替她接收自己感激的眼神。「我或許曉得——」他悄聲說。

「你需要找個男人，知道怎麼進行調查的人，但這個人要像她一樣挺你。你一定要找到這樣的人。每個人生命中都有這樣的兄弟。」

「對，每個人都有。我以前也有，大概吧，跟每個人一樣。但年紀愈大，朋友就漸漸失聯了，尤其是結婚後。」

「他們不會人間蒸發，尤其是我們講的這種兄弟。」柏吉斯堅持不懈。「你們有沒有保持聯絡不是重點，如果你有這樣的兄弟，他們永遠都在。」

「我是有啦，我們是好哥兒們，」韓德森承認，「但那已經過去了——」
「友情不會過期。」
「他現在不在這裡，我最後一次見到他的時候，他說隔天要去南美。他和一個石油公司簽了五年駐外合約。」
韓德森歪著頭看警探。「你做這一行的，總會有些幻想，對不對？你們就是很敢開口，是不是？叫一個人從三千哩外的地方放棄他的前途，回來替一個已經被判刑的朋友拚命？而且我跟你說，我們已經很久沒聯絡了。要記得，年紀愈大臉皮愈厚。追求理想的個性會被年歲給磨淡。三十二歲的人跟你二十五歲認識的時候不一樣，而且你不是他。」
柏吉斯不讓他講完。「回答我一個問題就好。若是以前，他會答應幫你嗎？」
「會。」
「那就行了，他以前若肯，現在還是會答應。我再講一次，忠誠不會過期。他如果是個忠誠的朋友，不管過多久都還是；如果不是，那就永遠都不會幫你。」
「但這樣試探不公平，這種友誼的試煉太為難人了。」
「如果他覺得五年的駐外合約比你的命重要，」柏吉斯爭辯下去，「那也就不是什麼值得留戀的朋友。若他覺得你的命比較重要，那這就是你要的人。為什麼不先給他一個證明的機會，再談論他會不會為你放棄工作？」
他從口袋裡拿出筆記本，撕下空白頁，墊在膝蓋上寫字。他的腳靠近床沿。

九月二十日

約翰·隆巴
委內瑞拉卡拉卡斯
南美石化總部

你離開之後，瑪樹拉死了，我被判刑。有個關鍵證人，只要能找到，就可以還我清白。我的律師已經沒輒，希望你能幫我，我沒人可求了。死刑定在十月的第三週，上訴遭駁回。救我！

史考特·韓德森

9　刑前第18天

他身上還有去過低緯度溫暖地區的晒痕。匆匆一路趕來，只見晒痕都還來不及褪，就像其他旅客一樣。從西岸飛到東岸一定會頭痛，加上三天內要從里約到紐約，人趕得後頸都要晒傷了。

他看起來年紀和韓德森坐牢前差不多，五、六個月前韓德森還是個壯年人，這時在牢房裡的死亡陰影籠罩下，度時如年。

他還身穿南美洲的服飾。雪白的巴拿馬衫和這裡的天氣根本搭不上，灰色的法蘭絨西裝外套太緊了，顏色也不適合美國的秋天。這衣服跟委內瑞拉的陽光才配。

他個子挺高，身手靈活，動作敏捷。你可以想像他在馬路上追逐車輛，就算車子已經遠離一個路口，還是有辦法追上。他其實也很會穿搭，不過這時的他卻在秋天的街頭穿著春裝。他的小鬍子該修剪了；領帶需要燙一下，才不會一直捲起來，像是螺旋糖。他給人的印象是比較適合指揮一群員工，而不是在舞池裡大顯身手。他身上有一股魄力，讓人覺得就算天要塌下來也還有他頂著。若按以前的說法，他就是男人中的男人。

「他過得怎麼樣？」他跟在警衛後面低聲問。

「還行。」意思是，你能期望怎樣？

「還行，是嗎？」他搖搖頭，屏著呼吸嘆氣，「可憐的傢伙。」

警衛走到囚室門口，正在開門。

他稍微停下腳步，深吸一口氣讓喉頭順暢，然後轉過角落，看到牢門柵欄。他苦著臉走進去，伸出手，好像兩人是在高級飯店的大廳見面一樣。

「哇，老韓，你看看，」他拖著聲調說，「你在幹麼，搞笑嗎？」

韓德森的反應一點也不苦，和柏吉斯來訪當天完全不一樣。你可以看出這是老朋友。他的愁眉苦臉立刻亮起來，和氣地說：「我現在住這裡啦，你覺得環境怎麼樣？」

他們握著手寒暄，好像從來沒聯絡上。警衛鎖上門離開以後，他們都還在熟悉對方。兩人的手一握，就有種不需言說便心有靈犀的默契。韓德森的手傳達著溫暖的感謝之情。「你來了，你出現了，所以友情真的不是說說而已。」

隆巴的手勢則是熱血澎湃地要鼓勵他，「我挺你，我不會讓他們冤枉你。」

握完手之後，他們先花了幾分鐘閒聊，什麼都聊，就是不碰主題。有點膽怯，有點迴避，畢竟太血腥、太殘酷、太致命的話題讓人不知該從何切入。

於是隆巴說：「天啊，我搭火車過來，那一路還真折騰。」

韓德森說：「哪會？約翰，你看起來氣色很好。」

「怎麼不會！你少虧我了。那裡路況有夠糟糕，到處都是洞！食物又難吃！還有蚊子！我一定是腦袋進水，才會簽五年下去。」

「不過我想錢很多吧，不是嗎？」

「當然，但我拿那麼多錢在那裡要做什麼？又沒地方花。就連啤酒喝起來都像煤油。」

韓德森難為情地說：「但我很過意不去，讓你離開待遇如此優渥的工作。」

「你幫了我一個大忙，」隆巴爽朗地駁斥，「而且我的合約沒終止。我設法請了假。」他停了一會，終於慢慢講起那個話題，那個心照不宣的話題。他挪開眼神，不看著他的朋友，望向其他地方。「老韓，這到底是怎麼回事？」

韓德森想露出苦笑，「嗯，我們班有個同學，兩、三週後要在我身上做通電實驗。還記得畢業紀念冊裡他們說我怎樣？『最可能上報』。預言真準。那天可能每一份報紙都有我的名字。」

隆巴不妥協地看著他的雙眼，「不會，你不會，我們不要再瞎耗時間了。我們都認識了大半輩子，就打開天窗說亮話，講話不必那麼客套。」

「好，」韓德森可憐兮兮地應著，「去他的，人生苦短。」他說完才發現這句話真不妥，又竊竊苦笑。

隆巴撐在角落的洗手臺上，讓腿稍微騰空休息一下。他雙手抓住腳踝往上抬，思索了一下後說：「我只見過她一次。」

「兩次，」韓德森提醒他，「有一次我們在街上碰到你，記得嗎？」

「對，我想起來了。她一直從後面拉你手臂，要拖你離開。」

「她那時候要去買衣服，你知道，女人要逛街的時候就是那樣。片刻都不想浪費——」然後他又繼續道歉，代替一個已經死去的人道歉，顯然沒發現這件事已經不再重要了。「我們一直很想邀你吃飯，但我不知道——怎麼搞的——你知道，生活就是這樣。」

「我懂。」隆巴很能體諒。「老婆都不喜歡老公單身時期的朋友。」他拿出香菸，朝狹小牢房的對角扔了一根。「如果抽到一半舌頭腫起來或嘴唇長水泡，那不要緊，這是我從南美帶來的，行李裡一半是手槍彈藥、一半是殺蟲劑。我還沒時間買這裡的菸。」他想了很久才說，「我覺得你最好讓我知道來龍去脈。」

韓德森嘆了一口氣，「對，我最好重講。我已經想了好多遍，都可以倒背如流了，睡著時也能講。」

「對我來說，這就像一片空白的黑板，所以盡量不要漏掉任何細節。」

「瑪榭拉和我的婚姻只是場預試，真正的婚姻不應該像這樣。男人不會承認這種事，就算對朋友也很難開口，不過我們都在監獄裡了，還彆扭什麼呢？大概一年多前，我人生的真愛突然出現了。我來不及參與。你從沒見過、不認識她，所以我也沒必要提她的名字。檢調在審判時也沒提及她的名字，算對我很仁慈了。審判過程中，他們都稱她為『那位女子』，我們就稱她『我的女孩』吧。」

「你的女孩，」隆巴同意。他雙臂交疊，香菸夾在指尖，垂著頭認真聽他說。

「我的女孩實在很委屈。我們的感情是真的。如果你還沒結婚，然後遇見了真愛——你就安全了。或如果你和真愛結婚，那更好，你的人生就是彩色的。如果你結婚了，真愛遲遲沒來——那還是很安全，即便只是平凡過日子，不曉得愛情的美好。最慘的是你已經結婚了，然後才遇到真愛，那一切都太遲了——這真的要注意一點。」

「注意一點，」隆巴帶著憐憫低聲附和著。

「其實那是一段純愛。我第二次見到她的時候就告訴她，我已經和瑪榭拉結婚了，那應該是我們最後一次見面，到了第十二次見面時，我們仍然希望那是最後一次見面。我們一直想離開對方——就像迴紋針想要離開磁鐵那麼難。

「這段感情才不到三十天，瑪榭拉就知道了，是我說的。我去和她講清楚。不過她並沒有很震驚。她只是淺淺微笑，然後靜觀其變，像是看兩隻蒼蠅肚子朝上倒在烘衣機下面爬不起來。

「我要和瑪榭拉離婚這事，那大概是中期的時候，她又露出那種慢條斯理的心機笑容。她說她要想一想，然後我就給她時間想。過了好幾週，過了好幾個月，她一直慢慢想，慢慢折磨我。我時不時就看到她那種譏笑我的表情。我們三個人裡面，那時候只有她得意。

「這讓我很煎熬，我是個成熟的男人，我想要和我的情人在一起。我不是感情的騙子。我不想搞外遇，我想和我的妻子在一起，而我家裡的那個女人，她不是我的妻子。」

他一直低頭看著雙手，這時他的手微微顫抖著。

「我的女孩說：『一定有方法可以解決問題，我們都在她的股掌之中，她也很清楚。你一直保持沉默，這態度是不對的。這讓她只能和你對立。去找她聊一聊，就像和朋友一樣。帶她出去走走，兩個人好好談心。你們既然曾經相愛過，感情一定還在，或至少有共同的回憶。她一定還有些善意，或對你有感覺，你要打動她，讓她曉得這樣對她也好，不只是為了我們兩個好。』

「所以我買了兩張票，在我們婚前常約會的老地方訂了雙人晚餐。我回家之後說：『我們一起出門，好不好？我們今晚像以前一樣出去走走。』

「她又露出那種慢條斯理的微笑，然後說：『好啊！』我走進浴室，她就坐在鏡子前準備。我已經很熟悉她的習慣了，這裡摸一下、那裡摸一下。我在浴室裡吹口哨。我以前很喜歡和她一起共浴。我這才發現問題在哪：我一直都很喜歡她，我以為那是愛。」

他任香菸從指尖掉落到地上，踩扁之後繼續低頭看著。「她為什麼不馬上拒絕我呢？為什麼她要讓我在浴室裡吹口哨呢？從鏡子裡看我梳頭髮會有快感嗎？看著我把手帕折進外套胸前口袋很有滿足感嗎？那是她六個月以來第一次感受到快樂嗎？她為什麼要假裝她會出門，但她明明打從一開始就不打算出去？因為她就是這樣子。她就是這種人。因為她喜歡吊我的胃口。不管是小事或大事。

「我一點一滴慢慢察覺。她的笑容，就這樣映在鏡子裡。她這裡摸摸、那裡梳梳的樣子，根本就沒有要出門。我手上握著領帶，準備要打上去。終於，她連小動作都不裝了，她就坐在那裡，雙手都不動，就只坐著，什麼都不做。維持那笑容，對著一個戀愛中的男人笑。一個在戀愛中而乞求她憐憫的男人。

「接下來的發展有兩個版本，他們的和我的。這兩個版本到目前為止都一模一樣，沒有一絲差異。他們提出的每個小細節都沒錯。到此為止，我的每個細微動作都被他們推理出來了。他們的調查工作很仔細，當時我就站在她後面，看著同一面鏡子，雙手抓著領帶，兩個版本就從那晚六點開始不一樣。南轅北轍。

「我現在跟你講我的，正確的版本。

「她就只是在等我問她。就這樣，她就那樣坐著。那笑容，那靜止的雙手交疊在桌沿，我看了她好一陣子之後終於開口問了。我說：『妳不去嗎？』

「她笑了。老天，她那笑聲。多大聲、多漫長、多真心。我那時才知道，笑聲可以是那樣恐怖的武器。我可以從鏡子裡看到自己的臉，愈來愈慘白。

「她說：『不要浪費票啊，何必浪費錢？帶她去嘛。她可以看表演，她可以好好吃頓飯，她可以擁有你，只是不能用她想要的方式。』

「這就是她的回應。從那之後她的回應就是這樣，我那時候就知道了。未來，我們的餘生，往後都會很難熬。

「接下來發生的事，就是我咬著牙、放開手，我不知道手上的領帶怎麼了，可能掉到地上，我只知道我沒有把領帶繞上她的頸子。

「我從來就不會攻擊別人。我不是那種人。她還想挑釁我。我不知道為什麼。或許因為她知道自己很安全，她知道我不敢下手。她從鏡子裡看著我，當然，她根本沒轉過頭。她嗆我說：『來啊，揍我啊。要拿傢伙嗎？拿了也沒用，不管怎樣，你都達不到目的。你很甜蜜也好、你滿腹酸楚也好，你很溫柔也好，你很粗魯施暴又能奈我何？』

「然後我們都說了一些不該說的話，每個人在氣頭上都會口不擇言，不過那只是口角，真的，我從來沒對她動手。我說：『妳不想要我，那妳到底為什麼要巴著我？』

「她說：『有強盜來家裡搶劫的話，你還派得上用場啊。』我說：『接下來我們的關係，就僅止於防盜了！』她說：『我還真不曉得，你或是強盜進家門時，兩者之間有沒有差別？』我說：『我想起來了，我有東西要給妳。』我從皮夾裡拿出兩塊錢，丟在她身後的地上。我說：『這就是娶妳的代價！我下樓的時候會付錢給琴師。』

「沒錯，我很下流、沒格調，我抓了帽子和大衣就快步離開家了。我走的時候她還對著玻璃大笑。她在笑啊，約翰，她當時還活著。我沒動她一根寒毛。她的笑聲一直跟著我走出門口，就連我關了門都還聽得到。逼得我下樓後就往外走，連等車都不願意。我被她的笑聲逼瘋了，又沒法趕緊關掉腦子裡的笑聲。這聲音甚至跟著我過馬路，最後才消失。」

他暫停了很久，等回憶慢慢消散，才能繼續往下說。他額頭上的皺紋夾了好幾滴汗珠。

「當我回去的時候，」他安靜地說，「她已經死了，他們說是我幹的。他們說從她的手表判斷死亡時間是六點八分十五秒。那一定是發生在我甩門之後的十分鐘內。這部分還是讓我渾身起雞皮疙瘩，就連現在也是，只要我一想起來就會這樣。殺人犯一定早就潛藏在屋子裡，不管他是誰——」

「但你說你自己下了樓？」

「他或許躲在最上面，我們住的那層樓和屋頂之間。我不知道。或許他全都聽到了。或許他甚至目送我離開。或許我甩門的時候太用力，結果門沒關好反而彈開，他就進去了。他一定在她還沒反應過來就下手了。或許她的笑聲掩護了他的腳步聲，讓她什麼都沒注意到，結果一切就太遲了。」

「這樣聽起來很像小偷幹的，是嗎？」

「是啊，但是要偷什麼？警察一直沒發現他要偷什麼，所以沒考慮竊盜的可能。不是搶劫，因為沒掉東西。她面前的抽屜裡就有現金六十元，根本沒藏起來。也不是攻擊事件，她坐在那裡就死了，屍體留在原處。」

隆巴說：「可能是打算行竊，但還沒偷到手就嚇得跑走了；或許是外面有聲音，又或許是他沒料到自己殺人了。這種事發生過一千零一次。」

「這也說不通，」韓德森呆滯地說，「她的鑽戒就放在梳妝檯上，她甚至沒戴在手上。小偷只要拿了就可以往外跑。不管有沒有受到驚嚇，拿起一顆鑽戒要花多少時間？那鑽戒好端端的。」他搖搖頭。「那條領帶害死我了。原本掛在最下面，領帶架又在衣櫃最裡面。那條領帶最配我那天的衣服。當然，因為是我挑的，但我沒用領帶勒死她。我們吵到一半，我就不知道領帶去哪了。一定是我不注意的時候掉到地上，然後我抓起上班打的那一條，隨手繫上就快步離開了。他溜進來的時候一定有注意到，她完全沒起疑心，他撿起領帶——天曉得他是誰，天曉得他為什麼這樣做！」

隆巴說：「那也有可能是一時衝動，沒有理由、沒有原因，就是一股想殺人的渴望。可能是外頭街上的神經病沒被關起來，可能是你們吵架太激烈而刺激到他，尤其他又發現門沒關好。他發現殺人之後可以不受制裁，你會扛下罪狀。你知道，真的有這種事。」

「如果是這樣，他們就永遠都找不到殺人凶手了。這種殺手最難追查，要靠運氣才能破案。或許有一天，他們會因為其他案件逮到他，然後發現他和這樁謀殺案有牽連，那是他們的第一個線索，但我那時候早已服刑了。」

「那你信裡講到的那個關鍵證人呢？」

「我現在就要來講，這是目前唯一的渺茫希望了。就算警方完全不曉得到底是誰下的手，我還是可以證明我的清白。這兩件事不是同一案，可以分開來，一旦我證明了自己的清白，就不會是殺人犯了。」

他左手拍右手掌心，又換右手拍左手掌心，一邊說話一邊輪流拍著。「有個女人，此刻不知道在哪裡，我們在牢房裡討論這整件事，但她可以證明我不在場——只要告訴他們一件事，我是幾點幾分在離我家八個街口外的酒吧見到她。當時是六點十分。她和我一樣清楚時間。不管她是誰、人在哪，她很清楚我們見面的時間。他們甚至實測過，我不可能在家犯下謀殺案之後，還能在那時間抵達酒吧。約翰，如果你可以幫我一個忙，如果你可以救我，就把她找出來。她可以解開我的劫難。」

隆巴想了很久，最後說：「他們用過哪些方法找她？」

「什麼都試過了，」他的聲音很絕望，「陽光下什麼都翻遍了。」

隆巴走過來，頹坐在床沿和他並肩。「吁！」他對著手掌吹氣。「警方查不出來、你的律師查不出來，每個人都查不出來，需要證據的時候什麼都沒有——那我有多少機會？好幾個月過去了，這案子都查不出線索了，你只剩下十八天！」

警衛出現了。隆巴站起來，他的手順著韓德森頹喪的肩膀滑下，然後往外走去。

韓德森舉起手。「你不想要握手嗎？」他支支吾吾地問。

「握手做什麼？我明天還會再來。」

「你是說你願意奮力一搏？」

隆巴轉身用很受傷的眼神看他，好像這愚笨的問題讓他很火大。「你怎麼會覺得我要放棄呢？」他吼了一聲。

10　刑前第17、16天

隆巴在牢房裡繞來繞去，雙手插口袋，低頭看著雙腳，好像他之前從來不曉得雙腳怎麼運作。最後，他停下腳步說：「老韓，你得再認真一點，我不是魔術師，我沒法憑空變出個人。」

「聽我說，」韓德森疲倦地說，「我已經把我知道的都告訴你了，再講下去我都要暈了，我連作夢都在想。我真的想不出其他細節了。」

「你到底有沒有看過她的臉？」

「我看過好幾次，但我就是沒印象。」

「我們再從頭來過。不要用那種表情看我，這是我們現在唯一能做的事。你走進去的時候，她已經坐在吧檯前了。跟我講她給你的第一印象，努力回想，有時候第一印象比後來細看更強烈。好，你的第一印象是什麼？」

「她伸手去拿零食。」

隆巴嚴厲地看了他一眼。「你都離開自己的座位，要去跟人家攀談了，卻完全不看對方一眼？哪天你要好好表演給我看一下。你總知道她是個女的，對吧？你不會是對鏡子說話吧？你怎麼知道那是個女人？」

「她穿裙子，所以我知道她是女的；她沒用拐杖，所以我知道她行動自如。我剛開始就只注意到這兩件事。我的眼神穿透她了，從頭到尾眼中只有我的女孩。你期待我能說出什麼？」這時換韓德森惱了起來。

隆巴花了一分鐘讓彼此冷靜下來，然後說：「她的聲音呢？有沒有透露出什麼？她是哪裡人？有沒有口音？」

「她上過高中，在城市裡長大的。她說話的方式和我們一樣。標準都會女士，就和白開水一樣毫無特色。」

「如果你沒發覺任何口音，那她就是在這裡長大的，這不曉得有沒有用。那在計程車裡呢？」

「沒怎樣，車就一直往前開。」

「那在餐廳呢？」

韓德森叛逆地縮起脖子。「沒怎樣，約翰，這沒用。沒印象，什麼都想不起來、我不知道。她吃了東西、說了話，就這樣。」

「好，她說了什麼？」

「我不記得了，一個字都記不得。我又沒打算聽她說話，只是為了打發時間，一個人離開家靜一靜。『魚很好吃。』、『戰爭是不是好可怕？』、『不，不抽菸，謝謝你。』」

「你真把我搞瘋了，你一定很愛你的情人。」

「我是啊，我一直很愛她。少廢話。」

「那在劇場呢？」

「我只記得她觀賞到一半站起來，這話我已經跟你講三次了。你自己也說過，這樣沒辦法知道她是怎樣的人，只知道她看表演看到一半做了什麼。」

隆巴靠近他。「對，但她為什麼要站起來？你一直想不透。這時表演還沒結束啊，按照你說的，通常觀眾不會無緣無故站起來。」

「我不知道她幹麼站起來，我又不會讀她的心。」

「我看哪，你也不會讀你自己的心，算了，我們晚點再討論這個。你想清楚的時候，自然就會明白她的理由。」他讓兩人休息一下。

「那她站起來的時候，你總看她一眼了吧？」

「看是一個動作，眼睛和瞳孔的動作；認真瞧才有用到心、用到腦。我整個晚上都有看到她，但我正眼沒瞧上一次。」

「這根本在整我啊，」隆巴臉都皺了，鼻梁皺到雙眉中間。「我從你這邊什麼都問不出來。一定有人可以問出線索，那天晚上一定有人看到你和她在一起。兩個人不可能出去六小時都完全沒人看到。」

韓德森苦笑。「我原本也是這麼想。後來我發現我錯了。那個晚上整座城市的人都集體得了散光似地。有時候，他們搞到連我都很懷疑到底有沒有這個人，難道是我幻想出來的，靠想像力硬生出來？」

「你現在不能放棄。」隆巴簡短命令道。

「時間不夠了。」韓德森悲慘地說。

韓德森起身，從地上撿起一根燃盡的火柴棒，拿到牆邊，那裡有好幾排燒過的小火柴，每兩根疊成一個叉，那一排最後那幾根單獨形成斜線。他這根火柴棒疊上去，這下又多了一個叉。

「不要再那樣了！」隆巴說。他猛然吐了口口水在手上，大步走過去，朝牆壁用力一掃，所有的火柴，不管有沒有打叉，全都不見了。

「夠了，坐過去一點。」他拿出紙筆。

「我站起來一下，」韓德森說，「這裡只夠一個人坐。」

「現在你知道我要什麼，對吧？原始資料，要還沒加工過的。第二批證人，上次沒做證過的，警察和你的律師都忽略的人。

「不必想太多，他們在你的記憶裡跟鬼魂一樣。我們需要第二級的鬼來幫我們聯繫上第一級的鬼。搞不好要找個靈媒來幫忙。

「我不管他們是不是只和你擦肩而過，可能是從你身旁走過的路人。重點是，我要比別人先找到他們。我不要別人問剩的。一定有我們可以卡位的地方。不管印象多模糊，我要列出一張清單。好，從頭來，酒吧。」

「每次都從酒吧開始。」韓德森嘆口氣。

「酒保已經問過了。除了你們兩個之外，還有沒有其他人？」

「沒有。」

「慢慢想，不要逼自己。用逼的沒有用。愈逼愈想不起來。」

四、五分鐘過後。

「等等，有個坐在椅子上的女性轉過頭來看她。我在我們往外走的時候有注意到。這有用嗎？」

隆巴寫下來。「就是這種回憶，我要的就是這種。那個女性你還記得多少？」

「沒了，比我身邊那個女人的印象更淺，她只是轉過頭而已。」

「給我認真一點。」

「計程車，這個調查過了。他在出庭的時候真是個笑話。」

「接下來是餐廳。白屋有沒有幫你們寄放外套的小姐？」

「她就是明明白白地說不記得她啊。寄放外套的時候，只有我一個人去，那個女鬼說要去化妝室。」

隆巴又寫下來。「或許化妝室裡有服務生，不過，如果她在你身邊的時候沒人有印象，那她離開你的時候也很難讓人記得。那在餐廳裡呢？有人轉過頭嗎？」

「她跟我不是同時間給人帶入座的。」

「那我們就去劇場吧。」

「那裡有個門房，他的鬍子很滑稽，像魚鉤一樣，我記得很清楚。他直盯著她的帽子看。」

「好。把他加上去。」

他又寫了一些字。「那帶位的人呢？」

「我們遲到了，所以他在黑暗中用手電筒帶位。」

「不好。那舞臺上呢？」

「你是說表演的人嗎？恐怕表演速度太快了。」

「她站起來的時候應該有人看到。警察有去找他們嗎？」

「沒有。」

「那我去確認一下也無妨。我們什麼都不能放棄，懂嗎？任何細節都要抓住。如果你那天晚上碰到了瞎子，我也要知道——怎樣？」

「嘿。」韓德森眼神銳利了起來。

「怎麼了？」

「你剛剛讓我想起一件事，就是有個瞎子。我們要離開的時候，碰到了一個瞎眼的乞丐——」他看到隆巴很快地做了筆記。

「你在唬我吧。」隆巴無法置信。

「我會唬你嗎？」

隆巴平靜地說：「等著瞧。」他又敲了敲鉛筆。

「就這樣，想不起來其他的了。」

隆巴把清單收進口袋，站起身。「我會找出破綻的！」他很有把握地說，走過去晃了晃柵欄準備離開。「你不要一直盯著牆壁看！」他看到韓德森的衰臉後又加了一句，走過去說：「他們不會把你帶到那裡去的。」他指了指走廊另一端的行刑室。

「他們說他們會。」韓德森低聲講反話。

各家報紙尋人版面：

五月二十日晚間約六點十五分，在安森墨酒吧靠牆座位的小姐，您可能注意到一位戴橘帽的女士，請您和我聯繫。她當時可能背對妳，若妳有印象，請盡速和我聯繫，攸關另一個人的幸福。所有回覆將一律保密。聯絡方式：約翰·隆巴，郵政信箱六五四。

沒人回覆。

11　刑前第15天

一個邋遢的女人替他開了門，她灰色的頭髮垂在眼前，身上還有白菜的味道。

「歐班能？麥可．歐班能？」

他在那裡就碰了一鼻子灰。

「聽我說，我今天才去過你們辦公室，那裡的人說可以讓我們延到星期三，你們公司就是死要錢，但我們又不會騙人，最後那五萬塊我們一定湊得出來，一定會！」

「太太，我不是來討債的。我只是想和今年春天在劇場當門房的麥可．歐班能說話。」

「哦，我記得他幹過那份工作。」她口氣刻薄地說，然後轉過頭，揚起聲音，好像希望隆巴以外的其他人也能聽到她說話。「死男人只要丟了一份工作，就只會成天坐著，屁股也不動一下。他們就只會坐著等工作上門！」

屋內傳出很像水族館海豹的低沉吼聲。

「麥可，有人找你！」她朝屋內大喊後，對隆巴說，「你最好自己進去找他，他沒穿鞋。」

隆巴沿著一條像「鐵道」的長廊前進，感覺這走廊好像沒有盡頭，不過走廊的盡頭就是一個小房間，中間有張桌子罩著油布。

他要見的人就懶散地倒在那桌子旁邊，兩張木椅搭成橋，他就癱在上面，後背從椅子中間的縫隙往下垂。他不只是沒穿鞋，上半身只穿一件燕麥色短袖上衣和一條吊帶，兩隻白襪就掛在他正對面的椅子上。他見到隆巴走進來，就放下賽程表和菸斗。「先生，需要我幫忙嗎？」他客氣地說。

隆巴把帽子放在桌上，沒等他開口就自己坐下來。「我朋友希望可以聯繫上某個人。」他的開場充滿自信。他覺得如果一開始就提到死刑和警方調查，可能會嚇到他，就算有什麼線索也不敢多說了。「這對他來說很重要，是他最在乎的事。那麼，這就是我來的理由。你記不記得，你五月在劇場門口當門房的時候，曾經幫一位先生和一位小姐開計程車門？是你替他們開門的。」

「這個嘛，每個人要是把車停在劇場門口，我都會上前開門，那是我的工作。」

「他們有點遲到，可能是那個晚上你見到的最後一組。那位小姐戴了一頂亮橘色帽子。很特殊的帽子，上面插了一根羽毛。她下車的時候，羽毛就掃過你眼前，她和你靠很近。你的雙眼就像這樣，跟著她從這邊到那邊——你知道的，就是有東西太靠近你，你又不確定那是什麼的時候，人都會這樣。」

「他最會了，」他太太站在門口嗆聲。「只要是漂亮女人經過，他就會這樣，不管他看不看得清楚。」

這兩個男人都沒答腔。「他看到你的表情了，」隆巴繼續說，「那時候他剛好注意到，然後就告訴我。」他把手貼在油布上，靠近他。「你想得起來嗎？有記憶嗎？你對她有沒有任何印象？」

歐班能無奈地搖搖頭，然後咬著上唇，又搖了搖頭。他責難地看著隆巴。「這位先生，你知道你在幹麼嗎？我每個晚上幫那麼多人開車門！幾乎都是成雙成對，一男一女。」
隆巴在桌子對面，繼續傾著上半身朝他看了好一陣子，好像專注的眼神就可以幫他找回記憶。「努力一點，歐班能，回想一下。認真想，好不好，歐班能？你的記憶可以救倒楣的傢伙一命。」
他的太太聽到這話慢慢靠近，不過沒說話。
歐班能又要搖頭，這次很確定。「沒有，」他說，「我在那裡站了一整季，幫那麼多人開門，我只記得一個單身的，那人自己來劇場，渾身酒味。我替他開車門的時候，他一下計程車就跌了個狗吃屎，我還得兩手扶著他——」
隆巴不讓他繼續沉浸在那派不上用場的回憶裡。他站起來說：「你想不起來，你確定你完全想不起來？」
「我想不起來，我確定我完全想不起來。」歐班能又伸手去拿菸斗和賽程表。
他太太這時很靠近他們，她一直用懷疑的眼神看著隆巴。她的舌尖在嘴角猶豫了許久才開口問：「如果他想得起來的話，我們有什麼好處嗎？」
「嗯，有啊，我很願意為你們做點什麼，只要你能給我我要的資訊。」
「麥可，你有沒有聽到？」她搥丈夫一下，好像要攻擊他。她開始奮力搖晃他的肩膀，兩手搭在同一邊肩上，好像在揉麵團或是在按摩。「快想啊，麥可，快想啊。」
他撥開她的手，舉起手臂擋在面前。「妳把我當船一樣搖，我要怎麼想得起來？就算我腦子深處有印象，也被妳給搖不見了！」

「嗯——看來是沒輒了。」隆巴嘆口氣便轉身離開，失望地沿著長廊往外走。

他聽到身後門內傳出她惱火的叫罵聲，「你看，他走了啦！噢，麥可，你有什麼毛病？那個人只要你想起一件事，你連這個都做不到！」聽起來是她又開始毆打她先生的肩膀。

她一定把氣出在他的東西上了。屋內傳來怒吼聲：「我的菸斗！我的賽程表！」

他們持續激烈的爭執，隆巴替他們把大門給關上了，忽然間，他們變成竊竊私語在商量著，隆巴會意了過來，繼續往樓下走。果不其然，就在隆巴快走到樓下時，他們家的門開了，歐班能的太太在樓梯口大聲嚷嚷，「等等，先生！回來！他想起來了！他有印象了！」

「哦，真的啊？」隆巴根本提不起勁。他停在原處抬頭看著她，但沒打算上樓。他拿出皮夾，試探般撫著皮夾外緣。「問他當時她的手套是黑的還是白的？」

她大聲地把問題朝屋內重複了一次，得到答案之後再往下對著隆巴喊——聲音有點遲疑。「白的——你知道，配晚上的衣服。」

隆巴原封不動地把皮夾收回去。「猜錯了。」他堅定地說完便下樓了。

12　刑前第14、13、12天

那位女子

她已經在吧檯椅子上坐了好一陣子，他才注意到她，這不太尋常，因為酒吧裡人還不多。她走進來的時候應該很醒目。這表示她進來酒吧找到位子坐下來的動作很低調。

他才正要開始上班，所以她一定是在他就緒之後沒多久就到了，簡直就像是算準了時間：在他準備好的時候抵達。他穿著燙得平整的外套從員工辦公室走出來，環視工作範圍時她人還沒出現，這他很確定。總之，他招呼完吧檯盡頭的那位先生之後，就發現她安靜地坐在那裡，於是立刻走過去。

「小姐？」

她凝視他的雙眼許久，他想。然後他很快地又想，一定是他弄錯了，可能是他在幻想。所有顧客點餐的時候都這樣看他，畢竟要透過他才有酒喝。

不過她的眼神稍有不同，那印象又回來了，原本他不當一回事。她的眼神針對著他，或許是要點酒，不過酒不是重點。她看著他，表面上是要點酒，但其實是要他認得，那表情好像是說：「看著我，記得我。」

她要威士忌加水。他轉身去準備，她的眼神到最後一刻才放開。他心中閃過一絲挫敗，覺得自己無法解釋她犀利的目光，但那感覺來得快去得也快，他沒多想，就只是瞬間的感受而已。

於是，這一切開始了。

他端來她的酒，接著便轉身去招呼其他客人。

過了一會，那期間他都沒再想起她，他已經忘了她。在這段時間裡，照理說她的坐姿應該稍微有點變化，像是提起手端起酒杯或環顧四周。沒有，她坐著一動也不動。就像酒吧椅上的人形立牌。她的酒一口也沒喝，依然在他放下的地方，杯中的量也沒減少。唯一移動的只有她的雙眼。他走到哪，她的眼睛就跟到哪。如影隨形。

他稍停下動作，對上她的眼睛，從他發現她刻意聚焦在他身上之後，這是第一次和她四目相對。他這時發現，她的雙眼從來沒離開過他，他猜都不必猜。這讓他很困惑，他不知道為什麼。他偷看了鏡子一眼，想知道是不是他的表情或衣著有問題。沒問題呀，他和平常一樣，其他人也沒像她一樣猛盯著瞧。他找不出合理的解釋。

她是故意的，這不必懷疑，因為他只要一走動，她的眼睛就跟著他。不是那種迷濛、夢幻、沉醉的表情，讓他可以占點便宜。她的眼神後面透露出心計，正衝著他來。

這念頭一跑進他腦子裡，就再也甩不開了。這想法一直跟著他、煩著他。他也開始偷偷摸摸地時不時看著她，每一次都覺得自己應該沒被發現。但他每一次都發現她根本一直在注意他，轉開眼神之後，只好讓她繼續看著他。他的挫折感愈來愈重，愈來愈不爽。

他從沒看過哪個人可以像雕像一樣坐著不動。她毫髮未動。那杯酒一直擱在旁邊，好像他從來沒端過去一樣。她像是個年輕、女身的菩薩，雙眼莊嚴，不受打擾地望著他。

不爽的感覺已經逐漸轉為惱怒。他終於走過去，停在她面前。

「小姐，妳不喜歡這杯酒嗎？」

這其實是在暗示她，要她找點別的事情做，但沒有用，她根本不理。她的回答很平板，有講等於沒講。「放著。」

情勢站在她那邊，因為她是女性，女性在酒吧不必一直買酒，但男性要受歡迎的話，就得一直點酒來喝。況且她也沒和其他人聊天，她不急著結帳，也沒有失常的行為，他實在拿她沒辦法。

他又離開她面前，猶豫了一下，躲在吧檯轉彎處回頭看，不過她的眼神還是很堅定地跟著他。

不爽的感覺一直甩不掉。他本來以為聳聳肩或拉拉領口就沒事了。他知道她還在看，他也省得回頭確認了，愈看只會愈不爽。

酒吧內人潮漸增，快要忙不過來，以前他會為此煩躁，現在反而是種解脫。顧客要酒喝，他就有事做，讓他的心思可以離開那讓他焦慮的目光。但那只是暫時的，等到沒人要招呼、沒桌子要擦、沒杯子要放回架上時，她那灼熱的眼神最明顯。這時候，他雙手都很彆扭，拿著抹布也不知道要做什麼。

他在濾掉啤酒泡沫的時候打翻了杯子，收錢的時候又按錯數字。

最後，他快忍無可忍了，他又來到她面前，想搞清楚她到底要怎樣。

「小姐，需要我為妳服務嗎？」他嘶啞又憤憤地說。

她說話的時候，聲音總是毫無特色。「我有說需要嗎？」

他把重心往吧檯上放。「那麼，妳要我為妳做點什麼嗎？」

「我有說我要嗎？」

「那麼，不好意思，請問我讓你覺得跟誰很像嗎？」

「沒有。」

他倉皇了起來。「我以為有，因為妳一直看著我——」他講得很心虛，其實他本來是要嗆她的。

這次她什麼都沒說，不過她的眼神還是沒有從他身上移開。他只好再度離開她的視線，挫敗地退場。

她沒有微笑、沒有說話，她既不打算退讓，也沒釋放出強烈的敵意，她只是坐著看他，用貓頭鷹般銳利的眼神。

她找到了一樣恐怖的武器，而且還很會操作。通常一般人不曉得給人連續盯著瞧有多難受，這還持續了一、二、三個小時，從來沒有人會這麼做，這也很需要毅力。

現在他知道了，讓他愈來愈緊張不安、神經衰弱。他根本毫無招架之力，被困在半圓形吧檯後面不能離開，這眼神讓人如此煎熬。每次想回擊，他發現那只是一個眼神，沒有辦法攔截或回敬。控制權在她手上。那光束、那射線，他根本無法抵擋，無法閃躲。

一種他從來沒注意過的症狀，也從來沒聽說過的病症——陌生環境恐懼症——開始逼迫他。他想要找掩蔽，想躲回員工辦公室，甚至蹲到吧檯下面，這樣她就無法一直盯著他。他偷偷揉了幾次眉毛，避免一直蹙著。他愈來愈厭煩地抬頭看時鐘，他記得有人說過，某個男人能不能活下去，就靠那時鐘了。

他很希望她走，他開始祈禱她快點走，但顯然目前看來，經過了那麼長的時間，她根本沒打算離開，只有打烊才能趕她走了。其他人上酒吧的理由都和她不一樣，所以也不知道要怎樣才能讓她離開。她不是來等人的，否則那人早就來了；她不是來喝酒的，否則那杯酒這幾個小時之內早就喝掉了。她來這裡只有一個目的：看他。

既然無法擺脫她，他開始期待打烊，這樣就可以逃離了。這時候顧客愈來愈少，能分散他注意力的事情不多，她就更能吸引他的注意。他面前的半圓形吧檯分成好幾組客人隔開來坐，這讓女妖梅杜莎的致命視線存在感更強烈。

他放下酒杯，然後發現自己都沒開口說話。她用眼神就幾乎讓他碎屍萬段，他喃喃咒罵著她，同時收拾酒杯。

終於，他還以為等不到這一刻，分針指向十二，四點了，可以打烊了。最後一組客人本來很認真交談，時間一到就自動往外走，低聲對話始終沒停過。但她沒有。她全身肌肉都沒動。走味的調酒還放在她面前，她仍坐在吧檯前。看著、望著、盯著，眼皮都沒眨一下。

「兩位先生晚安了。」他對那組客人大聲說，以為她聽得懂暗示。

她動都沒動。

他打開電箱，按下開關。外面招牌燈熄了，只有吧檯後面他站的地方透出光線，鏡子和牆上的酒瓶反射出微微的光芒。他變成一道黑影，她的臉頰則顯得抽象模糊，在黑暗中微微發亮。

他走向她，把那幾個小時前調好的酒拿去倒掉，手勢向下有點猛烈，幾滴酒濺了出來。

「我們打烊了。」他的聲音很刺耳。

她終於動了。她忽然站在吧檯椅旁邊，扶著一陣子，讓雙腿恢復知覺。

他的手指熟練地解開外套鈕釦，暴躁地問：「怎樣？怎麼回事？妳在想什麼？」

她不作聲，安靜地從黑暗的酒吧往門口走去，好像沒聽到他說話。他從來沒想到，一位女性離開酒吧這麼簡單的動作，竟然會讓他如此挫折、沮喪、難受。他的鈕釦全解開了，一手用力撐在吧檯上，身體往前傾，無力疲憊地朝她離去的方向望過去。

外頭門口有一盞燈，當她走到燈下的時候，他又可以看到她。她走到門口就停下來，轉身，從遠方回頭看著他，持久深沉的目光帶著不明動機，似乎是要告訴他，這一切都不是想像，不僅如此，這磨難還沒結束，打烊只是稍微暫停。

他鎖好門轉過身，她靜靜地站在人行道上，距離幾碼而已。她面對著門口，好像在等他出現。

他必然會走到她面前，因為這是他離開酒吧的唯一動線。他走過她面前時才相隔不到一呎，因為人行道很窄，而她又站在路中間，不是依牆而站。在他經過的時候，她的臉也隨著轉向，他發現她打算不發一語讓他走過去，她安靜又固執的行為簡直是挑釁，於是他開口了，儘管前一秒他還打算忽視她。

「妳想要我怎樣？」他準備好好吵一架。

「我有說我要圖你什麼嗎？」

他準備往前走，但最後決定轉過身來責難地面對她。「妳剛剛一直坐在裡面，妳的視線始終沒離開過我！整個晚上，一次都沒有。妳有聽我說話嗎？」他猛搥掌心強調他的怒意。「現在，我又發現妳站在外面等——」

「站在街上犯法嗎？」

他笨重地指著她說：「我警告妳，妳年紀輕不懂規矩，我跟妳講是為了妳好——！」

她沒答話、沒張開口，爭辯的時候保持安靜的人一定贏。他轉身步伐不穩地往前走，同時困惑地嘆了長氣。

他沒回頭。走了二十步，他不必回頭也能感覺到她就跟在後面。根本不難，因為她沒打算藏匿行蹤，她的高跟鞋鞋跟清亮地踩在靜謐的凌晨街道上。

他走過路口，馬路就像一條鋪過瀝青的河床。下一條，又一條，經過所有路口，他慢慢地從城市西邊走到東邊，不遠處則傳來叩叩叩叩的腳步聲。

他轉過頭，第一次只是想警告她。她忽然裝作若無其事，好像當時是下午三點。她的步伐很慢，保持著優雅，姿勢端莊、腳步悠閒。

他馬上就繼續往前走，然後又轉回來一次，這次不只回頭，他旋地轉身帶著無法遏抑的怒氣面對她。

她停下腳步，但保持鎮定，完全不退縮。

他朝她逼近，對著她的臉吼著：「不要跟了，可以嗎？夠了，妳聽到沒有？不要再跟了，否則我——」

「我也要朝這方向走。」她只說了這麼一句。

目前情勢還是對她有利。如果他們角色互換就好了——哪個大男人敢報警說有個年輕女子獨自一直跟在他身後呢？一定會被笑死。她既沒口出惡言、也沒強迫推銷，她只是和他同方向而已。他在街道上和剛剛在酒吧裡一樣無助。

他在她面前僵持了幾分鐘，但他的反抗比較像是在挽留面子，看能不能逃過這窘境。他鼻子噴了氣息，表示他很不爽，之後終於轉過身，但那聽起來卻像是他無奈的輕嘆。他不管她，繼續往回家的路上前進。

十步、十五步、二十步。在他身後，好像算準了時間，那腳步聲又開始了，穩健地像是細雨落在池塘上。叩叩叩叩。她又尾隨他了。

他轉過街角，沿樓梯走上列車月臺，這是他每晚搭車的地方。他到月臺後停下腳步，就在木棧道的後方，從連接到軌道的地方回頭，看看有沒有她的影子。

她的腳步踩在階梯鋼製防滑邊上發出金屬聲。不多久，她的頭就出現在他的視線裡，沿著樓梯慢慢上來。

他身後有一道十字閘門，他轉到門的另一側去，保持距離採取守勢。

她沿著階梯走上月臺，一副理所當然、冷靜平淡的模樣，好像沒看到他就在不遠處，她的手指之間已經捏著銅板。她一直前進到兩人之間隔著十字閘門為止。

他伸手阻攔她，用盡肩頭的力量好像要把手臂給甩出去，他若用力推，她就只能在旋轉閘門裡轉圈圈。他像瘋狗一樣怒喊：「出去，現在就出去，離開這站，走下去！」他伸手按住投弊孔，不讓她進站。

她不硬碰硬，走向旁邊另一道閘門，但他馬上又站到她面前。她走回原本那道閘門，他又移動過去擋在門口。夜間列車班次較少，不過這時有一列即將進站，高架月臺開始震動了起來。

他每次對峙都作勢要出手，這次他終於甩開手臂往後推，那力量大到足以讓她往後摔。她偏過頭，臉上很嫌惡的樣子，好像聞到了一股臭味。他的手掌沒打中她，只在她面前揮了過去。

這時，某處傳來拍打玻璃的聲音。站務人員從他的小窗口探出頭。「你，住手！你想怎樣？不讓其他人進站嗎？我可以逮捕你哦！」

他急著解釋，原本擔心被女性跟蹤聽起來很不對勁所以不敢報警，但既然是站務人員主動問起，他就沒顧慮了。「這女的不正常，應該要關起來，她已經跟蹤我跟了整條街，我甩都甩不掉。」

她的口吻依然不帶情緒。「只有你可以搭三號線嗎？」他又向站務人員求救，那個站務人員斜倚在門口，一副自認為仲裁員的模樣。「你問她要去哪，她一定答不出來！」

她雖然朝站務人員說話，但那口氣一定不是針對他，擺明了是有備而來。「我要去二十七街，第二和第三大道中間。我有權利進站，對吧？」

擋住她去路的那個男人瞬間臉色蒼白，好像她講的那個地點讓他很震驚。當然了，那就是他要去的地方。

她早就知道他要去哪了。想甩掉她或保持距離根本白費工夫。

站務人員做出了決定，手掌用力一揮。「過去吧，小姐。」

她迅速投入硬幣，從旁邊另一道門走進去，根本不等他讓路。他似乎一時間也無法讓路，自從發現她其實知道他要去哪裡之後，他就好像癱瘓了，動彈不得。

列車進站了，不過停在對面月臺，不是他們那一側。列車又緩緩駛離，車站矮牆這時候又暗了下來。

她漫步到月臺外側，站在那裡等著，這時換他出現了，不過他往月臺另一個方向走去，在她後面保持兩根柱子的距離。因為兩個人都往同方向看列車進站了沒，所以他看得到她，她看不到他。

這時，她沒多注意自己的舉動，信步朝月臺後方走去，就像大部分人等車時一樣，漫無目的地踱來踱去。這樣一來，她已經離開站務人員的視線範圍，超出月臺屋頂遮蔽區，月臺也限縮到只容一人通過。她走到這裡，打算停下來轉身走回去。不過當她站在那裡、望著列車來向時，她依然背對著他，一股沒來由的壓力，一種危險逼近的感覺慢慢向她籠罩過來。

一定是他踩在木棧板上的腳步聲讓她有所警覺。他這時也在月臺上閒晃，並朝她逼近。他的動作緩慢，就和她一樣。但這不是重點。車站難得安靜，他的腳步聲儘管清晰，卻聽起來鬼鬼祟祟。有一種節奏，不是刻意放輕腳步，而是小心翼翼，好像故意要假裝無所事事地閒晃。她不知道自己怎麼有這種直覺，她只知道不必轉過身就能察覺他在她背後動歪腦筋。之前沒有這種感覺。

她轉過身，動作很俐落。

他仍然保持在兩根柱子外的距離。但這沒有印證她的直覺。她發現他往下睨著第三條軌道，沿著軌道在月臺上走，這才確認了她的直覺。

她馬上就明白了，只要他們擦身而過時他手肘一推，或是他的腳迅捷一掃。她一眼就發現自己不智地走入了絕境。她被困在車站最遠處。她一時不察，已經走到了站務人員無法保護的地區。他的小窗口設在閘門附近，沒辦法管到整個月臺。

月臺上只有他們兩人，她朝對面看去，那個月臺上空無一人，全被上一班往北的列車載走了。一時之間前往鬧區的列車還沒進站，沒辦法嚇阻他。

再往後走就是自殺了，月臺再多個幾碼就到底，她只好硬著頭皮走進死胡同，和他正面交鋒。要回到月臺中間，站務人員才看得到，但這樣一來她就得走向他，經過他身邊，這正合他意。

如果她這時不等他出手就先尖叫，讓站務人員及時跑到月臺上維護她的安全，那她很可能前功盡棄。他這時很激動，她從他的臉部表情就可以看得出來，這時候尖叫很可能會造成反效果。他此時動殺機是因為害怕，不是因為憤怒，尖叫聲可能讓他更害怕。

她已經把他嚇死了，她的工作執行得很徹底。

她小心翼翼地靠內側前進，盡量遠離軌道，終於靠近扶手旁邊的廣告看板。她的背緊貼著廣告看板，側身前進，一直注意著他的舉動。她和廣告看板貼得很緊，裙子摩擦看板，一直發出沙沙聲。

她靠近他伸手可及的範圍內，他突然轉向，從對角線靠近她，顯然是要截斷她的動線。兩人的動作慢得極具懸疑性，在三層樓高的無人月臺上，天花板相隔甚遠的黃褐色燈管映照下，他們像兩條懶散的魚在水族箱裡慢慢游。

他繼續前進，她也是，再兩、三步就會相遇。

十字閘門這時突然動了起來，他們的視線裡冒出一個膚色較深的女性，她走上月臺，兩人之間只有幾碼的距離。她彎下腰抓著小腿靠近腳踝的地方，整個人幾乎要對折了。

他們慢慢鬆懈了下來，兩個人的姿勢都像驚弓之鳥。那位女性背對布告欄，一直維持同樣的姿勢彎著腰，這時候曲起了膝蓋。他洩氣地倚在口香糖販賣機上。她可以看得出來，原本想把她推下月臺的念頭，逐漸從他的每個毛細孔散逸掉了。最後，他轉身不再逼近她，動作有些倉皇。什麼話都沒說，從頭到尾這整場謀殺未遂案就像默劇。

永遠不會發生，她又占了上風。

列車閃爍著光線進站，他們上了同一個車廂，分坐在兩端，中間隔著一整個車廂的距離，餘悸猶存。他的雙臂支在腿上，身體垮了下來。她則挺直腰桿，抬頭盯著車頂燈管。車內只有一個膚色較深的女孩，時不時就猛抓身體或是看站牌名，好像想隨便挑一站下車。

他們一起在二十八街下車，一前一後。他很清楚她跟著他下樓到地面層。她知道他曉得，儘管他沒回頭。看他頭低低就能判斷出來了。他一副無可奈何，只好放任她想怎樣就怎樣，最後這段路也近距離地跟在他後面，這八成就是她的目的吧。

他們都沿著二十七街走到第二大道轉彎，他走在馬路這一側的人行道上，她走在另一側。她大約比他落後四戶的距離。她知道他會走進哪一戶，他也曉得她知道。她跟蹤在後面已經不奇怪了，只是他真的不知道為什麼，但這才是重點。

街口有幾道黑色的人門，他走進其中一扇門內，暫時離開視線。他一定可以聽到那令人崩潰的叩叩聲在對向人行道上逐漸停下來，但他忍住不回頭、不表態。他們終於分道揚鑣，整個晚上他第一次離開她的視線。

她把原本拉開的距離逐漸縮短，最後站在那房子前面，選好位置，就在對面的人行道上看著其中兩扇幽暗的窗戶，完全不打算藏匿。

這時窗戶亮了，好像在等人回來。不一會又暗了，好像被人阻止了一樣。窗內一直沒有光線，不過灰濛濛的窗簾有時會掀起來，玻璃一閃一閃地。她知道有人在窗後看她，或許不只一人。

她繼續保持監視的姿態。

街道末端的高架列車像螢火蟲往前爬。有輛計程車經過她面前，司機好奇地打量了她一下，不過車上已經有乘客了。對面人行道上有個路人朝她看了一眼，好像想搭訕。她偏過臉，等他繼續向前走才轉回來。

一名員警不知道從哪裡冒出來，突然站在她側邊。他一定在旁邊觀察了一會，她完全沒察覺。

「小姐，等一等，我們剛剛收到通報，這公寓裡有位女性住戶說妳尾隨她先生，一路從他工作的地方回來，然後站在他們窗外看了半個小時。」

「是。」

「嗯，妳最好離開這裡。」

「麻煩你抓住我的手臂，然後帶我離開，繞過街角再放手，好像你要逮捕我一樣。」他依言照做，雖然有點不明就裡。他們離開窗戶視線範圍後就停下腳步。「到這就行了。」她拿出一張紙給他看，他在附近路燈昏黃的光線下瞥了一眼。

「這是什麼？」他問。

「凶殺與重案調查組，你要的話可以打電話跟他查證。他完全知情，也充分授權我調查這個案件。」

「哦，跟監是嗎？」他多了幾分敬意。

「之後收到同樣的人通報時，請不要理會。接下來這幾天，他們應該還會繼續報案。」

警察離開之後，她打了通電話。

「進行得怎麼樣？」電話另一頭的人問。

「他已經壓力很大了。他在酒吧打破了玻璃杯，剛剛還差點衝動地把我推下月臺。」

「那就是了。小心，四周沒人的時候不要太靠近他。記住，重點是不要讓他察覺妳在幹麼，或背後有什麼目的。不要讓他起疑，這是最要緊的部分。只要他清楚妳的動機，那局勢就反過來，這方法就沒效了。他就是什麼都不曉得才會緊張兮兮，最後他精力耗盡，才會配合我們。」

「他通常什麼時候出門上班？」

她的線人說：「他大概每天下午五點離開家。」好像這人手邊就有紀錄一樣。

「他明天一出門就會看到我。」

第三個晚上，酒吧經理突然主動靠近吧檯，把他叫過去。

「怎麼回事？為什麼你沒服務那個年輕小姐？我一直在觀察，她已經像那樣子坐了二十分鐘。你沒看到她嗎？」

他面色如灰，臉上擠出深深的皺紋。現在只要他靠近她就會這樣。

「我沒辦法——」他吞吞吐吐，努力壓低音量，其他人才不會聽到，「安森墨先生，這不是人幹的事——她在折磨我——你不懂——」他眼淚都快掉出來了，不禁咳了一下。他的臉頰一脹又馬上消退。

那位女子距離他們僅一呎遠，坐著看他們兩人，姿態沉靜，眼神像孩子般天真。

「她已經連續三天都像這樣了，她一直看著我——」

「她當然會一直看著你啊，她在等你服務，」經理駁斥他的話，「要不然你要她幹麼？」他仔細睨著酒保，發覺他臉色不對勁。「怎麼了，生病了嗎？如果你身體不舒服想回家，我就打電話叫彼特過來。」

「不是，不是！」他趕緊解釋，聲音簡直畏懼到要哽咽了。「我不想回家——這樣她會一路跟著我，整夜站在我家窗外！我寧可待在這裡，周圍有很多人！」

「你不要再瘋言瘋語了，趕快問她要喝什麼。」經理霸道地說完，就要轉身離開，還先朝她確認了一眼，她確實看起來很溫順、很乖巧，毫無危險。

他端酒到她面前的時候，手一直無法克制地顫抖，灑了一點酒出來。兩個人都沒和對方說話，儘管他們的呼吸幾乎就要噴到對方臉上。

□

「妳好啊，」站務人員很友善地從售票處小窗口打招呼，她在窗口外停下腳步。「我說啊，真有趣，妳和剛剛那個男的幾乎每天都同時間前後進站，可是從來不會一起來。妳有沒有發現？」

「有，我發現了，」她答道，「我們每個晚上都從同一個地方走出來。」

她繼續留在這個神聖的小角落，手肘支在小窗口外面的平臺上，像是靠在售票處一邊等車一邊瞎聊，就能得到保護。「夜色不錯，對不對？……你的小孩還好嗎？……我覺得道奇隊輸定了。」有時候她會轉過頭看著月臺，有個孤單的人影或走或站或消失在視線範圍之外，但她已經不會以身犯險，獨自待在月臺上。

只有當列車靠近停妥、月臺閘門開啟時，她才會結束對話，小跑步上車。她會瞻前顧後，確保自身安全，第三條軌道已經被列車車廂遮住了。

街道末端的高架列車像螢火蟲往前爬。有輛計程車經過她面前，司機好奇地打量了她一下，不過他已經要收工回家睡覺了。兩個夜行的路人經過她面前，其中一人打趣地喊著：「怎麼啦，美女，妳被放鴿子了嗎？」他們消失在遠處之後，街頭又恢復平靜。

忽然間，那門口吐出一個女人的身影，就是那戶有兩扇窗的人家，那女人披頭散髮，走出來又快又毫無預兆，像是從裡面門廊彈射出來一般。她在睡衣外面罩上一件外套，赤腳套進不搭的鞋裡，刻意加快的腳步聲顯得格外嘈雜。她揮舞著掃把當作長槍，瞄準外面形單影隻的那個人，就是要對付她。

那女子轉身加速，在下個街口轉彎，沿著那條街走下去，不過行動中沒有畏懼，只是不想浪費精力在她沒興趣的人身上，所以先撤退避免衝突。

那女人手中的長槍呼呼作響，比使槍的人更敏捷，她往前走了半條街，在那女子身後張牙舞爪。「妳已經在我家外面緊迫盯人三天了！再給我回來，我就給妳好看！讓我好好修理妳，我一定會！」

她站在那裡看了一會，走到街角，張著手臂、使著長槍，威脅感和敵意十足。那女子慢下腳步、停下來，消失在朦朧夜色裡。

這時，那女人繞回街角進屋去了。

女子再度回來，站在原處，和前幾晚一樣，往上盯著對街那兩扇窗，像貓看著老鼠洞。

高架列車像螢火蟲爬過……計程車經過……路人走過來，經過她面前，走過去了……

「快了，」電話另一頭的聲音說，「再一天，就可以確定他會徹底崩潰。或許到了明天晚上——」

□

今天他休假。他已經花了一個小時，計畫怎樣甩掉她。

他又停下腳步。在他停下腳步前，她就看出來了。她現在已經很懂得判斷肢體語言。這時日正當中，他停在路中間，往牆邊靠，讓購物人潮從他前面來來去去。在這之前他已經停下了兩、三次，每一次都停不久又開始走。這次也是，他又開始前進，她也跟上。

這次她察覺到一點差異。這次她幾乎是不由自主地停下來，好像他已經忍到了極限，當下終於崩潰了——就在他突破極限的時候，發現自己再也招架不住。他退到牆邊，他腋下一直夾著一個小包裹，這時身體一失衡就落在地上，他就任那包裹擱在那。

她在不遠處停下，毫不掩飾，就和以往一樣，表示她為了他停下腳步。她站著用同樣冷酷的眼神盯著他。

陽光白晃晃地灑了他整臉，他瞇著眼睛抬頭望，動作愈來愈頻繁。

沒想到他竟然哭了，馬上抽抽噎噎地嗚咽了起來，就當著所有路人面前，整張臉皺在一起，像是戴了張磚紅色面具。

兩個人好奇地停下腳步，四個人、八個人。他和那位女子被圍在人群中間，不一會就形成一圈又一圈的圓。

他已經無所謂、不在乎，也沒有羞恥心了。他向圍觀的人求情，簡直是在求救，求他們保護他不受她威脅。

「你們問問她到底要我怎樣！」他放聲痛哭。「問她到底有什麼目的！她已經這樣脅迫我好幾天了——白天跟完晚上守夜，晚上站哨完白天又繼續跟！我再也受不了啦，跟你們說，我受不了啦——！」

「他怎麼了，喝醉了嗎？」一個女人帶著奚落的口吻問旁邊的人。

她站在那裡，毫不退縮；他想要全民公審，她也不閃避。她如此認真、嚴肅、迷人，而他醜怪又可笑，到頭來只會有一個結果：風往同一個地方吹。群眾總是殘酷的。

有幾個人露出了笑容，接下來大家紛紛竊笑，有人開始粗聲大笑，或出言嬉弄。一時之間，所有人都無情地嘲笑他。人潮中只有一張臉保持冷靜、無感、中立。

她的臉。

他的處境不但沒改善，反而愈弄愈糟，把自己變成街頭奇景。原本只有一個人折磨他，現在有三十人。「我再也受不了啦！我要她好看——！」他猛地朝她逼近，好像要揍她，瞄準背部攻擊。

有個男人立刻往前一躍，揪住他的手臂，往旁邊一甩，他只能痛得唉唉叫。她身邊的人霎時都動了起來。他的頭忽然低下來，睜大了眼要對付她。這時很容易演變成眾人圍毆他。

她冷靜自持又清晰響亮地說：「別動手，不要理他。」那篤定的聲音立刻阻止所有人。

不過，她的聲音裡沒有溫度也沒有憐憫，冷酷如鋼。好像是說：他是我的，讓我來。

有些人放下了手臂，有些人鬆開了拳頭，有些人順一順外套。眾人的怒意立刻消散，把他留在圓圈中間，只有她在旁邊。

他又痛苦又氣餒，試圖穿越周遭人群，但沒有人要讓開。他好不容易找到了一個空隙，勉強穿過去，然後就往前奔逃。他歪歪斜斜地逃離人群，笨重的腳步聲落在街道上，逃離那個站在原地、盯著他背影的纖細女子。她的大衣繫著腰帶，纖腰看起來只有男人手掌那麼寬。簡直丟臉死了。

她沒有停在原地很久，雖然群眾為她歡呼喝采，她才沒興趣。她靈巧地用手肘支開群眾，側身離開人群，找到了出口，然後尋找著那身形笨重的人前進，夾雜著小跑步和優雅碎步，敏捷地緊追在後。

奇怪的追逐，難以描述的追逐，纖瘦的年輕女子快步跟在矮胖酒保後面，在正午忙碌擁擠的紐約人潮裡穿梭。

他幾乎立刻就發現到，她又抓到了機會。他回頭看，這是他第一次用這麼淒慘憂慮的眼神看。她等他再回頭看一眼，便高舉手臂過頭，意思是要他停下來。

就是這時候，柏吉斯要的就是這時候，她很確定。酒保在正午豔陽下奔跑了一陣子，現在就像蠟像一樣。剛剛的群眾原本是他的道具，但他發現群眾根本沒辦法保護他，讓他覺得自己即使在大白天的大街上，也毫無招架之力。

她若不趁現在有機會的時候行動，他的抵抗力可能還會再提升一些。效用遞減法則可能在這時候生效。她只知道親近生狎侮。

就要趁這時候，她只要把他押到牆上，打電話給柏吉斯，就可以交給他來折騰這個人。

「你要不要承認那天晚上確實看到有個女人陪在韓德森旁邊？為什麼你要否認？誰賄賂你或脅迫你要否認你見過她？」

他腳步稍停，就在下個路口，環顧著四周找逃跑路線，就像個受困的、焦急的動物。他焦慮得像熱鍋上的螞蟻。她可以從他忽左忽右、忽走忽停的動作看出來，他在找地方避難。對他來說，她不是個年輕女子，不是一個他可以輕易地一拳撂倒的人。對他來說，她就是復仇女神。

她快步縮短兩人之間的距離，再度舉起手臂。但那只會像是在已經驚惶亂竄的動物身上多加一鞭。

他被困在那路口，等紅綠燈的人雖然不多，卻手肘靠手肘密集地排在一起，頭上的燈號對他不利。

他在她逐步逼近之際，朝她看了最後一眼，然後突破人群，就像馬戲團的演員衝破紙糊的圈圈出場一樣。

她驟然停下腳步，好像她矯健的雙腳同時卡進人行道的裂縫。煞車聲在柏油路上尖鳴。她雙手一揚，遮住眼眶，但還來不及閉上眼就看到他的帽子飛到空中，在高處迴旋，飄過每個人的頭頂。

一個女人率先尖叫，然後所有人都嚇到魂不附體。

13　刑前第11天

隆巴已經尾隨他一個半小時了，地表上沒有哪個跟監對象比盲眼乞丐更叫人耗費耐心的了。他慢得像陸龜一樣，好像壽命是用百年來計算，不像人類是用年。他平均要花四十分鐘才會走到下一條街，期間隆巴用手表計時了好幾次。

他沒有導盲犬，每次過馬路都要靠行人幫忙才能安全穿越，他每個路口都可以找到好心人。從來沒有人拒絕他。如果他來不及在變燈前走完，交通警察還會替他延長一點時間。幾乎沿路每個人都會放點錢到他的杯子裡，所以他走愈慢收入愈好。

但隆巴簡直痛苦到極點。他好手好腳好視力，而且時間緊迫。好幾次他唯一能做的事，就是在這無窮無盡的慢行中保持清醒，簡直像古代中國的滴水酷刑那麼折磨人。但他不斷按捺自己，不讓那盲人離開視線，還煩躁地抽著菸，有時候他站在商店門口或櫥窗前不動，等他拉開距離才快步跟上，然後又停下來，這樣才不致於跟蹤到太無聊。這樣快快慢慢地走，他才不會一直在心裡罵髒話。他提醒自己，這乞丐不可能永無止盡地走下去。

不可能整晚這樣走。他前面這傢伙畢竟也是人，畢竟是血肉之軀，他總得睡覺。他遲早會離開大街，走到牆後面找個地方躺下來。他這樣的人不可能整夜乞討直到天亮，瀕際效應的報酬遞減就足以讓他打消念頭回去睡覺。

終於，時間到了，隆巴還以為他永遠不會停，但他終於要收工了。他轉身走進巷弄，離開了大街。這區域絲毫不引人注意，像是被城市遺棄了，他們兩人接連轉進去。這裡沒有慷慨的路人，一整區都很需要救濟，根本討不到錢。前面是死路，頭上的高架鐵軌支柱形成一面粗糙的大理石牆。

他的巢穴就在那裡，一棟霉味沖天的小公寓。隆巴得格外小心，他沒想到這麼快就到了盡頭。他還是得保持距離，因為這根本是一條荒街，沒有其他人的腳步聲可以掩護他的行蹤，他知道盲人的聽覺特別敏銳。

他看到那盲人走進去，他剛剛拉開太長距離，於是加快腳步跟上去，在門關上之前進到室內，才知道他要去哪層樓。他在門口停下腳步，謹慎地跟進去，要能看到那乞丐卻又不被他聽見。

拐杖擊地聲還在繼續往上，慢到不行。聽起來像是壞掉的水龍頭一直滴水到空蕩的木桶裡。他屏住呼吸認真聽。他聽到連續四聲，轉換節奏，那就表示在樓梯口轉彎。他到樓梯平臺時聲音比較呆板，和在階梯上不一樣，然後拐杖聲消失在公寓後方，不是前方。

他等到聽見某處的門關上了才爬樓梯往上，雖然躡手躡腳，但他速度很快，先前憋了很久，現在終於可以放開腳步行走。歪歪斜斜的老舊樓梯很可能會絆倒其他人，但他根本沒去注意到。

公寓後方只有兩扇門，但他知道要找哪間，雖然他還沒靠近，但他可以很清楚分辨出其中一間是廁所。

他在階梯最上面一級等了一會，讓呼吸平穩下來，然後謹慎地往前走。他再度提醒自己，他們的聽覺很敏銳，不過他以接近完美的方式達成目標，樓板完全沒發出聲音，不是因為他輕盈，而是因為他的肌肉協調度優於常人。他體格精練，就像跑車引擎一樣，從來就不是那種皮包骨的人。

他把耳朵貼在門縫上聽。

裡面沒有光，那是當然的了，因為對盲眼乞丐來說，有沒有光線都沒差，所以沒必要點燈。不過可以聽到時不時傳來走動的聲音。他像是進入洞穴的動物一樣，繼續在房內走動，準備休息，最後停坐了下來。

房內沒有其他聲音，一定只有他自己一個人。

等夠久了，時間差不多，隆巴敲了門。

房內突然死寂一片，再也沒有聲音，簡直是有人停止呼吸，想假裝這是空房間。裡面的人恐懼地靜止不動、焦慮地等待危險消失，他知道如果繼續等下去，裡面的人會繼續裝死。

他又敲了一次門。

「開門。」他口氣很堅定。

第三次敲門他顯得不耐。第四次就要搥門了。

「開門。」一片安靜之中，他的聲音聽起來很魯莽。

門後的地板怯怯地吱嘎了幾下，然後有個聲音幾乎緊貼著門縫和呼吸聲一起傳出來。

「誰在外面？」

「你朋友。」

那個聲音聽了反而更加畏懼。「我沒朋友，我不認識你。」

「讓我進去，我不會傷害你。」

「不行，我一個人在這裡，毫無防備，我不能讓任何人進來。」隆巴知道他是擔心今天的收入都沒了。你也不能怪他。他一路端著杯子過來，討來的每一分錢都沒被偷走或搶走，也真是個奇蹟。

「你可以讓我進去。快點，開一下門，我只想跟你講講話。」

門後的聲音顫顫地說：「快離開，離開我門外，不然我要從窗子往外大叫求救了。」這聽起來像是在求饒，不像是威脅。

他們僵持了一下，兩人都不動，兩人都不出聲。他們都知道對方就是一門之隔。一邊心懷恐懼，一邊態度堅定。

隆巴決定拿出皮夾，認真地看著裡面的鈔票，最大張是美金五十元。他還有幾張面額比較小的，他大可以拿來用，但他選擇最大的，放到腳邊，塞進門縫裡，往裡推到他抽不回來為止。

他站起身說：「往下摸，在門板下面。那可以證明我不會搶你的錢了吧，讓我進去。」門後猶豫了一下，門鏈鬆開、門栓推開，最後鑰匙轉開了。這門後簡直有重重防線。

他不情不願地開了門，遮蔽效果超強的黑色鏡片瞪著隆巴，那天上午隆巴就是靠那副眼鏡認出他來。他問：「還有其他人嗎？」

「沒有，我一個人。我不是來傷害你的，不要緊張。」

「你不是警察，對吧？」

「不，我不是警察。如果我是的話，一定會有搭配的員警跟著我，這裡沒別人。我只是想跟你談談，你還沒聽懂嗎？」他自己推開門，往裡面走去。

整個房間黑暗不可見物，他一進去就瞎了，什麼都看不到，這空間很神祕，就像個完全不同的世界。剛開始走廊上幽微的燈光還能從門縫洩進來，讓他勉強辨識視物，門一關上就什麼都看不到了。

「開燈，可以嗎？」

「不行，」那盲人說，「這樣才公平。如果你只想談談，要燈幹麼？」

隆巴聽到他坐下時身邊傳來老舊彈簧的聲音，或許他把白天賺來的錢都藏在床墊下，然後一屁股坐了上去。

「拜託，別開玩笑了，我沒辦法這樣講話——」他蹲低身體在黑暗中摸索，終於摸到一把殘破木搖椅的扶手，他把椅子拉過來後坐下。

「你說你要談談，」那聲音在黑暗中緊張地說，「你現在進來了，有話快說。你要開口的話不必張眼。」

隆巴出聲說：「那好，至少我可以抽菸吧，不行嗎？你不會反對吧，會嗎？你自己也抽，對不對。」

「有菸我就抽。」那聲音很謹慎。

「喏，拿一根去。」喀嚓一聲，小小的火焰出現在他手上，稍微看得到房內概況了。

那盲人坐在床沿，拐杖橫置在腿上，隨時可以當武器用。

隆巴手上拿著的不是菸，而是左輪手槍。他直接遞向那盲人，指著他。「來，自己拿。」他客氣地又說了一次。

那盲人渾身僵硬，拐杖從膝蓋上掉落地板。他的雙手抽搐地捂上臉。「我就知道你要我的錢！」他嘶啞地說，「我不應該讓你進來——」隆巴把槍收起來，就如同掏槍的時候那麼冷靜。「你沒瞎。」他靜靜地說，「我不需要這招也能證明你沒瞎，但我只是要嚇唬你，讓你知道我曉得。你為了五十元開門就夠了。你一定有點火柴檢查了一下，否則你瞎眼怎麼知道那不是一塊錢鈔票？一元鈔和五十元鈔大小、形狀、觸感都一模一樣。你不會為了一塊錢開門，你身上的錢都比那還多。但五十元就值得你冒險了，你今天應該沒要到那麼多。」

他看到一截蠟燭，一邊解釋一邊走過去點燃。

「你是來調查我的，」那乞丐結結巴巴地說，同時煩躁地用手背擦去額頭的汗珠，「我早該知道——」

「不是你想的那種，我對你假裝殘障人士乞討這件事沒興趣，如果這讓你比較安心的話。」他回到原處坐下。

「那你是什麼人？你想對我怎樣？」

「我要你回想一件事，盲人先生，」他譏諷地說，「聽我說，今年五月，你在賭場劇院外面等觀眾散場的時候——」

「可是我常常在那裡討錢。」

「我講的是五月其中一天，就那麼一個晚上。我只在乎那一晚，其他日子我不在乎。我講的那個晚上，有一對男女一起出來，那麼這個女人呢，她戴了一頂鮮豔的橘色帽子，上面插了一根高高的黑色羽毛。他們準備上計程車的時候，你把杯子遞過去，距離劇場門口大概幾碼。仔細聽我說了，她那時候沒注意到自己的動作，所以菸掉進了你的杯子裡，而不是放錢進去，結果你的手指因此燙到。那男人很快就替你撿起香菸，然後給了你幾塊錢，是想要補償你。我想他還對你說了：『抱歉，老兄，她不是故意的。』好，我相信你一定記得。點燃的香菸掉進你的杯子裡，還燙傷手指，這種事總不會每天有，也不是每個晚上都有路人賞大錢。」

「如果我說不記得呢？」

「那我現在就會親自把你給架出去，把你這冒充殘障人士的惡棍交給最近的警察局。你會在牢裡待好一陣子，還會有前科，將來警察每次在街上看到你，就一定會找你麻煩。」

床上那人心煩意亂地把臉埋進手掌裡，暫時把深色眼鏡推到眼睛之上。「但這不就是在逼我說我記得他們嗎？不管我到底記不記得。」

「這是在逼你承認，我相信你一定記得。」

「假設我記得好了，接下來會怎樣？」

「先告訴我你記得什麼，然後再對一個便衣警察重複一次，那是我朋友。我可以帶他過來這裡，或是帶你去見他——」

乞丐這時又難過地慌了起來，「但我這樣就是不打自招啊，那人還是便衣！我應該是瞎子，怎麼能說我看到他們了？如果我不說的話，你也是同樣威脅我啊！」

「不，你只需要跟這個人講就好了，其他警察不會知道。我可以跟他協商，讓他答應你不被起訴，這樣行嗎？你有沒有看到他們？」

「有，我有。」那個專業盲人低聲承認，「我看到他們兩個在一起。我通常在光線明亮的地方，像那個劇場外面，就算戴著墨鏡也會把眼睛閉起來，不過我一被香菸燙到就睜大了眼睛。那墨鏡還是能讓我看到周遭環境，我看到他們兩個了，沒錯。」

隆巴從皮夾裡拿出照片。「是這個人嗎？」

那盲人拿下墨鏡，仔細檢視那張照片後才終於說：「我想就是他沒錯，儘管我只有匆匆一瞥，而且已經隔了那麼久，看起來是同一個人。」

「那個女人呢？你如果再見到她，能認得出來嗎？」

「我後來又見到她了。這男的我只在那個晚上見過一次，但在那之後，這個女的我至少又見過——」

「什麼！」隆巴突然跳起來，要朝他撲去。搖椅空蕩蕩地在原處擺動。他抓著乞丐的肩膀緊緊揪著，好像這樣就可以從他瘦骨嶙峋的身上榨出情報。「快告訴我！快點！」

「兩次見面沒有隔很久，所以我才能認出來。第二次是在一間豪華氣派的飯店門口，你知道他們的大廳都很明亮。我聽到腳步聲沿著階梯走下來，一男一女。我聽到那女人說：『等一下，或許這可以帶來好運。』我就知道她在講我。我聽到她的腳步聲往旁邊一轉，朝我走過來、放了一枚銅板到我的杯子裡，二十五分。我聽銅板的聲音就知道那是多少錢。然後就妙了，這讓我知道她就是那同一個女人。這種事情很微妙，我不知道你有沒有我這麼敏銳。她在我面前站了才不到一分鐘，但很少人會停在我面前。那銅板已經放進我杯子裡了，所以我知道她一定是在看我，或是在觀察什麼。我右手捧著杯子，手上有燙傷的痕跡，上次給她燙出一個大水泡。我想她一定是看到了我的傷痕，在手指側面。總之，事情經過就是這樣。我聽到她很小聲地對自己說——不是對我說——『哇，怎麼這麼巧！』然後她的腳步又離開回去那男人身邊了。就這樣——」

「但——」

「等一下，我還沒說完。我眼睛張開一條縫，低頭看杯子。她除了原本放的二十五分銅板之外，又加了一張一元鈔。我知道那是她放的，因為原本沒有。好了，她為什麼會改變心意，除了原本的二十五分外又多給我一塊錢呢？那一定是同一個女人；她一定是看到了水泡，想起前幾天晚上的——」

「一定是、一定是，」隆巴焦急地咬著牙說，「既然你說你看到她了，可以告訴我她的長相吧！」

「我沒辦法跟你講她正面是什麼樣子，因為我不敢張開眼睛。那附近的光線太強了，我張眼一定會被發現。她轉身之後，我看到那張鈔票，眼睛稍微往上抬，從眼皮下面看到她背後的樣子，她那時正要上車。」

「背後！好吧，至少講講她背後是什麼樣子！」

「其實就算是背後，我也沒辦法看清楚，我不敢把頭抬那麼高。我只有看到絲襪和鞋子，她半個人已經進到車子裡了。我眼皮半睜，只能看到這麼多。」

「第一個晚上是橘色帽子，一週後看到絲襪和一只鞋子！」隆巴鬆開手，把他推回床上。「照這個速度，我要二十年後才能拼出她的全貌。」

他走到門口，敞開門，惡狠狠地回頭看著乞丐。「你一定可以提供更多線索，我很確定！你需要的只是專業協助，來恢復你的記憶。你第一個晚上睜開眼看到她整個人了，就在劇場外面。第二次你一定有聽到他們給司機的地址，就在她上車的時候——」

「我沒有。」

「你給我留在這裡，聽到沒？不要動。我下去把我剛剛講的那個便衣叫上來。我要他過來這裡和我一起聽你說。」

「但他是條子，不是嗎？」

「我跟你說過沒關係了。我們對你沒興趣，我們兩個都沒有。你什麼都不必緊張，但不要趁機跑走，要不然以後有你好受。」

他走出去便關上了門。

電話另一頭的聲音聽起來很驚訝。「你已經有線索了？」

「我找到了一點線索，想要你來聽聽。我想你應該可以比我挖出更多資訊。我人在一百二十三街和公園大道交叉口，捷運鐵軌前的最後一棟樓。我希望你盡快過來，看你覺得怎麼樣。我請一個警察幫忙守住門口，不怕他跑掉。我人在轉角電話亭打給你，等一下到那門口去等你。」

幾分鐘內，柏吉斯就搭了巡邏車到附近，小跑步過來會面。巡邏車沒停妥就繼續往前開走了，隆巴和警察在門口等他。

「在這。」隆巴不打算多做解釋就直接進去。

「好，我想我可以回去執勤了。」那員警說完就要離開。

「謝謝你。」隆巴對他說。他們這時已經走在樓梯上了。「一直走到頂樓，」他帶頭解釋，「他見過她兩次，那晚上之後又見了一次，相隔一週。他是盲人。別笑，他當然是裝的。」

「呵，這很值得我跑一趟啊。」柏吉斯承認道。

他們轉了第一個彎，手搭在欄杆上。「他想要豁免權——冒充殘障人士的事情啦，他很怕警察。」

「我們可以想辦法，只要他的情報值得。」柏吉斯哼了一聲。

到了第二層樓。「再一層。」隆巴其實用不著算出來。

他們調整呼吸走上去。

第三層樓。「這層樓再上去的燈是怎麼了？」柏吉斯吐著氣問。

隆巴往上爬的節奏突然中斷。「怪了，我剛剛下樓的時候還有一盞亮著。不是燈泡燒掉就是給人關掉了。」

「你確定？」

「很確定。我記得他房間沒有光，門一開走廊的光線就會透進去。」

「最好讓我先進去。我有手電筒。」柏吉斯繞過他，走到前面去。

他一定還在找手電筒，在他們轉換樓層的時候，正要順著樓梯轉彎，他忽然趴在地上。

「小心！」他警告隆巴。

「退後。」

他的手電筒一開，照亮了最後那道牆與最下面那級階梯之間的空間。有個人一動也不動地躺在那裡，姿勢古怪，雙腿趴在最上面那幾階，身體落在階梯平臺上，頭卻很不自然地面向正後方，一副深色墨鏡掛在一邊耳朵上，竟然沒破。

「是他嗎？」他壓低聲音問

「是。」隆巴的回答很精練。

柏吉斯朝那人形走去，探了一下，然後站起身。「脖子斷了。」他說，「當場斃命。」他把光線移到階梯上，接著走上去，不安地踱步。「意外。」他說。「最上面那級踩空了，頭下腳上直接往下墜，頭顱直接撞上那面牆。我看到這裡有打滑的痕跡，就在階梯邊緣。」

隆巴慢慢地走到最上面，厭惡地嘆了一口氣。「偏偏在這時候出意外！我才剛——」他話說到一半，在手電筒的微弱光線下探詢柏吉斯。「你不會覺得事出另有因吧？」

「你們在樓下等的時候，有人經過你或另一個人身邊嗎？」

「沒有，門內門外都沒有。」

「你有聽到墜樓的聲音嗎？」

「沒有，如果有聽到一定會進來查看。但我們在等你的時候，火車至少經過了兩次，就從頭頂的高架軌道，那時候什麼都聽不到。一定是那時候。」

柏吉斯點點頭。「或許就是這樣，所以樓裡其他人也沒聽到。你沒發現嗎？巧合太多了，一定是意外。平常就算跌倒撞到牆壁十次，也頂多是頭昏，不會撞斷脖子，人還好好活著。他卻立時斃命，這沒辦法安排。」

「嗯，那燈泡怎麼解釋？我覺得巧合也太多了，是吧？我講的話我自己清楚。我下樓打電話給你的時候燈還亮著。如果沒有的話，我就得摸黑下樓，但我沒有。我下樓的速度很快。」

柏吉斯拿手電筒照牆壁，找到了燈座，它從牆邊岔出來。「我不懂你的意思，」他仔細看著燈座。「如果他裝瞎，或大部分時候都閉著眼睛，那就是裝瞎，燈泡怎麼會影響他？黑暗對他來說沒有不利啊？他搞不好在黑暗中比在光線中腳步更平穩，因為他還不習慣張開眼睛。」

「搞不好就是這樣，」隆巴說，「或許他太快走出來，想趁我回來之前偷溜，匆忙之際忘了閉上眼，眼睛一張開，他或許比你我更難保持平衡。」

「你自己的思路現在都打結了。他如果因為光線而暈眩失衡，那就要有燈光。你剛剛推理的過程是判斷沒有。不管有沒有燈光，對推理有用嗎？是他失足呢，還是他刻意去撞牆弄斷脖子？」

「好吧，這就是離奇的意外。」隆巴厭煩地甩頭，準備要轉身下樓。「我只是想說，這時機爛透了。我才好不容易搭上線——」

「這種事常發生，你知道，通常時機都對你不利。」

隆巴沮喪地用力踏著階梯往下，每一步都用上全身的力氣。「你原本可以從他身上逼出來的情報，現在都沒了。」

「不要洩氣。你或許還可以找到其他人。」

「他這裡問出來的情報都沒用了。原本很有希望的，就只等你問出來。」他走到屍體旁邊，忽然轉身回頭。「怎麼回事？那是怎樣？」

柏吉斯指著牆壁。「燈泡又亮了。你在樓梯上造成的震動讓燈泡亮了，這就可以解釋為什麼之前沒亮，他跌下來時截斷了電流，一定是接觸不良所致。電路沒接好就沒燈光。」他做了個手勢要隆巴往前走。「你可以先出去，我自己寫報告，沒必要把你牽扯進來，你可以去忙其他事。」

隆巴繼續灰心地踏重步下樓到街上，心情糟透了。柏吉斯留在後面，陪在那不動的人形旁邊等著。

14　刑前第10天

那位女子

柏吉斯給她的紙條上寫著：

克里夫．密爾本
賭場劇院駐場樂手，最後一季
目前任職麗晶劇場

他還寫了兩組號碼，一組是警局電話，有撥打時段限制；另一組是他自家電話，這樣在非執勤時間也能聯繫得上他。

他對她說：「我不知道妳要怎麼找到線索，得自己想辦法。妳的直覺或許能告訴妳該怎麼做，比我指導還有用。不要怕就對了，保持警戒，妳就沒事了。」

這就是她想出來的辦法，她站在鏡子前看自己，只有這個方法她才能藏匿行蹤。她原本俐落的外型已經完全消失，輕盈的瀏海這時看不到了，現在頂著一頭金銅色大波浪，用髮膠固定之後簡直是一頂金屬頭盔。她原本的衣著風格總是年輕、活潑、優雅，此刻她能露多少就露多少，就連她獨自在自己房間裡看了也嚇一跳。裙子短到遮不住，這樣她一坐下來——嗯，她很確定一定能揪住他的視線。她的兩頰都刷上猴子屁股般的腮紅，就像是臉上自帶紅綠燈畫，不過她的紅燈跟一般的意思正好相反，看到的人會想往前衝。她頸間掛了一串俗氣的珠子，手帕上的蕾絲太過繁複，還沾滿了廉價香水，那毒氣連她都忍不住皺起鼻子，趕緊把手帕塞進包包裡，再搭配她從來沒搽過的厚重豔藍色眼影。

史考特．韓德森在玻璃另一側看著她變裝，看到她都羞了。「親愛的，這樣連你都認不出我了吧，對不對，」她又惱又羞地悄聲說，「別看我，親愛的，不要看了。」

最後還有一項可怕的道具，讓整個人顯得俗豔隨便。她抬起腿穿上桃紅色絲質吊襪帶，上頭還有玫瑰圖案，那位置正好半遮半露。變裝完畢她才坐下來。

她旋即別過頭。他的情人不該是方才在玻璃倒影裡見到的那個模樣。她轉過身把燈關了，外表看起來很冷靜，內心很激動。只有很熟悉她的人才能感覺得出來，他或許一眼就能看穿她的心思，但他不該發現。

當她走到最後一面玻璃前，就快到門口時，她唸出了禱告詞，每次她要離開前都不忘為他祈禱，於是她凝視著玻璃後方，另一個房間的他。

「或許今晚，親愛的，」她柔聲說，「或許就是今晚。」

她關上所有的燈之後帶上門，他繼續留在黑暗中，在玻璃的另一方。

劇場外天棚的燈亮著，她剛下計程車，人行道上還很空空蕩蕩。她想要提早進場，這樣在劇場熄燈前，她才有充裕的時間可以好好研究他。她不太清楚表演內容，直到結束之後，她走出劇場當下仍舊不太理解，只記得主題是「舞不停」。

她停在售票口外面。「我訂了今晚的票，管弦樂團區第一排，靠走道。咪咪．高登。」

她已經等了好幾天，因為這一切和演出無關，重點是她要被人看見。她付錢拿票。「你在電話中跟我確認過，對吧？我要的是靠鼓手的那一側，不是另外一邊哦。」

「沒錯，我劃位前幫妳檢查過了。」他斜眼瞥她，她早料到這種反應。「妳一定是超級粉絲，我說啊，他真幸運。」

「你不懂，我不是迷上鼓手。我連他叫什麼名字都不知道，這——我該怎麼解釋呢？每個人都有不同的興趣，那我就是喜歡爵士鼓。每次看表演，我都想盡量靠近。我喜歡看擊鼓的過程，讓我很享受。我對爵士鼓上癮了，從小就很痴迷。我知道這聽起來很瘋狂，不過——」她雙手一攤——「我就是喜歡。」

「我不是故意要問東問西的。」他難為情地道歉。

她走了進去，收票員才剛就位，帶位員也才剛從樓下更衣室走上來，她早到了。有些人參加活動的時候喜歡晚一點到，進場時才好吸引眾人目光，這招在劇場包廂可行不通，不過她絕對是靠近管弦樂團那區最早到的觀眾。

她隻身一人坐著，像是一條小魚隱身在座位排成的海浪裡。她捧著大衣，罩住身體，從左方、右方、後方看起來她的穿著打扮都相當低調，她希望她的外表只對正前方的人發揮致命效果。

後方愈來愈多人把椅子翻下來就座；劇場裡，觀眾進場時總有一種特殊的節奏和背景噪音。她的雙眼注視著一個目標，就只有一個目標：舞臺下方那道半掩的門。就在她正對面。光線這時從門縫裡透出來，她可以聽到門後傳來的聲音。樂手聚在門後，準備出場表演。

門豁然敞開，樂手紛紛低著頭、縮著肩膀逐一就座，她不知道哪個是他，要等他坐下來才會曉得，不然她沒見過他呀。他們一一坐在不同的座椅上，在舞臺邊緣下方排成一個小小的半月型，樂手的頭比舞臺地板上的聚光燈還低。

她狀似低頭認真閱讀腿上的節目單，但她頻頻從烏黑茂密的睫毛下往上瞄。是這個嗎，現在走出來的？不，他坐的那張椅子太矮了。他後面那個？看起來一副壞人臉。他一坐在第二張椅子上，她馬上就鬆了一口氣。單簧管，或是其他樂器。嗯，那這個吧，一定是他——不，他轉身朝另一個方向去了，是拉低音提琴的。

所有人都已經進場，她忽然感到惴惴不安。最後一位樂手甚至關上了門，已經沒有其他樂手要進場了。所有人都在位子上調音，準備開場，就連指揮都就緒了，而她正前方，爵士鼓手的座位卻還空著。

或許他退團了。不，那樣樂團一定會找人來取代他。或許他生病了，今晚無法演出。噢，為什麼偏要在今晚！或許這星期每個晚上他都有演出，就只有今天缺席。她接下來幾週不一定可以買到同一個座位，這表演售票狀況很好，一下就賣完了。她也沒辦法等那麼久。時間寶貴，稍縱即逝，她已經沒剩多少時間了。

她可以偷聽到樂手壓低聲音輕蔑地討論，她坐得很近，每句話都一清二楚，一片不和諧的調音聲也無法掩蓋他們的話語。

「你見過這種人嗎？我覺得他這季根本沒有準時過。罰錢也沒用。」中音薩克斯風說：「他或許又在哪條巷子裡把金髮妹，結果又忘了走出來。」

他後面那人打趣地附和著說：「而且好鼓手很難找。」

「沒那麼難啦。」

她讀著節目單上的樂手列表，但沒專心看字。她壓抑著心中的焦慮，身形僵硬。真諷刺，所有人都到齊了只缺一個，就那麼一個人，偏偏是她需要的那一個。

她心想，「可憐的史考特，那個晚上就是需要這種運氣——」

序曲即將揭開，全場安靜了下來。所有人都準備好了，燈光落下。就在她已經別開眼神、失去希望時，樂團席的門乍地打開又關上，迅速如中場燈一閃而過，一道人影匆匆沿著所有座椅周圍走向她面前的那張空位。他弓著身體，一方面是為了加快腳步，另一方面為了盡量不引起指揮的注意，所以給她的第一印象有點像老鼠，後來這印象一直沒變。

指揮看著他的眼神像是要噴火。

他一點也不羞愧，她聽到他喘著氣對旁邊的樂手說：「嘿，我明天又約到那蜜糖甜心了！我有把握。」

「最好是，這種事才不會發生。」那人懶得搭理。

他還沒看見她。他忙著調整譜架和樂器。她的手落在身體側邊，裙襬不著痕跡地沿人腿往上提了一吋。

他調整好了。「今晚人多嗎？」她聽到他問。他轉頭看著樂手席外的觀眾席，這才第一次瞥見她。

她已經準備好和他對上眼了。她直視著他，猛烈放電。他一定在她視線之外用手肘推了推隔壁的樂手。她聽到另一位樂手含糊地說：「對，我知道，我看到了。」

那一眼電力十足。她可以感受到他的雙眼黏在她身上。她簡直可以看到電波往返了。她好整以暇地慢慢放電，現在還不急，不必趕。她心想：「我們每個人都知道怎麼放電，真奇妙，每個人都會，儘管我們從來沒試過。」她專心看著節目單上的其中一行，好像那一行有神祕的意義，她讀得目不轉睛。其實那一行都是點點，從那一頁的左邊連到右邊，這正好幫助她穩定視線。

維多利安……………………迪西．李

她數著小點。一行總共二十七個點，從他的角色名稱連到他的本名。差不多，夠久了，效果應該做足了。她緩緩揚起睫毛，秋波流轉。

她的雙眼對上他的眼睛，揪著不放。他原以為她會別開眼神，但她卻收下他的凝望，他要看多久，就讓他看多久。她的眼神似乎是說：「你對我有興趣嗎？很好，來啊，我不介意。」

他沒料到她這麼大方給他打量。他的眼神繼續留戀著，甚至還試探性地笑了一下，一種瞬間就不會留下印象的淺笑。

她也收下了他的微笑，回送他一抹笑意，和他的一樣淺。他笑得更開了，她也是。

眼神的前戲結束了，他們準備要——就在這時，可惡，鈴聲從布幕後面傳來，指揮敲敲譜架，要樂手集中注意力，張開雙臂要所有樂手準備。手一揚，便揭開了序曲，他和她不能再眉來眼去了。

沒關係，她安慰自己，目前一切順利。

整場表演不可能一直奏樂，沒有這樣的表演。總會有休息的時候。

幕拉了上去，樂聲、燈光、演員都活了過來。她才不在乎舞臺上的一切，她不是來看表演的。她心繫著她的任務，她的任務就是要弄到那個樂手。

一到中場休息時間，他就轉過頭去搭訕她，其他人正魚貫離開座位去休息、抽菸。他坐在樂手席最裡面，所以最後一個離開，這讓他有機會不著痕跡地在別人背後找她聊天。她旁邊的觀眾起身離開了，所以他看得出來她是自己一人來看表演，就算原本不確定旁邊的人是不是她的伴，這時候也清楚了。

「目前的演出妳還喜歡嗎？」

「很棒。」她像貓一樣。

「結束之後有事嗎？」

她嘟著嘴說：「沒有，我還希望有人約呢。」

他轉頭要追上其他樂手。「這會，」他沾沾自喜地對她說，「有人約了。」

他一離開，她就粗魯地把裙子往下拉。她覺得自己需要用抗菌沐浴乳加上滾燙的熱水好好消毒一番。

她的臉部線條一鬆，回到平常的模樣，就連化妝也無法掩飾那差異。她獨自坐在那兒沉思，整排無人座位的最後一席。或許今晚，親愛的，或許就是今晚了。

當劇場散場亮燈時，她刻意留在後面，假裝好像掉了東西，又假裝整理儀容，讓其他觀眾慢慢沿著走道離開。

樂團演奏完散場音樂，他敲了鈸最後一下，用指頭控制音量，放下鼓棒，關掉譜架燈。這晚的工作結束了，現在是他下班後的自由時間。他慢慢地轉身面對她，好像覺得自己在主導互動。「美女，在巷子那裡等我一下，」他說，「我五分鐘內過來找妳。」

光是在劇場外面等他就很丟臉，她也不知道為什麼。或許是因為他的個性，讓他不管做什麼都顯得下流。她緊張得不斷來回走動，有點害怕。還有其他樂手比他更早走出來（他連一點面子都不給她，竟然堅持最後一個離開），他們經過她身邊時，看她的眼神讓她覺得很不舒服。

忽然間，他把她整個人騰空抱起，也就是說，她根本沒察覺他靠近，他就占有欲十足地環抱住她，甚至還沒邁開步伐就準備將她帶走。她心想，或許這就是他的作風。

「我的新朋友好嗎？」他滿面春風。

「還不錯，我的新朋友呢？」她回他。

「我們去找其他人，」他說，「如果沒有他們，我就沒勁了。」

她明白，她是他的新胸花，他想要好好炫耀一番。

現在時間是十二點。

到了兩點，她覺得啤酒已經讓她態度軟化到可以應和他了。他們這時已經進到第二間酒吧，其他樂手仍坐得老遠。這種事情好像有特別的禮數在，他和她先離開第一間酒吧，但等其他人一同來到第二間的時候，他們又會保持距離，讓他和她單獨一桌。他時不時起身去找其他樂手聊一會，再回到她身邊，但她發現其他人絕不會靠過來加入他。或許因為她是他的，他們應該要敬而遠之。

她小心翼翼地找時機切入主題，知道她最好趕快開始，畢竟長夜終將結束，她不願再多花一晚和他相處。

終於，有個機會來了，正是她要的，他一整晚對她說話都油腔滑調——他一想到就來幾句噁心黏膩的恭維話，像是個腦袋空空的機器，只會一直加油。

「你說我是那個座位上有史以來最漂亮的女生，但總有幾次你轉過頭會看到喜歡的女性坐在哪裡吧，講一講她們嘛。」

「她們跟妳差遠了，連多看一眼都浪費。」

「哎唷，說好玩的嘛，我又不會吃醋。告訴我，如果你可以挑的話，在所有觀眾席中有魅力的女人裡，就在我今晚那個座位上，從你在劇場演出以來，哪一個你最想約出來？」

「當然是妳啊。」

「我就知道你會這樣講。那除了我以外呢？第二人選是誰？我想知道你的印象能維持多久。我猜你一定隔天就不記得我們的臉了。」

「不記得？好，我來算給妳聽。有個晚上我轉過頭，看到欄杆另一側有位女士——」

她在桌子下面揉著手臂內側柔軟的弧線，用力得好像痛到忍不住。

「那是在另一個劇院，賭場劇院。我不知道，她就是讓我——」

一個個纖瘦的人影經過他們桌前，最後一個人多站了一會。「我們要去樓下即興演奏，要來嗎？」

她鬆開手臂，氣餒地垂到椅子旁邊。他們都站起來了，紛紛朝後方地下室入口湧去。

「不要嘛，留下來陪我，」她伸出手拉他。「說完你剛剛——」

他已經站起來了。「來吧，錯過可惜。」

「你今晚在劇場打了整夜的鼓還不夠嗎？」

「對，但那是為了錢。這是為了我自己。你會聽到不一樣的音樂哦。」

她看得出來，他不管怎樣都會去，音樂的魅力比她大，於是她心不甘情不願地站起來，跟在他後面走，沿著磚牆階梯下到餐廳地下室。他們全聚在地下室的大空間裡，樂器已經擺好，他們一定之前就在這裡合奏過，甚至還有一架直立式鋼琴。天花板中間只有一個霧霧的大燈泡懸在鬆鬆的電線上，為了補足光線，他們在許多玻璃瓶裡放了蠟燭。正中間有一張老舊的木桌，上頭擺了好幾瓶琴酒，幾乎一人一瓶。其中一人攤開一張牛皮包裝紙，把很多香菸抛灑上去，大家可以自行取用。這不是樓上客人抽的那種菸，裡面黑黑的，她聽到他們說這是大麻菸。

她和密爾本一進去之後，他們便關上門並帶上門栓，才不會受人打擾。她是地下室裡唯一的女性。

他們就坐在紙箱、木箱或甚至酒桶上。單簧管才幽幽地起個頭，大家就嗨了。

接下來的兩小時就像但丁的煉獄。她在音樂一結束時就知道，自己不會相信這是真的。不是音樂的問題，音樂很精采，而是他們漆黑的身影從牆邊一直延伸到天花板，不斷千變萬化。他們的臉孔著魔似地，個個像魑魅魍魎，隨著特定音符飄忽不定、神出鬼沒。是琴酒和大麻菸，讓空氣如此迷幻朦朧。樂手的狂野魂上身，她好幾次得躲到遠遠的角落或站到大紙箱上面。好幾個樂手數度朝她逼近，一個個上前，從背後簇擁她，逼得她縮在牆邊被人牆包圍。他們只朝她下手，因為她是女性，他們把管樂器直接對著她的臉吹奏，震耳欲聾，又用樂器撥她的頭髮，讓她的怯意直鑽心底。

「來吧，站到酒桶上跳舞！」

「我不會！我不知道怎麼跳舞！」

「不必特定舞步。只要搖動妳的身體，跳舞就是這樣。不必在乎走光，我們都是朋友啦。」

「親愛的，」她側著身子從浪蕩的薩克斯風手旁邊逃走，他朝天花板語無倫次又語焉不詳地鬼叫了一陣子。「噢，親愛的，你讓我好想要。」後來他終於放棄她了。

充滿未來感的節奏，永遠不跟拍點走，
在我的鼓膜裡，任何鼓聲都會翻天覆地。

她好不容易沿著兩道牆，終於找到了鼓手，他就是喧鬧的來源。他擊鼓到一半，她抓住他的手，久久不放，好不容易才聽到自己的聲音。「克里夫，帶我走。我沒辦法再繼續了！我再也受不了了！跟你說，我隨時會暈過去。」

他已經抽大麻抽到嗨了，她從他的眼神就能看出來。「我們要去哪？我家嗎？」

她只能答應，她知道這樣才能讓他離開這裡。

他起身站在她後面，帶著她往門口走去，腳步微顛。他替她開門，她立刻像彈弓飛射般衝出門外。他跟著她走出來。他好像想走隨時可以走，不必向任何人解釋或道別。其他人也沒注意到他離開。門一關就把迷幻的狂亂場景給截斷，像一把俐落的刀刃，外頭忽然一靜，一時之間還無法適應。

你就是那無法預期、無法連續的時光，
讓我思考、讓我沉醉、讓我縱慾——

樓上的餐廳黑暗無人，只有一盞夜燈在遠方燃燒著，當她走上人行道，涼風一吹她就差點頭昏眼花了起來，畢竟才從密閉沉悶的室內走出來而已。空曠的街道更顯清涼、澄澈。她覺得自己從來沒呼吸過如此甘甜純淨的空氣。她斜倚大樓側牆，大口吐納，像是個呼吸衰竭的人把臉頰貼在牆壁上。他花了幾分鐘才跟著她走出來，可能在關門之類的。

這時一定已經凌晨四點了，但天色仍暗，周遭整座城市還在沉睡。一時之間她好想沿著街道逃回她甜蜜的生活，遠離這個人，終結這一切。她可以跑得比他快，她很清楚。他絕對追不上。

她留在原地，逆來順受。她房間裡有一張照片，她知道每次開門，第一眼就可以看到那張照片，影中的他就站在她身邊，機會一放開就消逝了。

他們搭上一輛計程車。那是一排改建成公寓的老房子，一層一戶。他帶她走上二樓，解鎖之後再替她開燈。這種空間憂鬱沉悶，地板年歲已久，顯得又黑又舊。天花板很薄，上了亮光漆。透氣窗很高，像棺材一樣。這種地方不適合凌晨四點來訪。跟任何人來都不適合，更何況是跟他。

她微微顫抖，杵在門邊，盡量不要太在意他刻意鎖門的舉動。她想要努力保持頭腦清晰、氣定神閒，過分擔心只會讓思慮不周。

他把門關好，將她鎖在裡面。「我們用不到這些了。」他說。

「不，就讓門開著，」她就事論事地說，「我覺得冷。」

時間不多了。

「妳打算怎樣？一直站著嗎？」

她佯裝溫順，但有點心不在焉，「沒，我不會一直站在這裡。」她試探性地往前一步，看起來很像腳穿冰刀鞋，但不確定能不能踩穩的樣子。

她繼續左顧右盼，焦慮地環顧四周。要怎麼開啟話題呢？從顏色著手。橘色。找個橘色的東西。

「怎了？妳在找什麼？」他好奇地問。「這就是個小房間，妳沒見過房間嗎？」

她終於找到了。房間另一個角落裡，有個廉價的人造纖維燈罩。她走過去，點亮燈，燈的上方立刻投射出一個小小光圈，像天使光環。她把手放上去，轉身對他說：「我喜歡這顏色。」

他沒注意到。

她的手還在燈罩上面。「你沒聽我說話。我說，這是我最喜歡的顏色。」

這次他厭煩地轉過頭來。「好了，那又怎樣？」

「我想要有一頂這顏色的帽子。」

「我買一頂給你，明天或後天。」

「你看，像這樣，我的意思是這樣。」她拿起小燈座，扛在肩上，裡面的燈還亮著。她轉身面對他，看起來像是燈罩掛在她頭上。「你看我，好好看著我。你難道沒見過別人戴這顏色的帽子嗎？有沒有想起你見過的人？」

他眨了兩次眼睛，像貓頭鷹那樣正經。

「繼續看，」她央求他，「繼續認真看。只要你用心，就可以想起來。你有沒有見過劇場裡其他人就坐在你後面，我今晚的那個位子，戴著同樣顏色的帽子？」

一時間，他迷迷糊糊地說：「噢——我就是這樣賺了五百塊！」然後他一手摀著眼睛，滿臉茫然。「嘿，我不能跟任何人講這件事。」然後他抬起頭，一臉信任卻又困惑地問她，「我已經跟妳說了嗎？」

「對啊，當然。」她也只能這麼回答。他或許一剛開始不敢講，既然開了口，繼續說下去就沒差了。大麻菸可能影響了他的記憶力。

她得把握這機會，不敢放手，儘管她不知道這時候適不適合追問。她放下燈罩，快步朝他走去，同時盡可能表現得很悠哉。「但我想要你再講一次嘛。我喜歡聽那個故事。來嘛，你可以跟我說的。克里夫，你說我是你的新朋友啊，你自己說的，說出來有什麼要緊的？」

他又眨了眨眼睛。「我們剛剛在講什麼？」他無助地說，「我忘了。」

他的思緒被毒品切得斷斷續續，她得讓他的大腦再活絡起來。就像一條運輸線，但連接用的齒輪掉光，只能無力地懸在那裡。「橘色帽子，看，在這裡。五百——五百塊，記得嗎？她坐在我今天坐的位子。」

「噢，對，」他聽話地說，「就在我正後方。我只是看著她。」他狂笑了幾聲，又忽然冷靜下來。「我只是看著她，就賺了五百塊，只要看著她，然後不能說我見過她。」

她看著自己的手臂緩緩攀上他的領子，圈著他的頸子。她無意阻止，好像她的手臂可以獨立動作、不受指使。她的臉湊近他，微往上仰凝視著他。她心中突然有個想法：妳可以離答案多近呢？再也不必猜？「克里夫，多告訴我一點。講給我聽嘛。我最喜歡聽你說話了！」

他臉上忽然顯露懊惱，眼睛又無神了。「我又忘了我剛剛在說什麼。」線索又斷了。「你拿了五百塊，就是不能說你見過她。記得那個戴橘色帽子的女人嗎？克里夫，她是不是給了你五百塊？誰給你五百塊？啊，快點跟人家說嘛。」

「一隻手，在黑暗中，把錢塞給我。一隻手，一個聲音，和一條手帕。噢，對，還有另一樣東西：槍。」

她的手指不停地慢慢抓過他的後腦杓，然後又回到前面。「對，但那是誰的手？」

「我不知道。我當時不曉得，後來也沒去找。我甚至不確定這整件事有沒有發生。我覺得一定是大麻的效果，不過話說回來，有時候我很確定發生過這件事。」

「我都想聽。」

「事情是這樣的，我那天晚上很晚回到家，在表演之後，當我到樓下大廳時，通常燈都亮著，但那天沒亮，好像燈泡壞了。我正摸索著上樓，有個人伸出手擋住我。冰冷厚實的手，力道很大。

「我退到牆邊說：『誰在那裡？你是誰？』是個男人，從聲音可以聽出來。過了一會，當我的雙眼稍微適應黑暗之後，我看到一樣白白的東西，像是一條手帕，就在他的臉那個位置，所以他聲音才糊糊的。但我還是可以聽清楚他說的話。

「他先報上我的名字，又講出我的職業，似乎對我瞭若指掌。然後他問我記不記得前一晚在劇場看到某位女士，戴著橘色帽子。

「我說，要不是他提醒我，我早就忘記了，但既然他這麼說，我便想起來了。

「然後他繼續壓低聲音，一點都不帶情緒地說：『你想被槍斃嗎？』

「我沒辦法回答，完全發不出聲音。他抓著我的手，貼在他手上一樣冰冷的東西上，那是槍。我整個人跳了起來，可是他繼續壓著我的手，直到他確認我進入狀況為止。他說：『如果你對任何人提起，這就是你的下場。』

「他等了一會，才繼續說：『還是你想要賺五百元？』

「我聽到紙張沙沙聲，然後他把一樣東西放進我手裡。『這裡有五百元，』他說，『你有火柴嗎？點燃吧，我讓你點一跟火柴，你可以自行確認一下。』我照做了，確實是五百元。然後當我眼睛往上抬，想看他的臉時，才瞄到他的手帕，他就把火柴吹熄了。

「『你從沒見過那位女士，』他說，『從來沒有這個人。不管誰問起，否認就對了。只要你否認——你就可以活下去。』他隔了一段時間後問我，『現在要是有人問起你，你要怎麼回答？』

「我說：『我沒見過什麼女士。根本沒有什麼女士。』我一邊講一邊抖。

「『好，上樓去吧，』他說，『晚安。』他蒙著手帕說話，那聽起來簡直像是地獄傳來的聲音。

「我用最快的速度進門，連滾帶爬地上樓梯，把自己鎖在房間裡面，盡量離窗戶愈遠愈好。我都沒察覺自己點了一根大麻菸，妳知道那東西的效果。」

他發出難聽刺耳的笑聲，倏地安靜下來。他慘兮兮地補了一句：「隔天我去賭馬，那五百塊全輸光了。」

他煩躁地扭來扭去，把她從座椅扶手上扶下來。「妳叫我重講一次，害我的回憶又回來了。妳讓我再次嚇到全身發抖，就像那晚之後我也怕了好久。再給我一根大麻菸，我要再嗨一次。現在心情不好，讓我提振一下。」

「我身上沒有大麻。」

「妳口袋裡一定有，從那邊拿來的。妳剛剛和我在一起，妳一定有拿一些。」他顯然覺得她和他一樣，都會占別人的便宜。

她的包包就擱在桌上，她還來不及衝過去阻止他，他就打開包包，把所有東西全都灑了出來。

「不，」她忽然警戒地大叫起來，「裡面沒什麼東西，別看。」

她沒能先搶下，他就已經拿起柏吉斯寫的紙條來看了，她根本不記得那張紙條在包包裡。他無法掩飾驚訝，剛開始還不明所以。「咦？是我！我的名字、我工作的地方和——」

「不！不！」

他把她推開，繼續唸下去：「先打電話到警局，如果不在那裡就再打——」

她可以看到他的臉上逐漸蒙上不信任，像一層烏雲。就像暴風雨一樣轉瞬即至，眼神後面藏著疑心。但在那層疑心之後，是更危險的情緒：無以名之、赤裸的恐懼，經過毒品渲染的恐懼會毀滅他所害怕的事物。他的瞳孔開始放大，黑色瞳仁似乎要吞掉原先瞳孔的顏色。

「妳是他們派來的，妳不是湊巧遇見我。有人盯上我，但我不知道是誰，要是我可以想起——有人要拿槍轟我，有人說他們要拿槍殺我！要是我可以想起我哪些事不能做就好了——是妳逼我的！」

她從沒遇過大麻成癮者。先前她聽過類似的事情，但過去毒蟲對她一點意義也沒有。她完全不曉得大麻會撩撥人的情緒，放大猜忌、不信任和恐懼等感受。感知會強大到超越臨界點，現下若不是毒品讓他反應變慢，他早就爆發了。光看他的模樣就知道，她要對付一個不理性的人。他的想法轉變無法預測，更顯得危險，可怕的是無法阻攔或迴避。她沒辦法讀他的心，因為她很理智，而他——暫時失去理智了。

他有所誤會，歪著頭站了一會，蹙眉抬頭看她。「我剛剛講了一堆不該說的話。噢，如果我現在記得我講了什麼就好了！」他心煩意亂地扶著額頭。

「不，你沒有，你什麼都沒有跟我說。」她想要安慰他。她發現自己最好趕快離開那地方，別遲疑，而且直覺告訴她，如果這時候打斷對話，逃跑的意圖就太明顯了。她開始慢慢向後退，偷偷摸摸地一次一小步。她把雙手放在背後，這樣就可以摸到門把，趁他發現她的動機前設法把門打開。同時為了不讓他發現她要默默撤退，必須直視著他的雙眼，用雙眼凝聚他的注意力。她發現動作太慢，讓她更加僵硬不自然。這感覺就像要逃離毒蛇，怕動得太快蛇就倏地撲上來，更怕動得太慢——

「有，我有。我講了不該講的話。現在妳要走出去跟他們說了。有人盯上我。他們就要來把我幹掉了，就說他們一定會——」

「沒有，你真的沒有，你只是以為你有。」他的情況沒變好，反而更糟。她的臉在他的眼中一定愈來愈小，他已經察覺到她要離開了，她沒辦法轉移他的注意力。她這時貼著牆，雙手在背後不停偷偷摸索著，卻只摸到平滑的灰泥牆，沒摸到門鎖。她弄錯方向了，得朝另一邊才對。她在眼角之外瞄到了門把，原來就在她左方幾碼處。要是能站到那邊去，只要再一、兩秒鐘——

偷偷往後退已經夠難了，要不著痕跡地螃蟹步往旁邊移動更難。她試探地將腳跟往外推一些，然後腳跟踩地，腳掌往外旋轉，再換另一隻腳，然後併攏，上半身則維持不動。

「你不記得了嗎？我坐在你的椅子扶手上，梳著你的頭髮，就只有這樣而已。啊，不！」她無法先發制人，不禁慘叫。

恐懼變奏曲才開始了幾秒鐘，感覺已經像是持續了一整夜。要是她手邊還有那些邪惡的大麻菸可以扔他就好了，或許——

她一邊螃蟹步，一邊擦撞到輕巧的桌子或架子，有些小東西掉了下來。輕巧的碎步聲、細微的滴答聲和物品落地的重擊聲，還有一連串的動作終於喚醒了惡魔。砸碎的玻璃像是他狂亂神經在等待的信號，這聲響釋放了她直覺認定遲早會發生的暴力行為。他原本一直維持站姿，這時像蠟像從展示臺走下來，朝她逼近，張開雙臂，無法平衡地踉蹌前進。

她細細地叫了出來，但又強自忍住，聽起來根本不像叫聲。她掙扎到門邊，雙手連連拍打，只能確定那鑰匙還插在門上。她得趕快出門，他沒有給她足夠的時間多想。

她離開牆邊，切過房間角落，想要走到另一側的窗邊。他不斷追擊，她原先想要拉開窗戶大聲呼救，結果一看才發現整個窗戶完全被擋住了，讓她連呼救都沒辦法。窗框兩側有布滿灰塵的繩狀窗簾，她朝背後往他扔去，讓他的動作慢下來，他得先解開纏在肩頸上的窗簾布料。

下一個牆角有張廢棄沙發呈對角線擺在那裡。她躲到沙發後面，還來不及從另一頭跑出來，就被他擋住去路了。他們沿沙發的長邊互相推了兩次，她在這一側，他在另一側，像貓捉老鼠的遊戲。一個維多利亞風格的美女和飾演野獸的啞劇演員，若早個五分鐘她一定會笑出來，這簡直是電影《林恩東鎮》裡的場景，但她這輩子要是又看到這種畫面，應該再也笑不出來——就算這追逐只有兩、三分鐘。

「不要！」她直喘氣。「不要！別這麼做！你知道他們會怎麼對付你——如果你在這裡對我下手，你知道他們會怎麼對付你！」

她不是在對正常男人說話，她是在對神智不清、意識迷茫的人說話。

他突然單膝跪在沙發上，抄捷徑揪住她。這個狹小的三角形空間已經讓她無路可退了。他的手指伸進她的連身裙領口，掐住肩帶。趁他還沒揪緊到讓她無法呼吸，她迅速地旋轉了兩、三圈，掙脫他的掌控。肩膀差點整個裸露出來，但至少讓他鬆手了。

他的身體還撐在沙發上半部，她趕緊從沙發後面低處鑽了出去，貼緊最後一面牆逃跑。她繞了一整圈，終於又靠近門口，就在側邊。她要直接跑出門外，無論如何就是得再度面向他，因為他在門內側。

另一面牆有個空間，裡面沒有燈，可能是衣櫃或浴室的門，不過經歷沙發之戰後，她毫不留步地衝過去，就怕又被他在更短的時間裡困在更小的角落，而且能安全脫逃的唯一出口、那扇房門就在前方了。

她抓起一張細長的木椅，用力揮動朝自己身後扔，希望能砸中他。他剛好看到，及時閃避，她只爭取到五秒鐘。

躲到後來，她漸漸體力不支了。她靠近最後一面牆，這場沒完沒了的追逐戰就是從這兒開始的，他搶在前面，轉過身擋住她。她來不及迴轉，差點就要撞上他。他把她圍在他和牆之間。他的手臂像剪刀一樣朝她撲來，她一蹲，只能往左邊躲。她趁剪刀手還沒合起來之前就矮下身，從下方逃出去，千鈞一髮地從他身邊擦過。

她喊出了一個名字。一個此刻最沒用的名字。「史考特、史考特，親愛的！」門就在前方，但她始終來不及逃到門口。這時，她已經沒有力氣再繼續了——

那盞小檯燈還在那裡，她之前用來喚醒他記憶的檯燈。那燈太輕了，傷不了他，但她還是拾起來往後砸。沒砸中，差遠了，而且落在地毯上，連燈泡都沒破。他絲毫不受影響地打算做最後衝刺，接下來他一定會——

怪事發生了。他的腳拇趾一定是勾到了什麼。她當時沒看到，但後來想起來了。檯燈沒破，在他後方猛滾了幾圈，牆腳發出藍色閃光，他的四肢癱趴在地上，兩條手臂完全伸直

他和奇蹟之門中間出現了空檔。她對自己沒信心，更害怕自己辦不到。趁他攤開手趴在路中間沒起來時，她躍過他的身體，剛好跳過他爪子般的手指，這下終於靠近門了。

一瞬間可以很漫長，也可以很短暫。那一瞬間他無力地趴在那裡，就那麼短短的時間。她可以感覺到自己緊抓著鑰匙，就像夢一樣，不過這還不夠。她剛開始轉錯方向，門打不開，她得反方向轉到底。他在地板上匍匐前進，想要從他倒下的地方拉近那幾吋的距離，不必爬起來，他想要抓住她的腳踝，讓她也跌趴在地上。

鑰匙咔啦一聲轉動了，她一拉，門就開了。有個東西想捉住她的後跟卻沒捉到，就好像是用指甲碰了一下，她立刻從門口衝了出去。

接下來的一切都記得不是很清楚，她又是驚恐又是鬆了一口氣，擔心他追上來，卻遲遲沒聽到腳步聲，反而讓她更感疑懼。她搖搖晃晃地沿著燈光晦暗的樓梯下樓，其實看不清臺階，只能一直衝。她找到了大門，打開門，外頭很涼，天還沒亮，她安全了，但她繼續搖搖晃晃地向前跑，逃離那邪惡的地方，那永遠會讓她做惡夢的地方。她沿著空空蕩蕩的人行道以之字形路線前進，像個醉漢，她是醉了——被無法忍受、無法抗拒的恐懼給弄得醉醺醺。

她記得自己繞過一個轉角，但她不確定自己在哪。她看到前方有紅綠燈就直接走過去，還跑了起來，想著要逃快一點，免得被他追上。她走進一家小店，看到玻璃櫃裡有很多義大利臘腸和好幾盤馬鈴薯沙拉，這一定是徹夜營業的小吃店。

店裡沒有客人，只有一個男人在櫃檯後面打盹。他睜開雙眼，發現她茫然地站在那裡，衣服從肩膀處被鼓手撕出一條對角線。他跳起身，走到櫃檯前，雙掌貼在櫃檯上盯著她看。

「小姐，怎麼了？妳出意外了嗎？需要幫忙嗎？」

「給我十分錢，」她抽抽噎噎地說，「請給我十分錢——借你的電話一用。」

她走過去投錢，橫膈膜的反射作用讓她還繼續抽抽噎噎的。

那善良的老先生朝裡面喊：「老媽，來前面一下好嘛？這裡有個孩子碰上麻煩了。」

她打到柏吉斯家中，這時接近凌晨五點。她甚至不記得先說自己是誰，但他一定曉得。

「柏吉斯，拜託你來這裡接我好嗎？我剛剛碰到危險了，覺得接下來我沒辦法自己——」

小吃店老闆娘身穿浴袍、頭戴髮卷，和她先生一起打量著狀況。「黑咖啡，你覺得呢？」

「當然了，除了阿斯匹靈，我們就只有這個。」

老闆娘走過去在她對面坐下，同情地拍拍她的手。「小美女，他們對妳怎麼了？妳被搶了嗎？」

她聞言不禁露出悽慘的笑容，但仍抽著鼻子。她這時只能依靠一個鋼鐵心腸的警探。柏吉斯隻身前來，衣領立起來靠近耳朵，見到她裹著厚毯子、捧著熱騰騰的黑咖啡。她渾身發抖，但是和氣溫無關，不過她已經漸漸冷靜下來了。他自己一個人來。因為這不是公務，是私人調查，他不能留下紀錄。

她一見到他就鬆了一口氣。

他好好觀察她一陣。「啊，可憐的孩子。」他的聲音低沉嘶啞，拉出另一張椅子，在她旁邊坐下。「這麼糟啊？」

「現在這沒什麼，你應該看看五或十分鐘前的樣子。」她只想講正事，朝他靠過去，全神貫注地說，「柏吉斯，受這些傷都是值得的！他見過她！不只這樣，有人後來去找他、收買他。有個人代表她出面，應該是這樣。你可以讓他全盤供出，對不對？」

「好了，」他簡短地說，「就算我不行，也得試一試。我現在就過去，先找輛計程車送妳回去，然後——」

「不、不，我想和你一起回去。現在沒事了，我不怕了。」

小吃店老闆夫婦跟著他們走到門口，看著他們在曙光中走上街道。他們兩個臉上都露出對柏吉斯不以為然的表情。

「噢，她找那什麼好搭檔！」老闆輕蔑地從鼻孔哼氣，「先讓她在凌晨五點的時候只有自己一個倫！如今要找那傢伙算帳都已經太慈了！如果他不能好好照顧她的話，自身就實在是個渾球！」

柏吉斯躡手躡腳地走上樓梯，她落在後面，柏吉斯的手在背後揮，要她別跟太近。等她追上他的時候，他已經在門邊側耳聽了幾分鐘，低著頭貼在門上，一動也不動。

「聽起來他好像畏罪潛逃了，」他低聲說，「聽不到他的聲音。退後一點，不要站那麼近，免得他突然衝出來。」

她沿著樓梯退下幾階，只露出頭和肩膀。她看到他拿了一樣東西出來靠近門，小心翼翼地，幾乎不發出聲響。忽然間，一道門縫開了，他的手立刻按著臀部，貼在那裡，謹慎戒備地往前走。

她跟在他後面上前，屏住呼吸怕衝突隨時發生，或是遭他暗算突襲，總覺得下一秒就會有所變化。她就站在門檻外，門縫裡電燈一閃，她儘管沒叫出聲，還是整個人跳了起來。他把門內空間給點亮了。

她往門內瞄，剛好看到他消失在門口，走進旁邊的牆內，那是她不久前才逃離的空間。她冒險走進門內，膽子漸漸大了起來，既然他可以順利走進去，就表示門口沒人。

接著，第二道無聲的電流通了，他所走進的黑暗空間變成一間隱約可見的白牆浴室。她和他站成一直線，她可以直接看到浴室裡面。她看到了一座復古四腳浴缸，看到一個人凹折在浴缸裡，臀部露出來，就像一條浴巾掛在浴缸邊緣。她還看到那人的鞋底向後朝上，這種地方絕對不會有大理石浴缸，不過這景象讓人產生一種視覺幻象，就連浴缸外觀看起來也像大理石。可能是因為有一、兩條紅色血跡，沿著浴缸外層滴下來。紅色紋路大理石——

一時之間，她以為他覺得噁心而昏了過去，但當她慢慢靠近，柏吉斯立刻阻止。「不要進來，凱蘿。留在原地！」他的命令就像鞭子。他退後一、兩步，把門推回原本的角度，讓她沒辦法繼續探頭探腦，但又沒完全關上。

他在裡面待了很久。她留在原處等著。她發覺自己的手腕在微微顫抖，但不再是因為害怕，而是因為情緒緊繃。她現在知道浴室裡是怎麼一回事。她知道原因了。毒品強化了他的恐懼，在她逃走之後，他一定很擔心那些人隨時會伸出毒手報復，結果整個人被恐懼包圍，因為不知道對方是誰，所以更驚駭可怖。

桌上一張碎紙片引起她的注意，看完之後更確認了她推理無誤。上面潦草的字跡歪歪扭扭，最後寫到紙片外，一小節鉛筆滾落地面。上頭寫著：他們在監視我——

浴室門緩緩打開，柏吉斯終於又出現在她面前。她覺得他的臉色比進去時更蒼白。她發現他站得離她很近，但似乎不是刻意的，所以她不加思索便往大門後退。「你看到了嗎？」她問起紙條的事。

「有，進來的時候就看到了。」

「他是不是——」

他的手指從耳朵下面橫切過頸子當作回答。

她急急抽了一口氣。

「好了，離開吧，」他口氣粗魯，但立意良善。「這不是妳該出現的地方。」他在兩人走出公寓後關上門，維持原本發現時的樣子。他領她下樓，讓她走在前面，他的雙手按著她發顫的肩膀。「那浴缸，」她聽到他屏著呼吸悄聲說，「我以後只要想到紅海，就一定會——」一發現她在聽，他就又不講了。

他在轉角攔了一輛計程車，把她送上車去。「直接回家，我要趕快回去發通知。」

「我問到的資訊現在都沒用了，對不對？」她眼淚都要掉下來，趴在車窗上問他。

「沒用，都沒用了，凱蘿。」

「我不能重複他對我說過的話嗎——？」

「那就是道聽塗說。妳聽到有個人說他見過她，說他拿了一筆錢要否認這回事。二手證據，這派不上用場。他們不會接受。」

他從口袋裡拿出一條折得厚厚的手帕，在掌中攤開。她看到他把一樣東西放進去。

「那是什麼？」她問。

「妳說呢？」

「刮鬍刀。」

「看清楚一點。」

「——安全刮鬍刀？」

「沒錯。如果有人拿這種刀片外露的復古型刮鬍刀劃破自己的喉嚨——就像我在浴缸底部、他身體下面發現的這個——那櫃子裡怎麼會有那些改良式刮鬍刀的刀片？男人若不是用傳統刮鬍刀就是改良式刮鬍刀，沒有人兩種交替用。」他把刀和手帕都收起來。「自殺，他們的判斷會是自殺。我會讓他們這樣判斷——至少目前是。妳回家去吧，凱蘿。不管怎樣，妳今天都不在這裡，妳不要蹚這渾水。我會負責。」

晨曦即將結束，日光讓城市看起來像鍍了一層錫，她在計程車上雙手頹喪地垂下。

不是今晚，親愛的，還不是今晚，或許明晚，或許再一晚。

15　刑前第9天

隆巴

這是那種高檔精品飯店，高大細長的塔樓居高臨下，睥視周圍平房，就像貴族高挺的鼻梁。電影裡的那些天堂鳥群東行時，不會在這奢華、貴氣的屋簷暫歇。其他羽毛溼透的豐滿鳥兒，原本在雷雨驟降之前要往西飛，這時也成群在這裡躲雨。

他知道這需要一點手腕、一點技巧，要用對方法。他才不會傻到直接問櫃檯，要求讓他不著痕跡地溜進去，這種地方不可能讓人開口要見就能見貴客。你得有策略，花點工夫。

他先從花店下手，從飯店大廳穿過藍色玻璃圓弧門走進花店。他說：「你說夢杜莎小姐最喜歡哪種花？我知道你經常送花去給她。」

「我不能說。」那花店老闆吞吞吐吐。

隆巴抽了一張鈔票，把剛剛說的話又講了一次，好像第一次只是不夠大聲。

顯然是不夠大聲。「很多人打電話來訂各種花給她，蘭花、梔子花等等。不過我剛好知道，在南美，在她來的那個地方呀，這些花都不稀罕，野生就一堆了。如果你想要有價值的情報——」他壓低聲音，好像這情報極為機密，「她幾次難得自己訂花要布置房間，都只訂深鮭紅的香豌豆。」

「你這裡有多少，我全包了，」隆巴立刻說，「一朵都別剩，再給我兩張卡片。」

他在其中一張卡片寫下英文訊息，再從口袋裡掏出一本袖珍字典，一個字一個字查出西班牙文後，寫在第二張卡片上，然後把第一張丟掉。「把這張卡片和花一起送去，看著花送上去。這樣要多久時間？」

「五分鐘之內就可以到她手上。她住在塔樓，飯店人員可以送上去。」

隆巴回到飯店大廳，站在接待處前面，低著頭看手表，好像在量脈搏。

「先生，需要服務嗎？」接待人員問。

「還不用。」隆巴揮揮手，他要打鐵趁熱。

他算準了時間說：「現在！」接待人員嚇得往後跳一步。「打電話到蘿杜莎小姐的套房，問送花的那位男士可不可以上去拜訪。我名叫隆巴，一定要提到花。」

接待人員回到櫃檯時有點驚訝。「她說好。」他軟綿無力地說。顯然飯店裡不成文的規定已經打破，有人可以第一次就登堂入室。

隆巴這時像火箭一樣朝塔樓衝去，抵達門口時雙膝還有點抖，有個年輕女性開了門站在那裡等他，從她身上的劣質黑色制服來看，應該是女傭。

「隆巴先生？」她問。

「我是。」

顯然在她要放行之前，還有幾道檢查要過。「不是媒體採訪吧？」

「不。」

「不是要簽名吧？」

「不。」

「不是為了，呃——」她猶豫了一會——「我們家小姐忘記的帳單吧？」

「不。」

最後一點似乎最重要，她沒繼續問下去了。「請稍等。」她關上了門，再打開的時候就是完全敞開。「隆巴先生請進。小姐可以在閱讀粉絲來信和妝髮造型的空檔見你。請坐。」

他走進了一間前所未見的套房，不是因為空間寬敞、不是因為窗外景觀、不是因為昂貴的內部裝潢，儘管這一切確實讓人大開眼界。之所以前所未見，是因為裡面相當嘈雜，各種聲音此起彼落、不絕於耳。他從來沒到過這麼吵鬧的空房間。其中一條走廊傳來或許是水龍頭嘩啦嘩啦或油脂在熱鍋裡劈劈啪啪的聲音。炒菜熱油在跳的聲音比較明顯，而且他還聞到了香料味，炒鍋聲音外還穿插著強勁有力但不算好聽的男低音歌聲。另一條走廊盡頭的門是廚房門的兩倍寬，不斷開開關關，那裡傳出的聲音就更五花八門了。他努力辨識出短頻收音機播放著森巴舞曲、夾雜著攝影機連續快門聲、有個女人像機關槍一樣不斷地講西班牙語，顯然不需要換氣，還有一臺電話，每隔兩分半鐘就會發出鈴聲。最後，在這大雜燴中，還有一種令人毛髮直豎的噪音，既尖銳又難以忍受，像是指甲刮過玻璃或粉筆在石板上猛劃。所幸那聲音並沒有持續太久，間隔很長才會聽到一次。

他耐心地坐著等。他既然進得來，這場仗就贏了一半。他不在乎下半場要打多久。

女傭快步走來，他以為是要叫他，已經準備起身。不過從她匆匆經過的速度來看，她的差事顯然更重要。她快步走進一個區域，那裡傳來氣急敗壞的低沉男聲，而她用尖銳的聲音壓過去警告他：「不要太多油，安立奎！她說不要太多油！」然後又迅速回到原本的地方，有個凶巴巴的低沉聲音追在她後面，簡直要撼動每一面牆。

「我是要煮給她的舌頭吃，還是要煮給浴室裡她踩著的那個破體重計吃？」

女傭不管去哪裡，手上都捧著一件粉紅色鸛羽內衣，在她手上攤開來，好像可以讓人躲在裡面，但這似乎和她的差事無關。女傭走來走去，那羽毛就一直掉，在她離開許久之後，細細的鳥羽還懶洋洋地在空中旋轉，慢慢飄落到地面上。

這時，熱鍋劈劈啪啪的聲音停了下來，傳來一個人滿足地發出「啊！」的讚嘆聲，有個矮小圓胖的男子，膚色像咖啡色，身穿白色外套、頭戴廚師帽，滿意地搖頭晃腦走出來。廚師從他面前走過去，捧著一只圓蓋托盤走進旁邊另一道門。

這時稍微安靜了一下，但只有一下，馬上就冒出一股喧囂，讓之前的嘈雜顯得像是黃金沉靜期，一觸即發。之前所有的聲音都還在，再加上一些新的噪音：女高音尖叫、男低音怒吼、釘頭嘎吱嘎吱，又聽到餐盤蓋子粗暴地砸在牆上，發出像銅鑼般低沉的巨響，滾過半個房間，最後給砸成碎片。

那矮小圓胖的男子怒氣沖沖地快步走出來，這回膚色看起來不像咖啡色了，臉上有蛋黃和紅椒的碎屑。他揮舞雙臂就像是一座風車。「我這次要回去了！我搭下一艘船回去！這次就算她把膝蓋跪破，我也不會留下來。」

隆巴在椅子上微往前傾，試著用指尖捂住耳朵，讓雙耳休息一下。畢竟人類的鼓膜就只是一層很脆弱的薄膜，禁不起這麼多噪音虐待。

當他放開手時，他鬆了一口氣，發現這塔樓內的音量稍微平靜了些，這種程度的狂亂應該是常態。至少你又可以聽到自己思考的聲音了。這時門鈴一響，聽得出來不是電話鈴聲，女傭讓一個深色頭髮、鬍子造型時尚的男人進來，坐在他旁邊等候。但那人的耐心顯然沒有隆巴多，坐沒多久就站起來踱步，那步伐太急躁，繞的圈子也太小。他發現了隆巴送的香豌豆，停下腳步摘了一朵湊到鼻前。隆巴就算原本想保持禮貌，這時也不願以禮相待了。

「她很快就可以見我嗎？」新來的訪客攔下來去匆匆的女傭問，「我有個新想法，希望能趁早了解她的意見。」

「我也是。」隆巴心想，並且好鬥地瞄向那人的頸子。

那個聞香豌豆的人坐下來。他再次起身，從膝蓋開始，全身上下都不耐煩地抖動。「我的點子快消失了，」他提出警告，「我的想法慢慢離我遠去。這點子一消失，我只好走回頭路了！」女傭帶著他的口信，又逃進房內。

隆巴用別人也能聽到的音量發出私語：「你就走你的回頭路吧。」

不管怎樣，這招奏效了。女傭又走出來，壓抑著急促感朝他揮手，於是他就進去了。隆巴朝那人拋下的香豌豆一動，先用鞋尖接住，帶著一種嚴肅的興致往上輕輕揚起小花，可能是這麼做之後，讓他覺得好過很多。

那個女傭走出來，神祕兮兮地朝他彎下腰，要消弭他的不耐煩。「她可以把你排在那個人和舞臺服裝裁縫中間。你知道，那個人很難搞。」

「噢，我不知道，」隆巴不表態，稍稍伸直了腳，渴望地盯著它。在那之後安靜了好一陣子。至少和剛剛相比安靜許多。女傭只出來一、兩回，電話也只響了一、兩次，就連機關槍般的西班牙語也變成間歇性轟炸。說要搭下一班船離開的私廚出現了，穿戴貝雷帽、圍巾、毛大衣，看起來比之前更圓胖，只是看起來很受傷。「問她今晚要不要在這裡吃飯。我沒辦法自己問，我不要跟她說話。」

比隆巴早進去的那個人終於現身了，手上拿著一個小工具箱離開。這次沒有繞遠路去再摘一朵香豌豆。隆巴的腳偷偷伸到花瓶下面，其他的花都還插在那裡，即便他很想讓那個男人一次擁有所有的花，但他盡力抑制了衝動。女傭出現在聖殿外宣布說：「小姐現在可以見你了。」他想要站起來的時候，才發現他的腿已經麻掉了。他前後拍了好幾下，整整領帶、拉拉袖口，接著便闊步走進門。

他瞄到有個像埃及豔后的人躺在貴妃椅上，同時有個毛茸茸、軟軟的動物竄過他面前，尖促地叫了一下就停在他肩上。原來這就是他在外面聽到的指甲刮玻璃聲。他肩上的重量讓他緊張地退縮起來，覺得那像是條紫羅蘭色的大蛇親暱地盤上他的喉嚨。

貴妃椅上的人形對他微笑，就像慈愛的家長看著孩子。「別緊沾，先生，那是小嗶嗶。」

對隆巴來說，取個寵物名字只是求個安心而已。他的頭一直轉來轉去想要看清楚，但實在靠太近了。他勉強擠出微笑示好，也是為了給自己打氣。

「我都叫他嗶嗶，」女主人坦白說，「嗶嗶，怎麼說呢，就是我的接待員。如果是嗶嗶不喜歡的人，他就躲在沙發下，那我就會很快把那些人送走。如果嗶嗶喜歡，他會跳到他們的脖子上，那他們就可以留下來。」她聳聳肩讓他放心，「他一定是喜歡你。嗶嗶，從他脖子那下來吧。」她不太認真地哄著。

「沒關係，就讓他待著吧，我一點都不介意。」他耐著性子慢慢說。他發現，如果把她的話當真就大錯特錯了。他的鼻子判斷出脖子上那動物應該是隻小猴子，而牠身上有很濃的香水味。牠的尾巴從另一頭繞過來圍著他。他一定猜對了，因為他感覺到牠在梳理、檢查他的頭髮，好像在找什麼。

女演員愉快地叫著。如果能給她接待客人的好心情，就要靠這隻小猴了，於是隆巴決定要打好關係。「請坐。」她殷切地招呼他。他有點僵硬地走向一張椅子坐下去，小心翼翼地保持頭部平衡。他這才好好看了她一眼。她穿著紫羅蘭睡衣，罩著粉紅色鸛毛披肩，寬鬆的睡褲簡直像裙子。他面前這個對香豌豆痴迷的人，頭上有一灘像熔岩般的可怕飾品。女傭站在她身後，搧著棕櫚葉替那東西降溫。「我在等它定型的時候，有一分鐘空膽。」她大方地解釋。他看到她偷偷瞄和花一起送上來的卡片一眼，才知道他叫什麼名字。

「你願意送我花，還寫西班牙文卡片給我，這真是體貼呢，隆巴先生。你說你從我的地區來的。我們在南美見過面嗎？」

幸運的是，在他直接承認來意之前，她已經離題了。她的大眼睛閃耀著熱情，一臉若有所思地往上看著天花板。她的手像小抱枕一樣支著臉頰。「啊，我的布宜諾斯艾利斯，」她嘆息著，「我的布宜諾斯艾利斯。我好想念哦，佛羅里達卡拉弗的夜景——」

他來之前才花了好幾小時閱讀旅遊手冊，這下可都派上了用場。「拉普拉塔河畔，一路連到海岸線。」他溫柔地附和著。「巴勒莫公園的水道——」

「不要，」她皺著臉說，「不要害我哭了。」她可不是作戲，或至少不完全是作戲，他可以看得出來。她只是把她原有的情緒用戲劇化的方式表現出來，其實這很誠實，作態是她的演員本性使然。「我為什麼要離開？我為什麼要到這麼遠的地方來打拚？」

為了一週七千元加上票房收入的十分之一吧，他心想。他當然知道不能說出來。

嗶嗶這時候在他頭皮上找不出任何東西，失去興趣便沿著他的手臂溜下來，跳到地板上。這下對話輕鬆多了，儘管他的頭髮現在看起來像是被狂風吹亂的乾草堆。他忍住不整理，免得這小畜生情緒化的女主人覺得被冒犯了。她現在心情很平和，正如他所願，畢竟他們才認識不久，現在他決定放手一搏。

「我今天來見您，是因為大家都說您除了才華洋溢、美麗漂亮之外，還聰明伶俐。」他先起個頭。

「的確，從來沒有人說我是蠢蛋。」大明星坦言，並認真研究起指甲。

他把椅子稍微往前拉。「還記得上一季的曲目嗎？有一首歌，妳一邊唱、一邊向觀眾丟擲花束？」

她豎起食指，雙眼燦燦。「啊，〈小妞小妞蹦蹦〉！對！對！你喜歡嗎？是不是很好聽？」她溫暖地問著。

「超讚，」他連連稱道，喉結不禁跟著起伏。「有一個晚上，我朋友——」

他只能講這麼多。女傭這時不繼續搧風了，她又走到女主人身旁。「小姐，威廉想要知道今天的指示。」

「等我一下。」她轉頭面對門口。一名穿司機制服的健壯男子往前走了一步，立正站好。「我十二點前都不要你。我要去藍公雞開幕酒會，所以你十一點五十分到樓下。」然後她用同樣的聲音說，「還有，你最好把你留下來的那個帶走。」

他聽從指示走向梳妝檯，端起手工製銀質菸灰缸，鏟進口袋裡就走了出去，自始自終都面無表情。

「小心，那可不是雜貨店買的廉價商品。」她指責著他，在隆巴耳中聽來，她的口氣有點粗暴。從她輕蔑的眼神來看，他覺得威廉應該不會待很久。

她又轉頭看他，氣焰漸消。

「我剛剛說，我有個朋友和一位女伴看了妳的表演。這是我今日求見的原因。」

「啊？」

「我要替他找她。」

她誤會了，這下她的雙眼閃爍著不同的光芒。「啊，好浪漫！我最喜歡浪漫的戀情了！」

「不是的，這是生死攸關的事。」他不敢告訴他太多細節，免得嚇壞她。

她似乎更感興趣了。「啊，好嫌疑！我最喜歡嫌疑的發展了——」她聳聳肩，「只要不發生在我身上就行。」

她腦中突然有個念頭，讓她閉上了嘴。從她的反應看來，應該是大難臨頭。她瞥了一眼手腕上鑲鑽的小飾品，接著忽然起身往後轉，開始在房間內四處彈手指，像是一直在放鞭炮。女傭飛也似地趕過來。隆巴以為他要被趕出去了，下一位訪客想要進來。

「妳知道現在幾點了嗎？」舞蹈明星責難地問。「我不是要妳注意時間嗎？妳實在太粗心了，竟然過了這麼久都沒提醒我。醫師說過疹子會準時發作，去把我的甘汞拿來——」

隆巴還沒反應過來，另一陣旋風又降臨了。機關槍般的西班牙語、釘槍般的吱嘎聲、女傭追著嗶嗶滿場繞圈，隆巴覺得自己像是旋轉木馬的軸心。

他終於提高音量，加入這喧囂。

「妳怎麼不停下來，掉頭從另一個方向抓牠呀？」他的聲音壓過一切噪音。

奏效了。嗶嗶正中女傭懷抱——裝甘汞粉劑的罐子又撞到嗶嗶。

等這一切結束，可憐的病患小猴倒在女主人懷中，雙臂環抱她的頸子，讓她暫時看起來像個長了落腮鬍的女士，他才能繼續原本的任務。

「我知道，要請妳回想某個晚上的一名觀眾，想必很困難。我知道妳每週有六場夜間表演、兩場日間表演，持續一整季，而且座無虛席——」

「我從來沒有堆著空空的劇場表演過，」她用自己的那種謙虛態度附加說明著，「就連火災也沒辦法跟我比。有一次在布宜諾斯艾利斯，劇院著火燒了起來，你以為觀眾就這樣離開了嗎——？」

他等她說完豐功偉業。「我朋友和這位女伴，那時坐在第一排，靠走道。」他從口袋拿出筆記。「那應該是在妳的左手邊，因為妳面對著觀眾。我唯一要拜託妳的事就是，這位女伴從座位上站起來，在那首曲子副歌的部分。」

她的雙眼閃爍著好奇與疑惑。「她站起來？夢杜莎在舞臺上的時候？這我很有興趣。我從來不知道有這種事情。」他注意到她造型時尚的指甲嵌入紫羅蘭長褲裡，好像要懲罰那條褲子。「或許，她不喜歡我的歌聲？還是她要趕火車？」

「不、不、不，妳搞錯了，」他趕緊安撫她。「誰會對妳這麼不尊重？不，事情是這樣的，在妳唱〈小妞小妞蹦蹦〉的時候，妳忘記抛小花束給她了，所以她起身想要得到妳的注意。她在妳面前站了好一陣子，我們希望——」

她急急地眨了兩、三次眼睛，想要回憶這段經過。她甚至把修長的手指戳到耳朵後面，動作仔細不破壞髮型。「看看我能不能替你想起來。」她看起來很盡力，做了各種能加速回憶的動作，甚至還點了一根菸，不過從她僵硬的動作來看，她應該沒有抽菸的習慣。她只是把菸固定在指間燒著。

「不，我想不起來，」她好不容易開了口，「對不起，我努力了。對我來說，上一季就像二十年前。」她愁眉苦臉地搖搖頭，充滿同情地彈了好幾次舌頭。

既然無用，他便把筆記收回口袋，最後瞄了一眼。「哦，還有一件事——雖然可能派不上用場。她那天戴了一頂和妳一樣的帽子，我朋友說的。我想是她仿製了一頂同樣的。」

她忽然坐直了起來，好像靈光一閃。好不容易他終於讓她比之前更專心回想了。她不確定地瞇起了眼睛，瞇成細線的雙眼閃現光芒。他不敢動也不敢呼吸，就連嗶嗶也在她腳邊地毯縮成一團，好奇地看著她。

回憶乍然湧現。她用力一捏，熄了手上的香菸，發出像金剛鸚鵡一樣的刺耳叫聲，在叢林裡聽到絕對不奇怪。「啊——啊——哎！有了！」她忽然劈哩啪啦地講了一連串西班牙語，等這陣漩渦結束之後，她才終於切換回英語。「站著聽歌的那個！當著全場站旗來的那傢伙，戴著我的帽子，要讓所有人看到她戴著我的帽子！她甚至還擋住聚光燈，不讓燈光打到我身上！哈！記不記得？我當然記得！你以為我會忘記那麼恐怖的事情嗎？哈！你不曉得夢杜莎的厲害！」她鼻孔噴了好大一口氣，嗶嗶看起來像是在地上滾了好幾圈的落葉，雖然可能是牠自己小碎步跑去躲起來。

女傭選在最不適合的時機打擾他們。「裁縫師已經等很久了，小姐。」

她激烈地打信號，雙臂在頭上交叉後又放開。「她應該再等舊一點！不要跟我講這些我不想聽的話！」

她在貴妃椅上朝隆巴靠近，下半身屈膝以便維持平衡。她甚至覺得自己這麼熱衷助人是一種很值得驕傲的成就。她先張開雙臂表現尊榮，再向啄木鳥一樣敲敲自己的胸口。「你看我怎麼了！看那件事讓我多氣，明明已經過了那麼舊！現在還在氣！」

她說完便站起身，雙手用力掐腰，準備開戰的樣子，撐起了上半身，開始來回踱步，每一次轉身氣焰就更高張，褲管像扇子一樣飄開來。嗶嗶在遠處角落蹲著，憂慮地用細瘦的手臂抱著頭低下來。

「那你們要找她做什麼，你和你的朋友？」她忽然問道。「你還沒告訴我！」

他可以從這即將開戰的口吻中聽出來，如果找人是為了讓這個剽竊他人風格的小偷開心，那夢杜莎絕對不會幫忙，就算她幫得上也一定不肯答應。

他很有技巧地整理了資訊，讓他們兩人可以結為同盟，儘管意見不盡一致也無妨。「小姐，我的朋友現在有大麻煩了。請妳相信我，我絕對不會拿一件小事來煩妳，但她是唯一可以救他的人。他必須證明那個晚上他和她在一起，而不是在其他地方。他只有那個晚上見過她，我們不知道她的名字、不知道她住哪裡，對她完全不了解，所以我們才得上山下海地去找——」

他可以看出來她正在盤算。過了一會她才說：「我願意幫你。我願意盡一切力量來幫你找出她是誰。」不過她的臉馬上垮下來，無奈地兩手一攤。「但我在那之前從沒見過她，之後也沒有。我只是看到她站旗來。就這樣，我知道的只有這麼多。」至少從表面上看起來，她比他還要失望。

「那妳有注意到她旁邊的那位男士嗎？」

「沒有，我根本沒看他一眼。我不知道誰和她在一起。他一直待在舞臺下方陰暗處。」

「妳看，這些線索斷掉了，偏偏和其他人的線索都不一樣。其他人都只記得他，對她沒印象；妳記得她，卻對他沒印象。這還是沒用，沒辦法證明什麼，只是某天晚上有個女人站起來而已。她可能是任何女人。也可能是獨自去看表演，或跟完全不同的人一起去。這不代表什麼。我需要一位幫我把這兩個線索連在一起的證人。」他氣餒地把手掌往膝蓋一拍，起身要離開。「看來一切到此為止了，儘管一切從這裡開始。嗯，謝謝妳撥時間給我。」

「我還是會繼續幫你，」她伸出手許下承諾，「我不知道要怎麼幫，但我會繼續。」

他也不知道。他握了握她的手，帶著挫折感離開。他失望透頂，感覺被推落谷底，那沮喪的感受比之前更強烈，好不容易找到了比較具體的線索，這是目前最大的突破，幾乎垂手可得，但就在最後一刻發現手中只剩泡影。他現在又回到原點了。

電梯服務員轉過頭來，滿臉期待地看著他，他這才發現自己不知不覺中已經到了。有人替他開了門，然後他就站在街道上了。他在那裡站了一陣子，擋在門口，因為他不確定接下來要往哪個方向去。每個方向都不會有什麼進展，形成一個僵局。他連這種小事都沒辦法決定，心情就更無奈、更沉重了。

一輛計程車朝他駛來，他伸手要攔車，但裡面有人，得等下一輛，於是他又多站了一分鐘。有時候，一分鐘就足以改變一切。他沒有留聯絡資訊給夢杜莎，她若有消息根本無法通知他。

他已經坐上第二輛計程車，準備要離開，這時飯店旋轉門像螺旋槳一樣轉了起來，服務生衝出來找他。「請問您是剛剛離開夢杜莎小姐套房的那位先生嗎？她一分鐘前打電話到大廳，如果不介意的話，她希望您回去一趟。」

他又走進飯店，快步上樓。同一隻小毛球又朝他迎面撲來，一副認得他的親暱模樣。他這次一點都不介意了。女明星換掉了睡衣，這時正在試穿不同的舞臺服裝。她看起來像是個未完工的燈罩站在地板中央，但他對造型沒興趣。

即使換裝的時候有訪客，她也絲毫不感到羞怯或者困窘。「我希望你已經結婚了，噗，就算還沒，總有一天會結，所以也沒什麼差。」他不知道要怎麼禮貌地接話，所以沒多說。她拾起一段布料，隨性地披在肩上，幾乎沒有任何遮蔽效果，然後她叫跪在她腳邊、嘴脣正含著大頭針的人先出去。

「你才離開一分鐘，我就想到了一件事，」她一等他們獨處就馬上說，「我當時還有點——」她扭著她的手，好像那是門把一樣，「你知道——心情不好。」

他這時默默想起了威廉。

「所以我就發洩了一頓。我只要心情不好就會摔東西。」她毫不在意地指向滿地的水晶碎片，其中還有一顆香水噴霧器的球。

「然後就巧了，這讓我想起扇次心情不好時，就是受我們在講的那個女人影響。因為我今天摔了東西，所以我想起扇次摔東西的原因。」她拉拉肩膀。「很奇怪，對不對？我這才想起來我怎麼處理那頂帽子。我想這或許可以幫扇你的忙。」

他克制著內心激動，調整了站姿的重心。

她搖搖手指要解釋。「所以那個晚上，那女人這樣對我，我回到我的更衣施，就馬上──」她深吸一口氣。「我要全身邦起來才行，要不然我桌上的東西都會像這樣！」她手臂橫張一掃。「你現在懂我的感潔嗎？你不費怪我吧？」

「我當然不會怪妳。」

她的內衣擠出胸前的波濤洶湧，這時拳頭用力擊向手掌。「你覺得怎麼會有人在全場觀眾面前這樣對我呢？你覺得我夢杜莎會輕易放過他們嗎？」

他可不覺得，他都已經目睹她發飆一、兩次了。

「他們得把我的兩條手臂都架起來，劇場經理和我的女傭，免得我換上便服，像現在這樣就衝出企，看能不能在劇場前面堵到她，我要親手把她碎屍萬段。」

那一刻，他有點希望一切就這樣發展下去，她和那個謎樣人物最好就在劇場前面扭打起來。但他知道事實並非如此，否則韓德森一定會提起，而她也會更早想起這件事。

「我一定會好好教訓她！」她看起來到今日都還是很想教訓她。隆巴甚至警戒地後退了一、兩步，因為她面對著他伏下身子、蓄勢待發，手指像蝦螯一樣抽動著。嗶嗶煩惱地十指交疊又放開，害怕她又要抓狂。

她挺直身軀，雙臂一張像蛙泳一樣。「隔天我還是不爽，我的氣沒那麼快消，所以我去找我的帽子裁縫，那個設計師，做那頂帽子給我的人，然後我的氣都粗在那裡。我說：『你不是替我的表演特製了一頂原創的帽子嗎？不是說獨一無二嗎？別人都不會有類似的嗎？』我把帽子砸在她臉上，離開的時候她還滿嘴都是帽子那塊布料，連話都說不出來。」

她好奇地朝他揮舞雙手。「這對你來說有用吧，是不是？這可以幫到你，對不對？這個不老實的設計師，一定知道她把同樣的設計賣給誰。你去找她，就會知道那女人是誰了。」

「太強了！太好了！終於！」他歡呼大叫，把嗶嗶嚇到躲進貴妃椅下方，還把尾巴給縮進去。「她叫什麼名字？給我她的名字！」

「等等，我班你找粗來。」她充滿歉意地敲敲側臉。「我表演那麼多，裁縫師每場都不一樣，我都不記得。」她把女傭叫喚進來，指揮她，「把我做帽子的帳單找粗來，從去年的開始找，看能不能找到。」

「小姐，但我們的帳單不會保留那麼久啊，不是嗎？」

「不用從年初開始找啊，笨哦，」大明星向來不管別人的感受。「從前面幾個月找就行了，搞不好表演完帳單才寄。」

女傭離開之後，過了很久才回來，隆巴等得心急如焚。「有，我找到了，真的是這個月才寄來。上面寫『一頂帽子，一百元』，抬頭是『克緹莎』。」

「對！就是這家！」她把帳單遞給隆巴。「你記下來了嗎？」他抄下地址，把帳單還給她。她的雙手歇斯底里了起來，瞬間小碎片像雪花般灑了滿地，然後她又用力踩了幾下。「真有種！過了一年還敢把帳單寄來！這女人，一點羞此心都沒有！」

她抬起頭，發現他已經要離開這房間了。他是個見機行事的人，畢竟她已經提供了協助，對他沒有更多價值了。他要尋找下一個線索。

她匆匆走到起居室門口，祝他一切順利，只不過她的動機是為了報復，不是為了利他。她本想一路送他到門口，只是她的裙子還沒做好，沒辦法拉起來，所以她走不出去。「我希**萬**你可以逮到她！」她酸溜溜又惡狠狠地說，「我想要看她倒大楣。」

女人或許可以不記恨，但同時間撞衫絕對無法原諒。

他一走進這地方，就覺得像是離岸脫水的魚，但這沒有打消他的鬥志。為了他的目標，潛進再稀奇古怪的地方他都願意。這裁縫坊就在小巷道裡，原本是民宅，後來才改裝成商店，這間店的昂貴和排他性似乎跟眼前的不顯眼成反比。整個一樓都是展示間，或不知道內行人怎麼稱呼這空間。他說明來意之後，就到一旁隱密的角落等待，這已經是他所能找到最隱密的角落了。

他走進去的時候，裡面正好有一場時裝秀，也許每天這時候都有，他並不曉得。這還是沒辦法讓他放輕鬆。他是現場唯一的男性，或至少是唯一的中年男子。看秀的觀眾三三兩兩散坐在各處，都七老八十了。有個老先生旁邊坐了個妙齡女子，那絕對是他孫女，一定是他帶孫女來挑衣服。隆巴用疲憊的雙眼看著他，心想：心態真的能創造奇蹟。除了他之外，所有人都是女性，連門房和侍者都是。

模特兒慢慢地走上前，一個接著一個，從後方走來，走到前面就會轉一圈，動作很優雅。不知道為什麼，可能是因為他選的這個角落，她們一直在他面前轉圈或留步。他很想說「我什麼都不會買」，但又沒有勇氣。這讓他格外不自在，尤其是因為他必須直視她們的臉龐，其實他寧願看向其他地方。

之前接待她的那個女生終於回來救他了。「克緹莎夫人可以在辦公室見你，請上二樓，」她悄聲說。一名女侍帶他過去，替他開門後，就自己下樓離開了。

他走進去的時候，有個豐滿的中年紅髮愛爾蘭女人坐在辦公桌後頭，面對著他。她不但完全沒有時裝設計師的潮流外型，甚至看起來還很寒酸粗獷。他打量著她，對自己說或許她以前是後街裡的性感辣妹，還有響噹噹的名號。或許是個很會賺錢的巫師，她一定很成功才能穿得這麼隨便邋遢。他對她的第一印象充滿好感，幾乎立刻鬆了一口氣。

她像閃電般快速翻閱蠟筆塗畫的時尚設計草圖，把幾張扔到右手邊，比較好的放在左手邊，也可能正好相反。「嗯，麥可，有什麼需要我幫忙的？」她頭也沒抬便不客氣地直問。

他已經沒力氣客套了。這人才經歷了與夢杜莎對話，他還沒恢復元氣。這時也晚了，快要傍晚五點。

「我是直接從妳以前的客戶那裡過來的，南美演員夢杜莎小姐。」

她聽到了也沒抬頭。「最好騎掃把來的。」她臭臉說。

「去年她有一場表演，妳替她設計過一頂帽子，記得嗎？一百元，我想要知道後來誰做了一頂同樣的。」

她先把草圖放到安全的地方，才打算來開罵。她把可接受的設計稿放進抽屜裡，不要的丟進字紙簍。看來她的脾氣也不小，不但可以自由開關，還可以設定時間。就憑這點，他覺得她比夢杜莎好多了，這樣比較直率。她用力拍桌，響得像手榴彈爆炸一樣。「你少來了！」她吼道，「那頂帽子給我的麻煩已經夠多了！我當時說只有一頂，現在還是只有一頂。我的原創設計就是原創，沒有複製品！如果有贋品，那一定不是在這裡做的，我也完全不知情，不會負這個責任！我會賣商品，但我絕對不會出賣創意！」

「有人戴了一頂仿製的。」他很堅持。「出現在劇院，和她面對面，出現在舞臺燈前面。」

她雙掌用力壓在桌上，兩條手臂都撐在那裡。「她想要我怎樣？告她誹謗嗎？」她咆哮了起來。「她再這樣下去，我就去告她誹謗！她是個騙子，你可以回去跟她說是我講的！」

他不但沒將她的口信帶走，還把自己的帽子放在角落的椅子上，表示他沒達到目的絕對不離開。他甚至還解開外套鈕釦，讓手臂能自由伸展。「這件事和她無關，我們可以不用再提起她了。我來是為了我自己的事。我知道這帽子還有第二頂，因為我朋友和那頂帽子的主人一起去了劇院，所以不要否認了。我只想知道她是誰，我想要從妳的顧客清冊裡找出她的名字。」

「沒有這名字，因為根本沒有這筆交易。你打算怎樣，在這裡耗一整天嗎？」

他抬起下巴，手用力在她桌上搥了一下。「老天爺啊，有個男人的性命就只剩幾個小時了！我現在豈會在乎妳的職場道德？要耗就來啊，我不會讓妳坐在這裡趕我走，我會把門鎖上，和妳在這裡僵持一整晚！妳有沒有聽懂？有個人再過九天就要被處死了！只有戴那頂帽子的人才能救他。妳一定要給我她的名字。這和那頂帽子無關，我要找的是那女人！」

她的音量突然降下來，顯然是氣消了。他讓她燃起興趣。「他是誰？」她好奇地問。

「史考特．韓德森，遭控訴謀殺他的妻子。」

她有點印象，所以點點頭，「我記得我看過新聞報導。」

他又拍了桌面一下，這次沒那麼大力。「他是無辜的，一定要阻止他枉死。夢杜莎買了一頂這裡特製的帽子，別的地方絕對無法仿製。有人戴了一模一樣的帽子出現在劇場裡。他就和那個人在一起，整個晚上都和她在一起，但始終不知道她的名字，也沒有其他個人資訊。我現在得找出這個人，不管要花多少代價。她可以證明謀殺案發生時他不在家。這樣妳聽清楚了嗎？如果還不明白，我也沒辦法講得更清楚了！」

她給他的印象是應該很果決，不優柔寡斷。她這時猶豫了起來，但沒有遲疑很久。她又問了一個問題，好讓自己安心。「你確定這不是那瘋婆子的伎倆？我到現在都還沒告她欠款不付，而且那天她還攻擊我，我不想要她反過來告我。這種事鬧大對生意和名聲很傷。」

「我不是律師，」他要她放心。「我是工程師，在南美工作，如果妳不相信，我可以給你看身分證。」他從口袋裡拿出證件，遞給她看。

「那我就可以信任你了。」她下定決心。

「當然，我唯一關心的就是韓德森，就算費盡心力也要替他平反冤屈。妳和她的糾紛對我毫無意義，我兩邊都不挺。帽子的事只是剛好成為重要線索。」

她點點頭，朝門口瞥了一眼，確定關好了。「非常好，那麼，這件事我不會向夢杜莎承認，我承擔不起那後果，你懂嗎？這裡一定有內賊。那頂仿製的帽子確實是從我這裡抄去的，但不是我授權的商品。一定是我公司裡有人偷偷賣。我現在跟你講這些，但我不希望外流。如果傳出去，當然，我一定會否認到底。我的設計師，畫草圖的那個女孩很乾淨沒嫌疑；我知道出賣我們的不是她。她從我開第一家店就跟著我了，很相信我的理念。她何必兜售自己的原創設計，了不起賺個五十、七十五元，還拿贗品和自己的正品對打。那天夢杜莎來這裡發飆之後，我和她私底下調查了一番。我們發現她的檔案夾裡少了那張設計圖。有人刻意偷走再製。我們覺得是實際縫製那頂帽子的女裁縫。她自然是不承認，我們也沒證據。她一定是用自己的時間在家裡做。我想她本來要把設計圖放回檔案夾，但我們在她完工前就發現了。嗯，為了避免這種鳥事又發生，保險起見，我們把她攆走了。」她的大拇指朝肩膀後面比了比。

「所以你看，隆巴——我沒記錯吧？——從我們公司的銷售紀錄看來，確實從頭到尾都沒有第二位買家。這線索斷在這裡。我就算想幫你也沒辦法，只能建議你，如果要找到那女人，最好從我們之前雇用的那個裁縫學徒下手。但我剛剛也說了，我沒辦法保證她能提供什麼內情，只知道我們很確定是她抄襲設計，所以當時叫她滾。如果你想賭一把，那請便。」

他又撲了個空，正當他以為終於可以找到那女人的姓名時。「也只能這樣了，我沒有其他選擇。」他悶悶不樂地說。

「或許我可以幫你一把，」她熱心地說完便拿起桌上的話筒，「路易士小姐，幫我查一下，夢杜莎來大鬧一場之後，我們辭掉的那個女的叫什麼名字。還有地址。」

他們在等資料的時候，他歪著頭，把手肘撐在辦公桌上。她一定從他的態度裡發現了什麼。「我想，你很重視他吧？」她的口氣幾近溫柔。她不常用這口吻說話。她得清清喉嚨才能用合適的語調說話。

他沒答腔。這種問題不需要回答。

她拉開抽屜，抽出一瓶愛爾蘭威士忌。「樓下招待客人喝的香檳太娘了。你碰到這種難關，需要的是這個。這是我從我老子身上學到的，願他安息——」

電話響了。有個女聲說：「那是瑪吉．珮頓。她在這裡工作時，登記的地址是十四街四九八號。」

「噢，哪裡的十四街？」

「沒寫清楚，這上面只寫十四街。」

「沒關係，不是東十四街就是西十四街。」他收下資訊，走過去拿起帽子，扣上外套，又要為了新任務出發，休息時間結束了。

她坐在原處，手撫著眉。「我來看看我能不能找個切入點，你知道，她絕對不會輕易承認的。」她放下手，抬起頭。「有了，我知道了。她是那種安靜如鼠的人，永遠穿襯衫窄裙那種，你懂我的意思嗎？這種人很願意看在錢的份上做事，比那些眉清目秀的人手腳更快，因為她們賺錢不容易。你會發現她們通常怕男人，也沒什麼機會認識男人。好不容易碰到一個，都是爛男人，因為她們沒有評斷男人的經驗。」

他得承認她是個精明的女人。或許正因為如此，她現在已經不是後街裡的性感辣妹了。

「我們那頂帽子賣給夢杜莎一百元。她的複製品頂多賣五十元。這就是你的切入點了。再給她五十元，她應該會把名字給你——前提是你要先找到她。」

「我要先找到她。」他也同意，然後就無精打采地、踩著沉重步伐下樓了。

這扇門漆成黑色，想仿造黑檀木質感，上半部有塊玻璃，還襯著一塊黃褐色捲簾，有個管理員打開了門。「嗯？」她說。

「我要找瑪吉・珮頓。」

她搖頭，省下說話的力氣。

「一個——嗯，長相普通、有點害羞的女生。」

「對，我知道你在講誰。她已經不住這了。以前住這裡，搬走一陣子了。」

她一邊和他對話，一邊掃視著街道，好像既然她都不嫌麻煩地來開門了，如果街上有什麼東西，不妨趁機拿進屋內。這很可能是她繼續站在那裡的原因，畢竟她對他的問題並不感興趣。

「知道她搬去哪裡嗎？」

「剛搬沒幾天，我只知道這麼多，我不會一直跟他們保持聯繫。」

「但一定有什麼線索吧？人總不會憑空消失。她的家當用什麼搬？」

「一隻手、兩條腿。」她大拇指一比。「這裡下去，如果這資訊對你有用的話。」

沒什麼用，「這裡下去」有三個大路口，還有一條主幹道、一條河，另外十五到二十個州、還有一片海洋。

她看夠了風景。「你要的話，我也可以隨口胡謅一個地址。」她說，「但如果你要找——」她把手指湊到脣邊、吹了一口氣，表示什麼都沒有。

她準備關上門，補了一句：「先生，怎麼了？你看起來很蒼白。」

「我覺得很暈，」他附和著，「我可以在妳門口坐一下嗎？」

「請自便，只要你不擋到別人進出就行。」

砰。

16　刑前第8天

17　刑前第7天

18　刑前第6天

他從市區搭火車過來花了三個小時，下車後他狐疑地環顧四周，而火車又逕自往前駛去。這種如衛星般散落在大城市附近的小村莊通常如此，不知道為什麼，這裡比偏遠的村落給人更睏倦、質樸的感覺。或許是因為對比太突然了，眼睛當下還沒適應這般變化。這裡離大都會還是很近，仍然有些都市氣息，像是著名連鎖店、果汁加盟店，但這些店面反倒凸顯它們離本店有多遠，而不是調節這差別。

他手上拿著個信封，朝背面看了一眼，上頭有之前就寫好的一排名字，每個名字旁邊都有地址，是用兩種語言寫成，但這一行跟另一行字看起來都很相似，只有最後兩行被劃掉了，信封上的資訊如下：

瑪吉・珮頓，女帽店（和地址）
瑪吉・珮頓，女帽店（和地址）
瑪格麗特・珮頓，帽店（和地址）
瑪格達絲女士，洋帽行（和地址）
瑪格特女士，洋帽行（和地址）

他穿越軌道，走進人來人往的車站大廳，問了個修車的，「你知道這附近有沒有個製作帽子的叫瑪格麗特？」

「有個寄宿在哈絲康太太家的，窗戶掛了招牌，我不知道是帽子還是衣服，從來沒仔細看過。就在這條路走到底，一直走下去就會看到了。」

這是一棟不怎麼討喜的倉庫型房舍，其中一扇較低的窗戶掛著個寒酸的手繪招牌。「瑪格麗特帽行」，這麼不起眼的小店鋪居然也取了個商行名。他好奇地思考著，就算在這麼不時尚的地方也要取法文名，真是奇特的傳統。

他走上陰暗的前廊敲門。憑克緹莎的敘述來判斷，應門的女孩就是她本人，長相平庸、看起來很害羞膽怯。女性襯衫加上深藍色裙子。他注意到她指頭上有一個小小的金屬蓋，是頂針。

她以為他要找屋主，問都沒問就說：「哈絲康太太出門去買東西了，大概要——」

他說：「珮頓小姐，我花了好多時間才終於找到妳啊。」

她頓感畏懼，想要抽身關門。他用腳卡住門。

「我想你找錯人了。」

「我想我找對人了。」她的畏懼就足以證明他找對人了，即便他不知道她為什麼如此害怕。她猛搖頭。「好吧，那我跟妳說，妳以前在裁縫坊替克緹莎工作。」

她登時面白如紙，那就沒錯了。他伸手揪住她的手腕，阻止她逃跑關門，他已經看出她的動作了。

「有個女人找妳複製一頂和歌手夢杜莎一樣的帽子。」

她的頭愈搖愈激烈，她好像只會搖頭了。她全身僵硬，驚惶不安地只想離他遠一點，整個人往後斜倒下去。他其實只有在門口揪緊她的手腕。慌亂有時和勇氣一樣固執成性，儘管兩種情緒完全相反。

「我只要那女人的名字，就這樣。」

她根本沒辦法講道理。他從沒看過任何人像這樣一頭栽進最深層的恐懼裡。她臉色鐵灰，兩頰不斷鼓動，好像心臟長在口腔而不在胸腔。光是剽竊設計應該不會讓她害怕到這程度。因和果之間並無相關。犯這種小錯不至於反應這麼大。他可以隱隱察覺到案外有案，完全不同的案件，就潛伏在他的調查之下，但他目前只知道這麼多。

「只要那女人的名字——」他可以從她因恐懼而失焦的雙眼看出，她根本沒聽進他的話。「妳不會被起訴。妳一定知道那是誰。」

她終於能開口了，但是聲音聽上去很沉悶。「我去拿給你，在裡面，只要讓我進去一分鐘——」

他擋住門，讓她無法關上。他鬆開她的手腕，霎時門口就只剩他一個人。她像風一樣消散在眼前。

他站在那等了一會，然後他也說不上為什麼，感覺到她離開後空氣中有一股張力，逼得他往前奔跑，穿越幽暗的走廊，要打開她剛剛關上的那一扇門。

幸好她沒鎖上。他猛力甩開門的瞬間，正好看到一把利剪閃出冷光，劃過她的頭頂上方。他不曉得自己怎麼如此剛好趕上要阻止她，但他確實趕上了。他手臂一揮，讓她失了準頭，刀刃劃破他的袖子，狠狠切進他的手臂。他從她手中搶下大剪，哐噹一聲扔到牆角。如果她有算準角度的話，那利剪早已刺入她心窩了。

「這是怎麼回事？」他臉部肌肉不斷抽動，同時拿手帕壓在袖子下方。

她癱軟在地，像是被人踩爛的甜筒冰淇淋，化成一灘淚水和不連貫的自白。「我後來就沒有見過他了，我不知道該怎麼辦。我好怕他，不敢拒絕他。他說只要幾天，現在都過好幾個月了——我根本不敢跟任何人說，他說他會殺了我——」

他捂住她的嘴，蒙了一分鐘之久。這就是案外案了，他不知情的那一案。不是他調查的案子。「閉嘴，妳這膽小的傻瓜，我只要名字，妳在克緹莎工作的時候替一個女人仿製了帽子，我要那女人的名字。妳的腦子到底懂不懂？」

情勢翻轉得太突然，安全感油然而生，她一時間無法相信這是真的。「你是說，你剛剛只是在捉弄我——」

有個悶悶的嗚咽聲從某處傳出來，其實很細微，根本不引人注意，但就算任何小事都可以讓她害怕。他看到她的臉色又刷地變白，儘管那聲音根本小到無法穿透耳膜。

「妳信什麼教？」他問。

「我以前是天主教徒。」她說以前，讓他察覺到她可能有段悲慘的過去。

「妳有玫瑰經嗎？拿出來。」他得從情感下手，因為她根本無法講道理。

她先把經文放在手上才遞給他。他的兩掌分別上下包覆她的手和經文，沒取走玫瑰經。「現在，我發誓我要的就只有那女人的名字，別無其他。我發誓我不會傷害妳。我發誓我不為了其他事情而來。這樣夠嗎？」

她冷靜了一點，好像摸到經文就有穩定的力量。她毫不猶豫地說：「琵兒海特．道格拉斯，河畔大道六號。」

嗚咽聲一點一滴愈來愈大。最後她半信半疑、憂慮不安地看了他一眼，走向窗簾後面的小凹室，那嗚咽聲立刻就停了。她回到房門口，用雙臂抱著一條長長的白巾走來，上頭有張粉紅色小臉，淚眼汪汪地看著她。當她望向隆巴時，她還是極度害怕，一當她低頭看著那張小臉時，那眼神絕對是愛。帶著隱隱的愧疚感，但是很剛毅——孤單寂寞者的愛，每日每週隨著時間推移而愈來愈堅強，不可拆散的愛。

「琵兒海特．道格拉斯，河畔大道六號。」他掏出錢。「她給了你多少？」

「五十元。」她心不在焉，好像她早就忘了。

桌上有一頂反過來的帽子，她應該是才縫製到一半，他率性地放錢在裡面。「下次，」他走到門口時說，「用點自制力。妳那麼慌只是把自己暴露在危險之中。」

她沒聽到。她根本沒聽他說話。她微笑著低頭，看那還沒長牙的小寶寶在跟她四目相交時露出笑容。

她臉頰下方的那張小臉蛋，長得一點也不像她。但那是她的孩子，從現在起，由她所有、所養、所伴。

「祝妳好運。」他走到大門時，忍不住回頭喚道。

去程花了三小時，回程只花三十分鐘，或感覺像是三十分鐘。車輪在他身下轆轆地轉，他的喊聲不輸給火車車輪。「我終於找到她了！我終於找到她了！我終於找到她了！」

列車長在他身邊停了下來，「驗票，謝謝。」

他抬起頭傻笑著。「沒關係，」他說，「我終於找到她了。」

我終於找到她了。我終於找到她了。我終於找到她了……

19　刑前第5天

沒聽見車輛抵達，只聽見車輛離開，輕微的引擎聲在玻璃門外漸駛漸遠。他抬起頭時已經有人站在門內了，就像鬼魂出現在玻璃門邊。她正要推門進來，一半在內一半在外，回頭看剛剛載她回家的那輛車逐漸離開。

他覺得那就是她，當下沒有其他資訊或線索。可能因為她獨自一人進門，如他所推測的一般，不受雇於其他人。她美貌出眾，美麗到讓一切都失去了顏色，任何過分突出或精緻的重點都會讓周圍失衡、失焦。就像浮雕的側臉或雕像的頭顱，沒辦法改變表情。有的人可能會覺得，既然上帝是公平的，若她的容貌無人可比，那她必然沒什麼氣質，或個性上有很多缺陷，才能擁有如此絕美無雙的容顏。她一頭棕髮、個子高 、身材完美。這樣毫無問題的人生想必很空泛，也不想想多少女人必須為了生活而盡力、掙扎。她看起來的樣子，彷彿人生就是沉悶的泡泡，只在脣邊留下難聞的肥皂氣味。

她的禮服像銀色漩渦在兩道門中間漫開，車子離開之後，她面向前方進到屋內。

她沒看隆巴一眼，只無精打采地對管理員說聲「晚安」。

「這位先生已經——」管理員正要開口，在他還沒說完之前，隆巴就走上前去。

「琵兒海特．道格拉斯。」他煞有介事地說。

「我是。」

「我一直等著要和妳說上話。我一定要立刻和妳談一談。這件事很急——」

她走到電梯口停下來，他一眼就看得出她可不打算讓他陪她繼續走。「現在有點晚了，你不覺得嗎？」

「對這件事情不會。這件事不能等。我是約翰．隆巴，我代表史考特．韓德森——」

「我不認識他。我想我也不認識你——我認識嗎？」那句「我認識嗎？」只是都市人表示客氣的方式。

「他現在被關在州立監獄的死刑犯牢房，就準備要行刑了。」他轉過頭看那個操控電梯、正在等她進去的服務生。「基於禮貌，我們可以不要在這裡討論嗎？」

「還真是抱歉呀，我就住在這裡。現在可是凌晨一點十五分，有些住戶——好吧，過來這裡。」她開始沿對角線穿越大廳，朝一個小會客區前進，那裡有一組中型沙發和抽菸用的茶几。她走到那兒轉過來面對他，依然站著，他們便站著說話。

「妳向克緹莎的員工買了一頂帽子，她叫瑪吉．珮頓，妳付了她五十元。」

「我可能有。」她注意到大樓管理員饒富興趣地拉長了耳朵，想要從他的位置上偷聽。

「喬治。」她一出言斥責，他就心不甘情不願地離開了大廳。

「妳有一個晚上戴了那頂帽子，陪一個男人到劇場。」

她再度不置可否。「可能有。我去過劇場，也曾陪男士到劇場。可以請你講重點嗎？」

「好。這男人你只有那晚見過一次。妳不知道他的名字，他也不知道妳的名字。」

「啊，不，」她沒生氣，只是冷淡又堅定地說，「現在你可以明確地說你搞錯了。認識我的人就知道，我行事風格和大家一樣自由隨性，但這不代表我會隨時陪任何人去任何地方，更何況連正式介紹都沒有。你一定搞錯了，你要找的是別人。」她的腳在銀色裙襬下一踩，就要動身離開。

「拜託。我們不要為了行事作風爭執。這人被判了死刑，這星期就要赴死！妳和他一定有關連——！」

「我們先相互了解一件事好了。如果要我做偽證，說我那個晚上和他在一起，會幫上他嗎？」

「不、不、不，」他嘆了一口氣，顯得相當無力疲倦，「沒有要妳做偽證，是要證實妳真的和他在一起。」

「那我沒辦法，因為我沒有。」

她繼續定定地凝視著他。「我們回到那頂帽子上，」他好不容易說，「妳買了那頂帽子，一頂為別人特別訂製的帽子——」

「但我們的目標不一樣，是吧？就算我承認買了那頂帽子，也不代表我就有陪那人去劇場。這兩件事實完全無關，完全各自獨立。」

他得承認，她說得完全正確。他的雙腳此時似乎就踩在絕望的深淵口，他一直以為自己的調查很腳踏實地。

「劇場伴遊的細節你再多說一點，」她繼續說，「你有什麼證據，認為那晚陪他去劇場的人是我？」

「就是那頂帽子，」他承認道，「另一頂同樣款式的帽子，那晚就出現在舞臺上，夢杜莎的頭上。那是她找人特製的原創設計，而妳承認妳複製了一頂。當時在史考特．韓德森身旁的女人，就戴著那頂贗品。」

「這無法證實我就是那個女人。你的邏輯沒有你想的那麼完整。」不過那只是她為了迴避主題所說的話。他看出她的心思在忙其他事情。

不知道是什麼影響了她，讓她對這件事突生好感。若不是他說的話，就是她自己腦袋裡想到的事。她忽然變得異常警覺、充滿興趣，幾乎可以說是熱衷。她的雙眼炯炯發亮。

「告訴我幾件事。那是夢杜莎的表演，對嗎？你可以告訴我，大概是哪一天嗎？」

「我可以明確告訴妳是哪一天。他們五月二十日的晚上一起去劇場，從九點到剛過十一點。」

「五月，」她自言自語，略為大聲，「你竟然挑起我的興趣了，」她讓他知道。她揮揮手，甚至輕輕碰了碰他的袖子。「你說得沒錯。你最好和我上樓一會。」

搭電梯上樓的過程中，她只說了一件事，「我很高興這件事你來找我處理。」

他們應該是在十二樓出了電梯，他不太確定到底是哪一層樓。她拿鑰匙開門、打開燈，他跟著她走進去。紅狐披肩原本垂在她手臂上，她進門後便隨性地掛在椅子上。地板上蠟後明亮如銀，反映出她的倒影，她這時走遠了，便拉開兩人的距離。

「五月二十日，是吧？」她回頭問。「我馬上回來，你坐一下。」

光線從一扇開著的門流洩而出，她在那兒站了一會，他則坐著等。等她回來的時候，只見手上拿著一疊紙，看起來像帳單，她一張一張檢查。她還沒走到他面前，就已經找到她要的那一張了。其他帳單她都放一旁，只留下他要的那張，帶過來他身邊。

「我想我們繼續討論之前，要先搞清楚，」她說，「我不是那晚出現在劇場的那個人。你看這個就知道。」

那是張醫院帳單，從四月十九日開始連續住院數週。

「我人在醫院，要割盲腸，從四月十九日到五月二十七日。如果你還不滿意，可以去找醫師護士查證——」

「不必。」他挫折地嘆了口氣。

她沒打算結束對話，反而和他一起坐了下來。

「但買帽子的人是妳吧？」他最後問。

「買帽子的是我。」

「帽子後來呢？」

她沒立刻回答，似乎陷入沉思。一陣詭異的寂靜落在兩人身上。他在一片安靜中研究著她的臉和周圍環境。她在一片安靜中默默研究著他的問題。

這空間給了他一點線索。其實她只是勉強維持這份奢華感，毫不妥協。從大樓外觀看起來，這地段非常好，但進到室內就可以發現，地毯不夠大片，沒辦法覆蓋光滑的地板。幾片地毯之間有縫隙，或許一條條精緻毯陸續都給賣掉了，但是又找不到廉價品來替代。而她自己呢，他一邊端詳著，發現了許多明顯的破綻。她穿著高價四十元的訂製鞋，但已經磨損嚴重，可以從鞋跟和黯淡的鞋面看出來。她身上的禮服在平價商店絕對找不到，但也太頻繁洗滌了。他可以從她眼中看穿一切。她的雙眼疲憊而警戒，就和很多打零工沒有固定收入的人一樣，不知道下次賺錢的機會在哪，又擔心機會出現時出手不夠快。有了她的這些小細節，他就可以立案了，只要擅長蒐集線索。一筆一筆線索分開來都很容易推翻，但合在一起就不容辯解了。

他坐在那裡，幾乎可以聽到她的思緒，沒錯，聽聽她的思緒。他看著她端詳她自己的手，他翻譯成：她在想著以前的一枚鑽戒。現在放哪去了？當掉了吧。他看著她腳背輕輕點了一下，又往下瞄一眼。她剛才在想什麼？或許是絲襪吧。或許是和絲襪有關的白日夢，好幾雙、上百雙、她根本用不著那麼多的量。他的解讀是：她在想著錢。有錢才能想要什麼就有什麼。

她決心吐實了，他仔細研究她的表情後，這樣對自己說。

她回答了他的問題，結束了沉靜，這過程只花了一分鐘。

「帽子的故事很簡單。」她重啟話題。「我一見到那頂帽子就很喜歡，然後我找了一個裁縫坊裡的女員工複製。我就是這種衝動的人，只要我付得起。我想我戴了一次，只有一次，」她在一片銀光中聳聳肩，「那帽子不適合我，就這麼簡單，戴起來不對勁，跟我的型不搭，但也不至於太難看，我沒有因此覺得煩。後來某天，有個朋友來我這，時間就發生在我住院前。她剛好看到，就試了。如果你是女人，你就懂女人之間的互動是怎麼一回事。一個人在試穿衣服的時候，另一個人就會在旁邊等著要看。我們有時還會交換新衣服。她一眼就愛上那頂帽子，最後我便給她了。」

話說完她又聳聳肩，就和剛剛開口時的動作一樣。好像就這樣，沒別的了。

「她是誰？」他小聲地問。他知道就算用最輕描淡寫的方式，他們還是在鬥劍，她不會那麼輕易給他答案，兩個人要較勁一番。

她用同樣輕描淡寫的口氣說：「你覺得這樣對我公平嗎？」

「人命關天，這星期五就要行刑了。」他面無表情、壓低聲音說，幾乎只動嘴唇。

「是因為她嗎？是透過她嗎？她有錯嗎？是她造成的嗎？回答我。」

「不。」他嘆口氣。

「那你有什麼權利把她捲進去？對女人來說，還有另一種死法，你知道的，社交死刑。你要叫她身敗名裂或丟人現眼都可以。這風波不會那麼快結束，也不比真正的死刑痛快。」

他的臉色因為壓力愈來愈白。「我一定可以找到理由說服妳。如果這人死了，妳都沒感覺嗎？妳如果保留這項資訊，妳知道——」

「畢竟，女方我知道，男方我完全不認識；她是我的朋友，他什麼人都不是。你這是要我害她，這樣才得以救他。」

「哪來陷害之說？」

她沒回答。

「所以妳拒絕告訴我？」

「我沒拒絕，但也還沒同意。」

他快被無力感壓到窒息了。「妳不能這樣對我。這是終點。調查應該要結束了。妳明知道的，請妳告訴我！」他們兩個都站了起來。「妳以為因為我是男人，不能打妳，我就逼迫不了。我會逼妳開口。妳不能那樣站著，然後——」

她刻意低頭看著自己的肩膀。「看看你在做什麼。」她冷淡而憤慨地說。

他鬆開手，她拉了拉身上的銀色披肩，接著直視他的雙眼，威勢懾人。心浮氣躁的男人好搞定。「我該打電話下樓請人帶你離開了嗎？」

「如果你想看人在這裡搏鬥，請便。」

「你不能強迫我說出來，要怎麼做是我的決定。」

她說得沒錯，他知道。

「我有我的自由。你能拿我怎樣？」

「這樣。」

她一見到槍，臉色就變了，但驚恐神色只有一瞬間。任何人都會怕，可是她馬上就恢復鎮定，甚至還緩緩坐下來，不是膽怯地縮成一團，而是透露出耐心與自信——好像這會僵持好一陣子，而她準備坐著慢慢消磨。

他從沒見過像她這樣的人。除了剛見到槍的時候臉部肌肉收縮了一下，到頭來她還是控制情勢的人，不是他，也不是槍。

他站在她面前，像要用氣勢壓倒她。「妳不怕死嗎？」

她抬頭看著他的臉。「很怕。」她極為沉著。「和所有人在任何時刻一樣怕。但我現在沒危險。你殺了我就沒輒了。殺人多是為了滅口，從來沒有為了逼人開口而害命的。人都死了還能說什麼呢？就算有那把槍，開不開口的決定還是在我，不在你。我籌碼很多。我可以報警，但我不會這麼做。我會坐在這裡等你收起槍。」

她說得有理。

他放下槍，揉揉眉毛。「好吧。」他沉重地說。

她發出笑聲。「掏槍出來到底對誰有利？我的臉很乾燥，你的臉上都是汗；我的臉色沒變，你一臉慘白。」

他唯一能說的就是：「好吧，妳贏了。」

她繼續挑重點猛攻。或者說，她巧妙地進擊，不用蠻力攻打，她的攻勢很迅捷、也很輕巧。「你看，你不能威脅我。」她暫停一下，讓他聽清楚，「但你能引起我的興趣。」

他點點頭。不是對她，而是給自己打氣。他說：「我可以坐一會嗎？」然後移往小桌子。他從口袋拿出一樣東西打開，仔細地沿著裁切線撕下，然後又整本收回口袋。他面前有張空白支票，他打開鋼筆蓋開始寫字。

他一度抬頭問：「我會讓妳覺得很無聊嗎？」

她給了他一抹只有彼此熟識已久才會有的自然微笑。「你是很好的伴，安靜又有趣。」

這次換他對自己笑了。「妳名字怎麼寫？」

「見票即付。」

他看了她一眼，又低頭繼續。「這名字還真好用，對吧？」他不以為然地喃喃道。

他寫下數字一百。她靠過來低頭看。「我有點睏了，」說完，她便刻意打了個呵欠，用手拍拍嘴巴。

「妳為何不開窗？裡面有點悶。」

「我相信不是因為空氣悶。」雖然嘴上這麼說，她還是過去開了窗，再回到他身邊。

他又加了一個零。「現在覺得怎麼樣？好多了吧？」他才不在乎。

她低頭瞥了一眼。「精神好多了，你可以說我都要活過來了。」

「要活下去需要的不多，對吧？」他酸溜溜地同意。

「少得令人驚訝，簡直根本什麼都不需要。」她樂得跟他玩雙關。

他開好支票了。筆平放在桌上，但手還握著。「妳知道，這很荒謬。」

「我可沒有找你求什麼，是你來拜託我。」她點點頭說，「晚安。」

他又拾起筆，抄下他買來的情報。

他站在門口，面朝屋內，準備要離開，這時電梯到達他的樓層，電梯門開了。他手上拿著一疊紙，一張撕下來的筆記頁，對折起來夾在指間。

「希望我沒有太魯莽。」他對她說。他的側臉刻出一個慘澹的笑容。「至少我知道我沒讓妳太無聊。請別在意今晚這不尋常的一小時，畢竟這件事非比尋常。」然後又回應了她稍早說過的話。「妳不必擔心。如果我會止付的話根本不會開支票。其實這金額也不大——」

「先生，下樓嗎？」服務生提醒他，吸引他的注意。

他瞄了一眼。「電梯來了，」然後又對著她說，「那麼，晚安了。」他彬彬有禮地朝她點了一下帽子，便轉身離開，任門在他身後敞著。門慢條斯理地關上。

他在電梯裡拿起那疊紙來看。

「嘿，等等，」他脫口而出，手掌拍向控制電梯的人，「她只給了我一個名字——」控制電梯的人慢下速度，準備重新往上。「先生，您要回去嗎？」

一時之間他本想回去，但他看看手表後說：「不，沒關係，我想不要緊的。繼續下樓吧。」

電梯繼續加速往下。

到達一樓大廳後，他花了不少時間向管理員打聽，那紙拿給他看。「你知道這裡要怎麼去嗎？往北還是往南？」

紙張上有兩個名字和一個數字。「芙蘿拉」、數字和「阿姆斯特丹」。

□

「終於結束了。」過一、兩分鐘之後，他上氣不接下氣地在電話裡對柏吉斯說，此時他人在百老匯徹夜營業的藥局裡。「我以為我找到她了，其實還差一步，但這次是最後一步。我知道她在哪了。我現在過去。你多快可以到？」

柏吉斯一下巡邏車便箭步往前奔，他認出隆巴的車子就停在一棟建築物外面，第一眼看過去車上沒人，他冒險往前跳了一小段又退回來。當他躍上人行道時，從這方向看過去才發現隆巴坐在車門踏板上，從路上看，整個人都被車子擋住了。

柏吉斯剛開始以為他生病了，因為他整個人抱著大腿縮成一團，坐在車門踏板上，頭靠著人行道。他的姿勢看起來就像是隨時要病倒，只差病魔最後一擊。

一個身穿吊帶與汗衫的男人就站在幾步之外，同情地看著他，手持菸斗，腳邊有隻狗往外瞧。

隆巴聽到柏吉斯急促的腳步聲靠近，無力地抬起頭，然後又轉過去，好像連說話的力氣都沒有。

「是這裡嗎？怎麼回事？你進去過了嗎？」

「不，是後面那間。」他指著一塊凹進去的空地，就和那棟建築物一樣寬。側邊水泥空地上有塊黃銅招牌，黑色砂底平面上的鍍金大字寫著：紐約市消防局。

「這就是她給我的地址——」隆巴手上還拿著一疊紙。

那隻白底黑點的大麥町狗這時往前爬了一點，隔著嘴套好奇地叫了。

「芙蘿拉就是牠，這些人告訴我的。」

柏吉斯打開車門，推他上車。

「我們回去吧，」他幹練地說，「動作快。」

他人靠在房門上，盡力克制住呼吸，柏吉斯帶著萬能鑰匙和他碰面。

「裡面一點聲音都沒有。她回應過他們大樓的通知了沒？」

「他們還在呼叫她。」

「她一定畏罪潛逃了。」

「不可能。她如果離開，門房一定會看到，除非她從其他地方繞路——喏，讓我用這個。你那樣永遠找不到人。」

門一推開，他們就跌了進去。他們在門口站定，觀察四周。從門口看長形的客廳，就像一道長廊，只有一段小階梯高了上去。屋內沒人。空間雖然不會出聲，事發經過卻都交代清楚了，他們一看就懂。

燈全亮著，一根未抽完的香菸還在燃燒，擱在菸灰架的邊緣，銀藍色煙霧懶洋洋地呈螺旋般往上散逸。落地窗全開迎向夜色，露出一片漆黑，天邊一角有顆璀璨的星星，另一頭有顆小一點的，像兩根大頭針釘起了一片黑幕。

窗前有一只銀色鞋子，側翻了過來像一葉傾覆的小舟。狹長的地毯將光亮平滑的地板一分為二，從入口階梯一路延伸到窗前，有一塊縐折隆起，像是原本應該平坦的地毯上起了漣漪，就在地毯末端。好像有人失足一踢，讓地毯縐了起來。

柏吉斯繞遠路，沿客廳外側走到窗邊，俯身靠在外面低矮的裝飾護欄上，腰彎了好一陣子，許久都沒有動作。

他直起身，轉頭回到客廳，不發一語朝隆巴的位置點點頭，好像沒辦法有其他動作了。「她在下面，我從這裡就可以看得到，兩道深牆中間的小巷，像是從晒衣繩墜落的一塊布。大概沒人聽見，這一面的窗戶都是暗的。」

怪的是，他卻什麼都沒做，沒有馬上記錄或通報。

屋內除了他之外，只有一樣東西在動，不是隆巴，而是一根沒抽完的香菸。那根菸引起了他的注意。他走過去拿起來，剩下的長度約一吋，還能用手拾起。他拿出一根自己的香菸，兩根並排，根部對齊，夾在同一隻手上。他拿了一枝鉛筆，在完整的香菸上畫了刻度。

他把完整的香菸放進口中，點燃之後只吸一口就放下。他謹慎地將那根菸放在同樣的凹槽，然後看著手表。

「你在做什麼？」隆巴無精打采地問，絲毫不感興趣。

「只是想了解這件事發生了多久。我不知道這樣測試有多可靠，兩根菸燃燒的速度可能不一樣，得問專家才曉得。」

他走過去看了一眼就離開，第二次檢查時把香菸拿在空中看，像是看溫度計一樣，然後看看手表，捻熄菸，實驗結束了。

「她在我們進來前三分鐘墜樓，這包括我到窗外查看又進來勘驗的一分鐘。這是假設菸她只抽了一口，若她墜樓前多抽了幾口，那時間還更短。」

「或許她的菸很長。」隆巴站得老遠。

「濾嘴旁邊有商標，這牌子我知道。要是我連香菸的長度都不曉得，你覺得我還會浪費時間做實驗嗎？」

隆巴沒回話，又走到遠處去了。

「這看起來像是她聽到我們在樓下聯絡通知的時候，就此喪命了。」柏吉斯繼續說。「可能是她受到驚嚇，在窗戶前一慌就跌了下去。剛剛發生的事情就在他們眼前，不需文字說明。她走到窗前，站在那裡往外看，或許心情暢快，呼吸著晚風、規畫著隔日的活動，這時樓下傳來呼叫鈴響。她出了差錯。太急著轉身，重心失衡。也可能是鞋子的問題。這鞋看來有點變形，她裙襬太長就容易絆著。總之，地板打過蠟，地毯在上頭打滑，她也跟著滑出去，一只鞋鬆了，直接飛上天。她失衡往後摔。若不是窗戶開著，她又站得太靠近，其實也不會出事。原本頂多像喜劇般一屁股跌坐在地上，但她這次卻後空翻摔掉了一條命。」

他又接著說：「但我不明白的是地址。她是在開玩笑嗎？她是怎麼給你地址的？你那時候還和她在一起。」

「不，她沒說笑，」隆巴說，「她很認真地要錢，那表情全寫在臉上。」

「如果她給你一個假地址，讓你浪費大把時間去調查，這反而說得過去，如此一來她就可以拿支票去兌現。但現在，只是離這裡幾個路口——她應該知道你五到十分鐘內就可以來回。她為什麼要這樣做？」

「搞不好是可以兩邊都拿到錢，她或許想通風報信，讓那人先跑，所以一心只想要我趕快離開，就可以拿情報去對方那裡再賺一筆。」

柏吉斯搖搖頭，很不滿意的樣子，但他只重複說著：「我不懂。」

隆巴沒等他說完，轉身無精打采地走到一旁，身形頹喪像個醉漢。另一個人好奇地看著他。他好像對周遭一切都失去興趣了，整個人都洩了氣。他走到牆邊，在那裡站了一會，精神萎靡衰弱，像是失望透頂，終於決定要放棄。

柏吉斯還沒猜到他的意圖，他就繃緊手臂往後一收，猛烈往牆面揍下去，好像那是不共戴天的仇人。

「嘿，你這白痴！」柏吉斯看傻了。「你想怎樣？打斷手骨嗎？牆壁又沒欠你什麼！」

隆巴揉著拳頭窩在牆角，臉部表情因憤怒而扭曲，倒不是因為疼痛，他又紅又熱的手掌貼在肚子上，惱怒地回答：「他們知道！現在只有他們知道了——但我卻沒辦法從他們口中問出什麼！」

20　刑前第3天

他臨下車前喝的那杯酒，根本一點幫助也沒有，喝完他就在監獄那一站下車了。一杯酒能做什麼？幾杯酒能做什麼？酒也改變不了事實，壞消息也不能變成好消息。厄運不能變成救贖。

他在陡坡上朝那片陰沉的建築物踽踽而行，同時納悶著：你要怎麼跟一個人說他非死不可？你要怎麼告訴他一切已經無望，連最後一絲陽光都滅了？他不知道，但他馬上就會曉得——憑藉著第一手經驗。他甚至納悶著，不來見他會不會更好，不需要見這最後一面，讓他就這樣赴死吧。

這次見面一定很悲慘，他心知肚明。他已經進到監獄裡了，還開始寒毛直豎，不過他都來了，就不能如此膽怯。不能讓他接下來這三天也過得七上八下、心神不寧；不能讓他週五晚上離開牢房的時候，還回頭盼著最後一刻能翻盤。

他步伐沉重地跟在警衛後面走上二樓，手背慢慢地擦過嘴角。「我離開這裡以後，一定要喝個爛醉！」他苦悶地答應自己，「我要喝到酒精中毒送醫，直到這事件結束為止！」

警衛準備好了，他就要面對事實。將死的事實。

這場對話就是一場死刑。提前三天先處決所有希望的死刑，慘無人寰。

警衛的腳步漸漸遠離，漸漸模糊空洞。在他的腳步聲消失後，這股寂靜讓人毛骨悚然。他們都沒辦法忍受太久。

「那就這樣吧。」韓德森最後靜靜地說。他懂。

至少是打破了沉默。隆巴原本面對著窗戶，這時轉了過來，走到他身邊拍拍他的肩膀。「兄弟，聽我說——」他才準備要開口。

「沒關係，」韓德森對他說，「我懂。從你的表情就看出來了。我們不必談這件事。」

「我又跟丟她了。她溜走了——這次溜得無影無蹤。」

「我說了，不必談這件事，」韓德森耐著性子，要他結束對話，「我看得出來這件事帶給你的影響。老天啊，我們就不要談了吧。」這會變成他在安慰隆巴，而不是隆巴在替他打氣了。

隆巴在床邊頹然而坐。韓德森身為「東道主」，讓他坐在床上，先是起身，又弓著背倚在牆上。

好一陣子，牢房內只有揉玻璃紙的聲音，那是韓德森不斷折疊著空菸包內側，折得很密實，然後攤開來，沿著線折回去之後又攤開，一遍遍重複不停歇，顯然只是為了讓手指有事情做。

沒有人可以忍受這種氣氛。隆巴終於開口了。「夠了，可以嗎？我都要被逼瘋了。」

韓德森詫異地低頭看著自己的手，好像渾然不覺。「這是我的老習慣，」他怯怯地說，「一直戒不掉，就連心情好的時候也一樣。你記得吧，對不對？每次我搭火車，時刻表一定會變這樣。看醫師或牙醫的時候，只要我坐下來候診，雜誌也會被我折成這樣。就連在劇場，節目單——」他突然住口，迷茫地看著對面，視線穿過隆巴的頭。「那個晚上和她一起看表演，我記得我那個晚上也是這樣——真好笑，這種小細節現在居然回想得起來，都這麼遲了，比這更重要的事、能幫助我證明清白的事，我都想不起來——怎麼回事？你幹麼那樣看我？我已經停下來了。」他扔掉受盡摧殘的包裝紙，讓隆巴看他兩手空空。

「不過，節目單你扔了吧？和她在一起的那個晚上。你八成和其他人一樣，節目單留在座位或扔到地上了吧？」

「沒有，她留下來了。我可記得了。很妙，但我卻記得。她問我可不可以兩份節目單都給她。她還說是要紀念她的隨興衝動。我不太記得她的用詞，但我知道她收了起來，我親眼見到她收進包包裡。」

隆巴站起身。「這有點搞頭，只要我們知道怎麼拿到手就行了。」

「什麼意思？」

「這是我們唯一能確定她擁有的東西。」

「我們不確定她是不是還收著啊，對吧？」韓德森糾正他。

「如果她一開始有意要保留，那就很可能一直收著。劇場節目單這種東西要不扔掉，要不就是好好收起來。如果當下沒丟，那就會年復一年地收著。如果我們能拿這東西設圈套就好了。我是說，這是你和她之間唯一的連結——因為那本節目單，從封面到封底，每一頁的右上角都會有折痕，你絕對不放過任何一頁。如果我們可以讓她帶節目單來，不多想——那自然就證實了你們那個晚上在一起。」

「你是要登報嗎？」

「那一類的做法。收集各種物件的人都有：郵票、貝殼、蟲蛀過的家具。我們當垃圾的東西，他們可能當成寶，什麼錢都願意付。只要收藏家開價，很多人願意割愛。」

「然後呢？」

「這樣講吧，我是劇場節目單收藏家。一個瘋癲古怪的百萬富翁，浪擲千金。這不只是我的興趣，根本到了偏執的程度。我一定要蒐集城內每一間劇場、每一齣表演的節目單。每一季我都要。我突然憑空冒出來，找個地方當臨時店面，然後就刊登廣告，四處散播消息。就當我是瘋子，願意拿錢買沒用的東西。在那幾天之內，任何人都可以拿節目單來賣。報紙可能會加油添醋，還放些照片。這年頭什麼都賣、什麼都不奇怪。」

「你設的這局破綻百出。不管你開多高天價，為什麼她會有興趣？如果她很有錢呢？」

「如果她已經沒那麼有錢了呢？」

「我還是覺得她會嗅出問題。」

「對我們來說，這本節目單很關鍵，對她來說則不是，那怎麼會察覺到有問題？她或許從來沒注意到每一頁的折角，或就算有，她也從來不曉得這代表什麼訊息。你自己都不記得了，幾分鐘前才想起來，她怎麼會記得？她又不會讀心術，怎麼知道你和我此刻在這牢房裡討論這件事？」

「這一切都站不住腳。」

「當然站不住腳，」隆巴不否認，「機會渺茫，但我們得放手一搏。乞丐沒辦法挑三揀四。老韓，我會一試，我有種奇怪的預感——這麼做會成，儘管其他調查方法都失敗了。」

他轉過身，走向牢房柵欄表示要出去。

「那麼，再見了——」韓德森試探地說。

「我們會再見面的。」隆巴回頭說。

韓德森一邊聽隆巴跟在警衛後面逐漸遠去的腳步聲，一邊心想：他不相信這能成功，我也不相信。

各大早報與晚報都登了巨幅廣告：

舊劇場節目單換現金

富有的收藏家，暫訪期間高價收購節目單。極為熱衷，有節目單就帶來，多舊多新都可以！特別徵求：最近幾季的音樂滑稽劇節目單，因為我出國了。阿爾罕布拉宮劇場、貝維德雷宮劇場、賭場劇院、柯羅秀酒店劇場。謝絕黃牛或二手代理商。約翰．隆巴。法蘭克林廣場十五號。限本週五晚上十點前交易，翌日離開。

21　行刑日

九點半，整天下來終於第一次沒人排隊了，店鋪前面只有一、兩個流浪漢經過，沒有其他人，隆巴和他年輕的助手終於可以喘口氣。

隆巴軟綿綿地癱坐在椅子上，噘著下脣，疲憊地噴氣在臉上，吹開貼在額頭上的瀏海。他穿著背心，打開襯衫領口，從褲子口袋拿出手帕擦擦臉，手帕立刻變成灰色。這些人拿節目單來賣之前都懶得先撢去灰塵，大概覺得積愈多灰就愈高價。他用手帕擦手之後，就往旁邊一擱。

他轉過頭，對身後那個幾乎被節目單高塔掩埋的人說：「傑瑞，你可以走了。時間差不多，我半小時內就會關門，看樣子人潮已經結束了。」

有個看起來年約十九歲的瘦小子站了起來，節目單疊成兩道高牆，他今天一直窩在牆中間的溝渠，聽到隆巴的話才起身穿上外套。

隆巴拿了一些錢。「傑瑞，這是三天的工資十五元。」

那小伙子看起來很失望。「老闆，你明天就不需要我了嗎？」

「不，我明天就不在了，」隆巴悶悶不樂地說，「不過，我跟你說，你要是想賺錢，就拿這些去廢紙回收，應該可以跟撿破爛的換幾塊錢。」

那小伙子睜大眼睛盯著他看。「噢，老闆，你是說你這三天買了這麼多節目單，結果全部要丟掉？」

「我就是這麼古怪的人，」隆巴不置可否，「但不要張揚。」

那男孩往外走到人行道，不斷訝異地回頭望，他覺得他瘋了，隆巴知道。他不怪他。他也覺得自己瘋了，竟然以為這招可以奏效，以為她會上鉤。這場騙局根本只有豬腦袋才想得出來。

有個女孩從人行道另一頭走來。隆巴正目送臨時工離開，才注意到她走到兩人之間。不起眼的人，不起眼的動作，只是一個女孩。一個經過的路人。她行經門口的時候，朝裡面看了一眼。然後，她只稍微猶豫了一下，或許是因為好奇，就又繼續往前走，經過空蕩蕩的窗口。不過，他頓時還以為她會走進來。

平靜的休息時間結束了，一位戴著黑框眼鏡的老先生杵著拐杖走了進來，他穿著海狸皮毛領的外套，裡面還有超高領毛衣。讓隆巴挫折的是，有個計程車司機拖著小小的復古皮箱跟在他後面，老先生在隆巴的櫃檯前停下腳步，做了一個很誇張的手勢，隆巴一時間還以為他在演戲，不是認真的。

隆巴的眼珠子往上瞧。他這幾天見多了這種人，不過能裝滿皮箱的，這還是第一個。

「啊，先生，」有個宏亮的聲音從瓦斯燈那裡傳出來，若不是手勢太誇張，聲音倒是很吸引人。「你很幸運，還好我看到你的廣告了，我可以讓你的收藏更豐富。這座城市裡沒有人可以像我一樣，幫你收藏更多節目單了。我有好幾本稀有的節目單，你一定會感動，像是以前的傑福森劇場，這年代久遠了——」

隆巴匆匆揮手拒絕，「我對傑福森劇場沒興趣，我已經有一整套了。」

「那，奧林匹亞。這——」

「沒興趣、沒興趣。我不在乎你有什麼。我已經買齊了，關燈關門之前只缺一樣。賭場劇院，上一季，你有嗎？」

「賭場劇院，嗤！」那老人當他的面哼了一口氣，氣急敗壞地說，「你跟我說賭場劇院？我怎麼會看那種低俗的現代滑稽劇？我可是美國舞臺劇圈子裡最傑出的悲劇作家！」

「看得出來，」隆巴懶得搭理，「但我們不打算再收購了。」

那計程車司機和那只大皮箱又離開了。皮箱的主人在門口站了一會，表示他的輕蔑。「賭場劇院——哼！」然後才走了出去。

安靜了一會，接著有個看似打雜女傭的老婦人上門。她還刻意戴了一頂大大的軟帽，上頭別了一朵西洋玫瑰，看起來好像是從垃圾桶撿來或是衣櫥裡遭人遺忘幾十年的飾品。她在雙頰刷了兩塊圓圓的腮紅，看起來像發高燒，顯然太久沒化妝，已經不知道如何下手。

他抬起頭看她的時候，一半同情、一半不甘願，這時又看到同一個女子，從老嫗身後經過店門口，只是不同方向。不過，這次不只是經過而已，她停下腳步，僅約一、兩秒，還倒退了一步，以便更靠近門口。她朝裡面掃了一眼，就繼續向前走了。她應該是很好奇裡頭在做什麼，他得承認這店面人來人往，很容易讓路人產生興趣，所以她才會走回來多看兩眼。剛開始還有攝影記者來採訪呢，這女子可能第一次是到前面去辦事，第二次則是折回來看。通常如果你去一個地方，都會沿原路回去，這沒什麼稀罕。

他面前這位平日做苦工的老嫗，怯生生又支支吾吾地問：「先生，是真的嗎？你真的會付錢買舊節目單嗎？」

他注意力放回她身上。「我想收藏的就會。」

她的手臂上掛了個針織購物袋，她朝裡面翻了翻。「我這裡只有幾本，先生，我以前唱合音。我都留下來了，這對來說我意義重大。『午夜漫步』和『歡樂一九一一』——」她憂心忡忡地放下節目單，手還顫抖著。她翻開泛黃的內頁，好像要讓她的人生故事更加可信。「你看，我在這裡，先生，桃莉．高登，這是我以前的名字。最後的那一幕，我在青年合唱團——」

他心想，歲月真是最殘忍的殺手，永遠不受制裁的殺手。他看著她疲憊粗糙的雙手，而不是看著節目單。「一本一元，」他粗魯地說，並伸手拿皮夾。

她簡直喜不自勝。「噢，先生，太感激您了！這筆錢真是及時雨！」他還來不及阻止，那婦人就把他的手包在她的雙掌裡親了下去。紅色的唇印馬上被淚水暈成粉紅色的線條。「我作夢也沒想到它們值那麼多錢！」

根本不值，連一毛錢都不值！「老太太，拿去吧。」他憐憫地說。

「噢，現在我可以吃飯了——我要好好吃一頓——！」拿到這筆意外之財後，她像喝醉了一樣，連步伐都歪七扭八。一名年輕女子站在那裡安靜地等著，最後才來到他面前。她一定是低調跟在那老嫗身後進來的，他沒發現她走來。這個女子已經經過門口兩次了，來回各一次。他幾乎可以確定就是她，儘管上一回只是眼角餘光掃過，太匆促而沒有明確的印象。

她從外面經過，隔著一點距離時看起來比較年輕，這時近距離站在他面前，便顯得沒那麼年輕了。這是因為她在失去青春之後仍保持身材纖細，但她已經有點年紀了，或許就像她之前的那個打雜維生的婦人，只是老化程度不同。

他後頸髮線下的細毛突然一陣細微的刺癢，他盡量不要唐突地盯著她瞧，雙眼上下掃視一遍就低下頭，不讓她察覺他的表情。

他的綜合印象是：她以前一定很漂亮，最近才開始走下坡，但青春美貌離去得甚快。她隱約散發著一股氣質，或許修養很好，但她外殼很堅硬，略顯粗糙，還有點廉價，遮掩了她的氣質，從外表幾乎看不出來。或許現在要逆齡已經來不及了。他看得出來，她老化的過程正在加速，或許是因為毫無節制地成天喝酒，或許是因為最近才開始過著困頓貧窮的生活、還無法適應，或許是她試圖用酒精來習慣貧困。他察覺到還有第三個因素，或許是她酗酒或變窮的前因，但不是她看起來這麼窘迫的主因，酒精和貧窮的影響超越了那前因：無法負荷的壓力、心神不寧、連續數個月累積的愧疚感所導致的恐懼。那個前因留下了一點痕跡，但影響力逐漸退卻。現在這樣形銷骨立是因為近因。她原本個性開朗，現在吃過了苦，應該沒有下限了，能過一天算一天。

她看起來似乎三餐不繼，兩頰都凹陷了，整張臉瘦得皮包骨。她一身黑衣，不是寡婦服喪也不是時尚的黑。這種黑色穿搭只顯得邋遢隨便，因為不怕髒。就連襪子都是黑色的，鞋子後方各露出一個白色半月型小洞。

她開口了，聲音很啞，沒日沒夜毫不節制地灌廉價威士忌，嗓音才會搞得這麼粗糙刺耳。但這時她還是流露出高尚的修養。如果她用字粗俗，那是她的選擇，因為她身旁的人恐怕也不謹慎措詞，而非她不善言詞。「你還在收購節目單嗎？還是我已經來晚了？」

「讓我們看看妳有什麼。」他防備地說。

她從廉價的大包包裡拿出兩本擱在桌上。同一個晚上，兩本成對。黎晶劇場的音樂演出，前一季的。他納悶著她那天晚上和誰在一起。那時她或許財務穩定且保養得宜，絕對沒料到有今日。他假裝對照著他要收購的項目清單，看自己的「收藏」裡還缺哪幾項。

「我好像缺這本，七十五分。」他說。

他見她眼睛一亮，他就是希望她上鉤。

「還有別的嗎？」他刻意問。「這是妳最後的機會嘍，妳知道的，我今晚這邊就要收了。」

她遲疑了一會。他看到她的眼神飄向她的包包。「嗯，你會一次買一本嗎？」

「幾本都可以。」

「只要我還在這裡——」她再次打開包包，開口朝向自己，不讓他看到包包裡面，拿出另一本節目單，然後關上包包。他發現她動作很乾脆。她遞給他節目單，他接過來，轉了個方向。

整整三天下來，這是第一本。他假裝隨意地打開內頁，翻過前面的廣告，一路到節目單介紹頁。所有節目單上都有週間時間表，「五月十七日當週節目單。」他開始呼吸不順，這就是那一週，他要找的那一週。五月二十日的那一週。他的雙眼繼續朝下，免得洩漏任何線索。只不過——右上角都沒有折痕，不像是折過又攤開，那還是會留下線條壓印。這本完全沒折過。

他很難裝作若無其事。「只有一本嗎？大部分的人會一次拿兩本來，妳知道的，如果有兩本我可以開更高價。」

她猶豫地看了他一眼，他甚至發現她的手朝包包動了一下，但她馬上就放下手。「你以為我開印刷廠，想要幾本就有幾本嗎？」

「有機會的話，我比較喜歡兩本兩本地買。妳那天沒有和其他人一起去看表演嗎？另一本節目——？」

這對話她不是很喜歡，她猜疑地環視店面，好像在看有沒有陷阱。她提高警戒，往後退了一、兩步離開櫃檯。「夠了，我只有一本。你要還是不要？」

「一本的價錢不會有兩本那麼好——」

她顯然很急著到外面開放空間去。「好吧，你開多少就——」她甚至就只想從站著的地方伸長手臂拿錢，他沒辦法讓她再靠近結帳櫃檯。

他讓她走到門邊，然後叫住她，不過聲音很和緩，不會讓她緊張。「等一下，我可不可以請妳回來一下，有件事我忘了。」

她腳步稍停，轉頭露出懷疑又尖銳的眼神看著他。這不是一個人突然被叫住時會有的自然反應。那是戒慎恐懼的眼神。他站起身，朝她勾勾手指，她小聲地叫出來，立刻驚惶拔足而奔，繞過店門口，消失在視線外。

他用力推開擋路的桌子，朝她追了過去。他力道太猛，臨時工堆起來的節目單塔在他身後坍塌，像雪崩般撒落地面。

他衝到人行道上，正見她快步朝下一個轉角跑去，但高跟鞋不聽她的話。當她回頭發現他全速朝她追來時，她又忍不住叫了出來，這次比較大聲，並且加快速度奔過下一條街，沒讓他縮短距離。

但他追上她了，就在幾碼之外，他的車停在那裡等了一整天，就希望最後會有這樣的結局。他搶在她前面，擋住她的去路，手臂攔住她，把她圈起來困在牆邊。

「好了，站好——跑也沒用。」他的呼吸很沉重。

她比他還喘，酒精讓她呼吸不順。他一度以為她要窒息了。「讓我——滾開。我——做了什麼？」

「那妳幹麼跑？」

「我不喜歡，」她的頭從他的胳臂下冒出來，想要喘口氣，「你的眼神。」

「讓我看那個包包。打開妳的包包！夠了，妳不開我就自己來！」

「放開你的手！讓我走！」

他毫不浪費時間爭執，直接暴力地從她腋間搶下皮包，肩帶硬生生被他扯斷。他打開包包，大手伸進去，用身體擋住她，讓她不能逃走。裡面有一本節目單，就和她剛剛賣給他的那本一模一樣。他扔下包包，騰出雙手。他想要翻開節目單，但每一頁都折在一起了。他必須打開每一頁上方的折角才能翻閱，每一張內頁，從封面到封底，右上角全都折起來了。他在幽暗的街燈下仔細檢查，日期和另一本一樣。

史考特・韓德森的節目單。可憐的史考特・韓德森，他的節目單終於在死刑執行倒數一個小時前回到他手邊了——老天有眼！

22 行刑之時

晚間十點五十五分

一切都到了最後，唉，一切到盡頭時總是最苦。他全身發冷，然而天氣溫暖。他渾身發抖，卻汗流浹背。他不斷對自己說「我不害怕」，監獄牧師的話他一句也聽不進去。但他很害怕，而且他知道他很害怕，誰能怪他？這是人類本能。

他全身癱直趴在床上，頭頂剃了個方塊，頭掛在床外低低看著地板。監獄牧師坐在他旁邊，一手搭在他肩膀上安慰他，彷彿要把恐懼鎖在他心裡。每次他肩膀顫抖，牧師的手就會感同身受地一起抖，不過那牧師還有很多年可活。他肩膀間歇地抽搐，知道自己死期的感覺其實很糟。

牧師低聲吟唱《詩篇》二十三。「草埔青青我伏踞，臨水憩靜他引牽——」但這沒有安慰到他，反而讓他更喪氣。他不想去冥間，他想留在人間。

他幾個小時前吃下去的炸雞、鬆餅和水蜜桃蛋糕，感覺好像全部糊在胸口，無法再往下吞，但無所謂了，反正不會消化不良，食物還來不及消化他就要死了。

他不知道是不是還有時間再抽一根菸。獄方供應晚餐時給了兩包菸，不過是幾個小時前發放的，一包已經抽完揉成一團，第二包也少了一半。他知道擔心抽菸的問題很蠢，就算他一口氣全抽完又怎樣？但他過去一直很省，一輩子的習慣很難戒。

他開口問牧師，這下打斷了他的低聲吟誦，牧師沒有直接回覆，只說：「年輕人，再抽一根吧。」接著點了一根火柴交給他。這表示時間其實不多了。

他頹然垂下頭，煙霧從灰白色的脣間飄出來。牧師的手又按住他的肩膀，穩定著他的情緒。牢房外的石造地面傳來安靜的腳步聲，緩慢到令人侷促不安，死囚房乍然安靜了下來。史考特・韓德森沒起身，反而頭更低了。香菸掉下來往旁邊滾，牧師的手力道更沉了，幾乎把他壓制在床上。

腳步聲停了下來。他可以感覺到他們站在外面，朝內看著他，他盡量不想抬頭，但還是忍不住慢慢轉過頭。他說：「是現在嗎？」

牢門緩緩旋開，獄卒說：「史考特，時間到了。」

史考特・韓德森的節目單。可憐的史考特・韓德森，他的節目單終於在倒數一個小時前回到他手邊了——老天有眼！他盯著節目單，搶下來的包包落在腳邊時也沒注意。

這時，那女人在他身旁奮力翻扭，想要掙脫，但他的手仍壓著她的肩膀。

他先小心地把節目單收進外套內袋，然後兩手架著她，在人行道上粗魯地把她拖到停車的地方。「進去，妳的道歉太無情了！妳要跟我一起來！妳知道妳差點做了什麼嗎？妳知道嗎？」

她猛烈掙扎，他開了車門推她進去。她先撲跪在裡面，才轉過來撐起身體，爬到座位上。「讓我走！我警告你哦！」她的叫聲在街上迴盪。「你不能這樣對我！會有人過來的！難道這城市都沒有警察來阻止他這樣的人——！」

「警察？妳要叫警察！想叫多少就叫啊！等我跟妳算完帳，到時妳連警察的影子都不敢看！」她想要從另一邊爬出去，但他進了車猛拉，讓她動彈不得，然後用力甩上車門。

他兩度用手扼著她的咽喉，讓她出不了聲，第一次是威脅、第二次用上蠻力，然後才屈身面對方向盤。「我從沒對女人動粗，」他咬牙切齒地說，「但妳不是女人，妳只是個住在女性軀體裡的人渣，沒用的人渣。」他離開停車格便直線往前衝。「現在不管妳願不願意，都要跟我一起來。妳最好在車上安靜點，要是想叫或是想逃，我就再給妳一記。妳自己決定。」

她乖乖就範，繃著臉洩氣地坐在皮椅上，怒視前方。他們切過街角，一路超車。好不容易在等紅燈的時候，她放棄逃跑的念頭，沮喪地說：「你要帶我去哪？」

「妳不知道，是吧？」他挖苦她，「這些事妳都不知情嗎？」

「是他，嗯？」她順從地小聲說。

「對，他，嗯？妳真是狼心狗肺！」他又用力踩下油門，兩人的頭受到衝擊都往後倒。「妳應該被人活活打死，竟然就這樣看著一個無辜的人去送死。妳從第一天到現在，有這麼多機會可以救他，一切只要妳現身，說出實情！」

「我就知道是這回事。」她聲音平板地說，低頭看著雙手，好一會之後又問，「是什麼時候——今晚嗎？」

「對，今晚！」

他透過儀表板燈光反射，看她略睜大了眼睛，好像她此刻才知道事態緊急。「我不知道——會這麼快。」她無法呼吸。

「哼，不會這麼快的，」他信誓旦旦地說，「我終於找到妳了！」

另一個紅綠燈擋下他們，他罵了髒話，坐在那裡拿大手帕擦臉，然後油門一踩，兩人的頭再度往後倒。

她坐在那裡定定看著前方。沒有焦點，不是看著道路、也不是看著擋風玻璃下方，儘管她的眼睛盯在那，卻沒看向那裡。他可以從她那一側的鏡子看到她的臉。她在想心事。或許在想著過去，總結她的人生。現在手邊沒有廉價威士忌可以讓她逃離現實了。她得坐在那裡面對現實，任憑車子飛馳。

「妳一定是砂土捏的，完全沒良心！」他又說。

沒料到她竟娓娓道出她的委屈。「你看看我受了多少折磨。你沒想過，對吧？我受的苦還不夠多嗎？為什麼我要在乎他的遭遇？或是任何人的遭遇？他算是我的什麼人？他們今晚就要殺他，但我已經被殺了！我死了，我跟你說，死透了！你車上現在坐著的只是具行屍走肉。」

她的聲音從身體深處透露著悲悽之情。沒有女人的淒婉幽怨，這是一種不男不女的苦痛呻吟。「有時候在夢中，我看到一個人，她有漂亮的房子、愛她的丈夫、有朋友的尊重，有錢，有精品，有安全感，最重要的是她有安全感！她到死之前都應該擁有那一切，這都該持續下去。我不相信那是我以前的生活。我知道那已經不是我了，但威士忌還能讓我夢下去。你知道醉夢——」

他在駕駛座上望向不斷延伸的黑暗前方，在銀色車燈中穿梭，所有車輛都甩在後頭，這景象如同神祕的潮汐起伏。他的眼睛像灰色鵝卵石，不眨不聽也不理會她的牢騷。

「你知道被丟在街上是什麼意思嗎？對，真的被丟出去，凌晨兩點，只有身上的衣服，你一被丟出去，大門就鎖上，還警告傭人不能讓你再踏進一步，否則就會被開除！我第一個晚上在公園長椅上待了一整夜，隔天還得跟自己的女傭借五塊錢，才有個小房間安身。」

「那妳為什麼不現身報案？如果妳已經失去了一切，還有什麼好怕？」

「他對我的控制不只如此，還警告我，如果我開口或是連累他的名聲，他就會送我進勒戒所。他要這麼做易如反掌，他有錢有勢，我進去了就一輩子出不來。一輩子要穿束縛衣，不聽話就沖冷水。」

「這都不是藉口，妳一定知道我們在找妳，不可能不曉得。妳一定知道這個人就快要死了。妳這人好自私，沒錯，就是這樣。如果妳這輩子沒做過任何一件好事、如果妳以後也不會做任何善事，現在有機會做一件了。妳要說出妳知道的事實，拯救史考特·韓德森。」

她沉默了好一陣子，然後她的頭緩緩轉過來。「是的，」她最後說道，「我會說的。我現在想這麼做。這幾個月，我肯定是被蒙蔽了，沒能看清這一切。我一直沒把他放心上，直到現在。我只想到我自己失去了什麼。」她再次仰頭看他。「我想要做個件好事，把握這次的機會。」

「妳非得這麼做不可。」他信誓旦旦地說，「妳那天在酒吧幾點碰到他？」

「六點十分，我們面前就有個鐘。」

「妳會跟調查人員說嗎？妳願意發誓嗎？」

「會，」她聲音聽來筋疲力竭，「我會說出來，我發誓。」

他的回答只有：「願上帝原諒妳對他造成的傷害！」

她變了，好像她腦子裡結凍的部分忽然融了、崩了。或許如他之前的觀察，那股堅強只是偽裝，準備慢慢將她悶死在裡面。她的雙手掩著低垂的臉龐，一直遮擋。她沒發出什麼聲音，他從沒看過人抖得那麼厲害，好像從心裡被撕開了一樣。他覺得她有可能這輩子都會一直抖個不停。

他沒對她說話。他沒看她，只從鏡子裡的反射瞥見她。

過了一會，他可以感覺到她情緒過了，於是雙手放下。他聽到她對著自己說：「當你決定要做一件始終很害怕的事情時，竟覺得很純粹——」

他們在靜默中疾馳，只有儀表板的光線照著他們兩人。車流減少了，全都和他們相反，沒人和他們同方向。他們早就超過速限，在平滑順暢的交通動脈上往北開，速度快到連經過他們的車輛只在窗邊留下光影。

「我們為什麼會離城這麼遠？」她這時問，稍嫌遲鈍。「刑事法庭不是在——？」

「我要直接載妳到監獄去，」他神情緊張地說，「這樣最快，省去那些麻煩——」

「你說——就是今晚？」

「大概一個半小時內。我們來得及。」

他們這時來到樹蔭茂密的鄉間。樹幹上繫了白色的繫帶，讓駕駛在黑暗中也能分辨路肩。沒有地面照明燈，只有偶爾迎面而來的車輛熾眼的白光，靠近時駕駛會暫時關掉車燈，很典型的交通禮儀。

「如果等一下路上耽擱了怎麼辦？爆胎或什麼的？打電話難道不是比較好嗎？」

「我知道自己在做什麼。妳怎麼突然聽起來這麼關心、這麼焦慮？」

「對，哦，對，我在乎了。」她深呼吸，「我一直很盲目，太盲目了。我只看到幻象，現在我看到事實了。」

「轉得很快嘛，」他不願意相信，「五個月來妳連動根指頭來幫他都不肯，一時之間，十五分鐘之內，妳著急得像熱鍋上的螞蟻。」

「對，」她溫順地說，「一時間全都無所謂了，我的丈夫、他的威脅、可怕的勒戒所，或是他所有的警告。你讓我用不同的角度看這整件事。」她消沉地揉揉眉毛，很厭世的樣子，「我想至少做一件勇敢的事，我已經受夠了，不想一輩子當膽小鬼！」

語畢，他們安靜地坐在車上，最後她又著急地問：「我發過誓的證詞就能救他了嗎？」

「至少能將死刑往後延——他們原訂今晚行刑。只要延後了，接下來就可以交給律師，他們會處理後續事宜。」

霎時，她發現他們在岔路口急往左轉，駛向一條路面凹凸不平、人煙稀少的偏僻「支線」。她太遲鈍，其實他們已經好幾次都往偏僻的地方走了。這裡的車流更少，現在幾乎沒有車輛經過他們。這條路上根本杳無人煙。

「但為什麼選這條？我以為我們剛剛走的南北向高速公路，就可以通到州立監獄。他不是在——？」

「這是捷徑。」他回答得很簡要，「抄近路省時間。」

風聲似乎變大了，接近嗚咽。他們繼續加速，不多理會。

他這時又開口，下巴靠近方向盤，雙眼直盯著前方。「送妳過去的時間還綽綽有餘。」

現在車上不只他們兩人了。在剛剛那段寂靜裡，好似第三個存在進了車，坐在兩人中間。那股冰涼的恐懼籠罩車內，隱形的雙臂冷森森地環抱著車內的女子，嚴寒的指頭探進她的呼吸道裡。

過去這十分鐘內，完全不見其他車輛的燈光，兩人之間也無話可說。樹影鬱鬱，像波浪互相拍打。晚風就是警告訊息，不容忽視。他們的兩張臉映在前面的擋風玻璃上，就像兩個鬼魂。

他放慢車速，倒車，又往旁邊轉，這次走向一條完全沒鋪柏油的泥濘小徑，根本是在樹下泥土地走。他們在凹凸不平的地面上顛簸行進，排氣管噴飛了地上的落葉，車輪輾過微露出地面的樹根，擋泥板掠過沿途的樹幹。車燈打在樹林裡，形成深不見底的黑洞，靠近他們的樹都曝光成刺眼的石筍，遠方則漆黑一片。像邪靈，兒童故事裡鬼魂聚集的幽穴，這是妖魔準備幹壞事的集合點。

她悶著聲音說：「不，你在做什麼？」恐懼把她抱得更緊了，在她頸間吐著寒氣。「我不喜歡你這個樣子。你這是要做什麼？」

他們忽然停車，懸疑感休止。當她聽到煞車聲，這才知道惡夢已成事實。他熄滅引擎，車內車外一切都靜止了。他們靜止不動，車不動，他不動，她不動，她的恐懼也毫無動作。

不，有樣東西在動。他的三根手指，原本一直握著方向盤上緣，這時不停拍打著，輪流起落，好像有人在連續敲打琴鍵。

她轉過頭，開始用拳頭打他，驚恐但虛軟無力。「怎麼回事？你說話呀！對我說話呀！不要就這樣坐在那！我們為什麼要停在這裡？你在想什麼？為什麼你露出那種表情？」

「下車。」他略揚下巴，發出命令。

「不，你要做什麼？不。」她坐在那裡瞪著他，雙眼驚慌睜大。

他伸手過去開她的車門。「我說下車。」

「不！你有別的計畫。我可以看得出來——」

他猛力推她出去，不一會兩人都站在車子旁邊，雙腳深陷落葉和泥土裡。他轉身用力關上門。樹下陰寒刺骨，四周一片漆黑，只有車前燈投射出來的兩道光束，像鬼魅的隧道。

「走這裡，」他小聲地說，便往下走去。他抓著她的手肘，確保她跟上。枯葉被他們一踩就噴出泥漿，樹林裡靜得不自然。他們愈走離車子愈遠，她僵硬地一直要往旁邊偏，死盯著他毫無回應的臉。她可以聽到自己的呼吸，在枝椏覆蓋下迴盪著。他的呼吸更靜。

他們就這樣安靜地走著，上演無法解釋的啞劇，車燈光線逐漸稀微，他們才停下來。在光線與黑暗的交界處，他停下腳步，放開她。她痙攣地雙腿一軟，他扶住她，讓她站起來，然後又放手。

他拿出一根香菸要給她，她想拒絕。「拿去，」他粗魯地堅持，硬要塞進她嘴裡，「最好抽一根！」他替她點菸，用手罩著火光。這個小動作像一種儀式，讓她恐懼加倍，一點都沒有比較安心。她吐了一口氣，嘴唇不受控制、闔不起來，香菸便掉落在地。他小心地跨過去，踩熄菸蒂免得點燃樹葉。

「好了，」他說，「現在回車上去吧，順著光線一路走回去，回到車上等我。不要四處張望，只要直走就好。」

她似乎聽不懂，或是畏懼到無法自己行動。他得輕輕推她，她才能起步。她踉蹌了一下，步伐不穩地踩在窸窸窣窣的枯葉上。

「往前走，就順著燈光，像我講的一樣。」他的聲音從她背後傳來，「不要回頭看！」

她是個女人，膽顫心驚的女人。他的告誡出現了反作用，她不可抑制地回了頭。

他已經掏出手槍，還沒完全舉起，但手臂已抬了一半。他一定是趁她往前走時，靜靜地在她背後舉槍。

她發出尖叫，像驚弓之鳥伸出爪子，命在旦夕，試圖在墜死之前再往上飛一次。她想要再縮短兩人的距離，好像靠近一點就不會有危險。

「不要動！」他冷硬地警告她。「我已經想辦法讓妳好過了，我叫妳別回頭。」

「不要殺我！為什麼？」她求饒著，「我知道的全都說出來了！我說我會！我真的會！我會——！」

「不，」他冷靜得令人生畏，「妳不會，而且我會確保妳一個字都不說。去跟他說吧，你們在黃泉路上相遇時告訴他吧，半小時後你們就會見面了。」他伸直手臂準備開槍。

車燈照射下，她的剪影清清楚楚。她被困在車前，來不及逃到暗處躲藏，因為車燈照射範圍極廣，她在原處迷糊地掙扎，又多看了他一眼。

一眼瞬間。

槍響如雷鳴，迴盪在樹頭。她的尖叫如合聲。

他一定沒瞄準，畢竟兩人站得那麼近。他的槍口應該有在冒煙，但是卻看不見，不過她的腦子已經無法給出一個解釋了。她什麼感覺都麻痺，她還站著，嚇到沒辦法跑，什麼都沒辦法做，只能在原處顫抖，像電風扇前的彩帶。他卻往旁邊一跌，倒在樹幹上，動彈不得地趴在樹上，好像在懺悔他剛剛的行為。她看到他一手捂著另一邊肩膀。他的槍落在枯葉堆上，毫無殺傷力，像是起不了火的炭。

一道人影迅捷地從她後方跑來，沿著光線衝到他身邊。她看到這人持著自己的手槍瞄準趴在樹下的那個人。他往下一蹲，落葉上的那把槍就不見了。他再往前一步，他們的手腕處閃過一道銀光，傳出了金屬聲響。隆巴頹墜的身軀先被樹幹撐了一下，接著便倏地滑落。

在沉悶的死寂中，第二個男人的聲音清楚地傳進她耳中。

「我以謀殺瑪榭拉．韓德森的罪名逮捕你！」

他把一樣東西放進嘴裡，接著聽見悲悽的哨音綿延不絕。然後三人之間又靜了下來。

柏吉斯關心地低下身子，扶起她，她嚇得跪在滿地落葉上，雙手摀著臉不斷啜泣。

「我知道，」他安慰著她，「我知道很可怕，結束了，現在都結束了。妳完成任務了。妳救了他。靠在我身上，沒關係。好好哭一場吧。盡量哭。妳一定有很多眼淚。」

她可憐兮兮地停住了眼淚。「我現在不想哭。我現在沒事了。只是——我以為沒人能趕得及——」

「若只是開車尾隨你們兩個的話就趕不及。他飆得那麼快。」第二輛車幾分鐘前就在前面停下來了，駕駛根本追不上。「我不能冒這個險。我整路都在車上，你不知道嗎？我一直躲在後車廂。所有對話我都聽到了。從妳一走進他的店鋪，我就躲在後車廂了。」

他拉高音量，回頭對著樹下手電筒光源喊，那是第二批人馬。「葛雷，是你們嗎？回頭一點——不必浪費時間找了，趕快去高速公路那裡找最近的電話，打給檢察官。我們只有幾分鐘時間。我會開另一輛車跟著你們。跟他們說我押著約翰・隆巴，殺害韓德森太太的凶手已經自白了，將話傳給獄卒——」

「你沒有線索可以指控我，」隆巴怒吼著，因疼痛而滿臉猙獰。

「沒有嗎？你剛剛給了我那麼多線索，我還需要什麼？我逮到你準備冷血謀殺一個你一小時前才剛見面的女子！除了她有可以救韓德森的證據、解除他的罪嫌之外，你還能為了什麼動手？而且你為什麼這麼不願意救韓德森？因為那表示整起案件要重新調查，檢警就可能發現你涉案。這就是我的證據！」

州警踩著重重的腳步朝他們走來。「要幫忙嗎？」

「帶她到車上。她今晚受了很多刺激，得有人照顧。我來負責這傢伙。」

人高馬大的州警扶她起來，手臂攙著她。「她是誰？」他朝著光線前進時回頭問。

「很重要的人，」柏吉斯在後方回答，扣住他身旁的犯人，「所以麻煩你走慢一點、手腳輕一點。警官你手上牽的那位，是韓德森的心上人，凱蘿・瑞齊曼。我們最優秀得力的人手。」

23　刑後某日——

傑克森高地，柏吉斯的小公寓裡，他們在韓德森無罪開釋後首度見面，柏吉斯刻意為他們安排在他家見面，讓她在這裡等韓德森下火車。正如他所說：「誰想要在監獄大門外相見？你們兩個已經受夠多苦了。在我家等他吧。或許只有以分期付款買來的便宜家具，但至少不是監獄接待室。」

他們在沙發上依偎著，柔和的燈光下，氣氛格外安詳寧靜——儘管心中仍有點驚魂未定。韓德森摟著她，她的頭則靠在他的肩窩。柏吉斯走進來看著這兩人，不禁喉頭一緊，「兩位可好？」他不想透露太多情緒，結果口氣顯得有些生疏。

「老天，這一切看起來真是美好，對不對？」韓德森讚嘆著，「我幾乎忘了這一切有多麼美好。地板上的地毯、燈罩散發出來的柔和光線、背後的沙發抱枕。還有，你看，最美好的是——」他的下顎支在她的頭頂，「這一切都是我的。我又可以擁有這一切了，我還有接下來的四十年！」

柏吉斯和那位女子互看了一眼，憐憫與同情盡在不言中。

「我剛剛從地檢署過來，」柏吉斯說，「他們終於拿到他完整的口供了，簽名、封緘，也都送去法院了。」

「我還是不懂，」韓德森搖搖頭說，「我到現在還是沒辦法相信，到底背後有什麼陰謀？他愛瑪榭拉嗎？據我所知，她這輩子才見過他兩次吧。」

「據你所知。」柏吉斯冷冷地說。

「你是說他們私會過？」

「你難道沒發現她經常外出嗎？」

「我知道，但我沒多想。她和我早就形同陌路。」

「嗯，問題就在這裡，」他在屋內轉身。「韓德森，我想有件事應該要跟你講清楚。儘管說這個已經晚了，但不管怎樣你總該知道，那只是單戀。你太太並不愛隆巴。如果她曾經動了感情，或許今天還能活著。她誰都不愛，只愛她自己。她喜歡別人追求她、奉承她，喜歡四處留情、引人上鉤，但無意認真。可能碰上九個男人都不是問題，但第十個就危險了。對她來說，他只是個外出的伴，在她的想法裡，她可以用他來報復你：向自己證明她並不需要你。遺憾的是，他就是那第十個男人。他根本不適合玩這種感情遊戲。他這輩子都待在鳥不生蛋的油田裡，根本沒什麼和女人相處的經驗，對這種事情也毫無幽默感。他待她很認真，當然這點更合她的胃口，桃色遊戲玩起來更有真實感。

「不用懷疑，她設計了一場美夢給他。她一定知道這遊戲最後會如何發展，她一直讓他相信到最後，任他去規畫有她的未來，心裡卻很清楚她根本不會和他在一起。她讓他簽下南美洲油田公司五年的合約。拜託，他甚至還在那裡挑了一間別墅，請人精心裝潢。他一心以為只要他們到了那裡，她就會和你離婚，嫁給他，畢竟男人到了這年紀就不是孩子了，這樣玩弄他的感情，他受傷很深。

「她不但沒有慢慢讓他認清楚現實、讓他復原情傷，反而用最殘忍的方式傷害他。她到最後一刻都還不願意放手：電話熱線、午間小聚、晚餐約會、計程車上的熱吻，她需要這一切來滿足她的自尊。她已經習慣了，要是對他攤牌，她只能想念有人這樣殷勤地追求，所以她能拖就拖。他一直等到他們應該要啟航到南美的那一天，等到他打電話到你家給她——在你出門之後——準備要接她去碼頭。

「她為此賠上性命我一點也不意外，她要是沒賠上性命我才覺得奇怪。他說你還沒出門之前他就到你家了，躲在上一層的樓梯間，一直待到你負氣離開。剛好那個晚上沒有保全值班，所以沒人看到他進來。我們也都很清楚，沒人看到他離開。

「總之呢，她開門讓他進你家，然後又坐到梳妝檯前，他問她是不是已經打包好行李、準備動身的時候，她開始笑他。她那天真的很喜歡用訕笑來回應每個人。她問他難道真的相信她會葬送社交生活，下半輩子都隱身在南美洲，就只為了當他的小女人，看他要不要娶她嗎？最重要的是，她如果離開，不就把你白白送給其他女人了？她安於現況，才不會把手上緊握的籌碼拿去賭。

「但最主要的是，她的笑聲切斷了他的理智線。如果她一邊流淚一邊說話，或者不帶表情地說話，他說他就不計較了。他或許就會走出去喝個爛醉，至少他離開的時候她還會活著。這話我也相信。」

「是他殺了她。」韓德森低聲說。

「是他殺了她沒錯。你扔下的那條領帶還留在地上。他可能在對話之前就無意識地撿了起來，一直握在手中自己也沒發現，直到後來起了殺意。」他彈了彈手指。

「我懂他的處境。」凱蘿低頭看著地板，吁了一口氣。

「我也是，」柏吉斯同意道，「但他接下來的行為就不可饒恕了。他背叛多年好友還刻意嫁禍。」

「我到底哪裡對不起他？」韓德森問，但口氣中沒有恨。

「他說這一切都怪你，他當時不懂，至今仍然不懂，就算過了這麼久，其實這一切都是她造成的。是她無情地拋棄他。他沒辦法理解是她個性使然，她只是想搞點緋聞，他卻誤以為她對你舊情復燃。所以他怪你，是你害他失去了她，所以他恨你，他想要報復於你。失控的妒意加上他愛的人已經死了，他更是失去理智，走上絕路就是這樣。」

「吁。」韓德森輕嘆。

「他離開你家，沒人發現，然後就一直跟著你，想要趕上你。他在樓梯間聽到你們的爭執，給了他大好機會，可以嫁禍在你身上的好機會。他說他原本打算和你巧遇，假裝無意間遇到你，花點時間跟你聊天，讓你自己種下禍因。他本來要說：『哈囉，我以為你和你太太在一起。』然後很自然地，你會接著說：『我剛剛出門前才和她大吵一架。』他必須聽到你親口說出你們吵過架，他需要你自己說，他不能提起，否則就洩漏了他在樓梯間偷聽到對話。這件事必須由你來告訴他，親口說出，你懂嗎？

「他打算在旁邊灌醉你——假設你還需要人灌才會醉，然後他會陪你回家，這樣當你發現殘酷的事實時，他就在旁邊，如此一來就能不情願地告訴警方，他聽到你說離開家之前才和她激烈爭執過。對他來說，你就是一個避震緩衝器，他安排得很巧妙，陪丈夫回到殺妻現場，自己就自動變成別人犯罪事件裡的無辜證人，用最安全有效的方法消除罪嫌。

「他在自白的時候毫不隱瞞——甚至在我看來，也毫無悔意。」

「是哦。」凱蘿鬱悶地說。

「他以為你是單獨一人。他已經聽到你要去的那兩個地方了，你那天下午遇見他的時候，有提到你要帶太太去白屋餐廳，再去賭場劇院。他不知道你會去酒吧，你自己臨時起意走進去之前也不曉得。

「他直接去白屋餐廳，在玄關處仔細勘查，不引人注目。他有看到你，你那時候才剛走進去，他看到你和別人在一起。這下完全打亂了他的計畫。他不但沒辦法坐在你旁邊、套出你們吵架的事情，這個未知的第三人可能在某種程度上還有辦法證明你的清白，就看你離開家之後隔多久遇見她。換句話說，他才剛見到她就知道她會是關鍵人物，這影響到你和他的嫌疑誰輕誰重。所以他改變了策略。

「他抽身離開，在餐廳外的街上徘徊，跟你們保持足夠的距離，可以看到餐廳門口又沒有暴露行蹤的危險。他知道你接下來就要去賭場劇院，但他不確定，當然了，他不能假設你還會照原訂計畫走。

「你們兩個走了出來，搭計程車過去，他也搭了一輛尾隨，然後跟著你們進劇場。聽我說，這招很厲害，他買了一張站票，就和那些臨時客一樣。他站在樂團後方，有柱子擋著，整場表演都可以看到你的後腦杓。

「他看著你們離開，差點就在人群之中跟丟了，還好他很幸運。他完全不曉得盲眼乞丐的事，因為他不敢跟那麼近，不過那時候你的計程車花了一點時間才能靠近人行道，讓他又有機會跟上你。

「你最後帶她回到安森墨酒吧，當時他還不知道那就是這一切的關鍵。他還待在外面流連，若是在吧檯附近，一定會被你發現。他看到你當時留她一個人在那裡單獨離開，他就知道你在家裡吼的那段話是真的：你會邀請你見到的第一個陌生人代替你太太，好度過這一個晚上。

「他得馬上決定，是要繼續跟著你、卻在人群中失去她的線索，或是轉移注意力到她身上，調查她能幫你多少、害他多少？

「他沒猶豫太久，他運氣還夠，靠直覺就做出對的決定。那時他若再巧遇你也太遲了，沒什麼說服力。做得太勉強不但無法加罪於你，反而還會露餡，當時他的船在幾分鐘之內就要開了，照理說他這時早該上船了。

「他決定讓你走，改跟著她，完全不曉得這個決定有多麼正確。他在酒吧外面等，偷偷監視她，他知道她不可能整個晚上都待在酒吧裡，總會有一個終點。

「這時她出現了，他躲在遠處讓她先行。他還算精明，沒有當下就向前攀談。那只會洩漏身分，搞不好最後她反而能證明你的清白。他上前問她那晚的事只會留下證據、加重他的罪嫌，所以他聰明地決定先探她的底細，看她要去哪裡，以後若有需要還能找得到她。只要他知道她住在哪裡，就可以先按兵不動，將來再看她在案情中能幫你多少。他要先回溯你那晚的行蹤，推敲出你們第一次見面的地方，還有你們是在你離家之後多久相遇的。如果她對這樁謀殺案很重要，他得小心湮滅證據。先找出你們見面的地點，再確定他能不能說服她閉嘴。如果她不願意配合，他也承認打算用更黑暗的方法來滅口。為了擺脫第一件謀殺案的嫌疑，他願意犯下第二件。

「於是他開始跟蹤她。她不知為何那麼晚了還步行離開酒吧，不過這樣倒方便他跟監。剛開始他還以為她就住在附近，從酒吧出來走沒幾步就到了，但她愈走愈遠，不像住附近的樣子。這時，他懷疑她會不會是發現有人跟蹤，打算帶他繞路亂走一通。但他後來覺得不是這麼回事。她看起來毫無察覺也毫無警覺，只是漫無目的地閒逛，幾乎是在遊遊蕩蕩，即使街道櫥窗的燈都熄了，但只要經過，她一定會停下來看，或是停下腳步摸摸街貓，想去哪就去哪，任意改變路線也完全沒有壓力。如果她想甩掉他，她大可攔一輛計程車或是跟警察講一、兩句話。她沿路碰到不少警察，但她都沒有靠近過。他無法解釋她難以預測的飄忽行蹤，只能說她沒有目的地，隨意漫步。她衣著打扮都很講究，絕不是遊民，但他也無法判斷她到底是什麼來頭。

「她沿著萊辛頓大道走到五十七街，往西轉後走到第五大道上，往北走了兩個路口，在薛曼將軍廣場的長椅上坐了一會，好像當時是下午三點一樣。差不多每三輛車經過就會有人慢下來，問她在那裡做什麼，她不勝其擾，最後終於離開，繼續往東走，穿過五十九街，記下每個精品櫥窗的陳設布置，隆巴在後面跟著，火氣愈來愈大。

「終於，正當他以為她就要步行跨越皇后大橋到長島的時候，她忽然轉進五十九街盡頭的窮酸小旅館。他從她身後瞧，發現她在櫃檯登記住房，看來就和街頭漫步一樣隨性。

「一確認她離開視線範圍後，他就走進去看她的名字和房號，自己也要了一間房。他簽名的時候，看到登記表上最後一個名字是『法蘭西絲．米勒』，住二一四號房。飯店給他安排了兩個房間，他都挑三揀四，後來確定住進她隔壁的二一六號房。那房間已經爛得差不多了，只比軍舍好一點，所以他挑三揀四並不令人起疑。

「他上樓在房內待了一會，主要從他自己房內監視，看她有沒有離開房間到走廊上，後來他相信她閒晃一整晚終於要好好休息了，等他回來的時候她應該還在旅館。一時間他無法取得更多證據。他可以從門上氣窗看出她房內的燈光，那旅館年久失修，他在房內就可以聽到她的一舉一動，推敲出她在做什麼。他聽到她吊掛外衣時鐵絲衣架在結構簡單的衣櫥裡敲出聲響，當然了，她沒有任何隨身行李。他可以聽到她走動時輕輕哼著音樂，後來甚至推斷出她哼的就是〈小妞小妞蹦蹦〉，那個晚上你帶她去看的表演。他聽到水聲嘩啦嘩啦，是她準備要就寢了。最後，氣窗後面的光線熄滅，他甚至可以聽到她上床時破舊床墊的彈簧聲。他在自白書裡非常詳盡地描寫了這一段。

「他在黑暗中走過房間，靠近窗戶，外頭就是通風井，他勘查從那裡進入她房間的方法。窗簾降下來到離窗櫺約三十公分處，不過他拉長身子從窗戶往外探，就可以在黑暗中看到她床頭的香菸還冒著火光，足以推敲出她床鋪的位置。這兩間客房的窗戶之間有一條排水管，外牆有個突出的部分可以供他踩踏。他記了下來，如果有必要，等他回到旅館之後，他可以從那裡爬過去。

「確定她的狀況之後，他離開了旅館，當時還不到凌晨兩點。

「他趕緊搭計程車回到安森墨。他這時要死守在那裡了，有很多機會可以和酒保打好關係，調查他掌握哪些情報。他找了個適當的時機提起她，你知道那種打聽人的問法：『我剛剛看到有個孤伶伶的人自己在這裡坐了好一陣子，那是誰？』或那一類的問題，先探探酒保的口風。

「酒保本來就很多話，只要開個頭，就會源源不絕說出自己看到的事。說她之前只來過一次，大概六點，跟別人出去了，後來那男人又帶她回來，結果留她一個人在酒吧。

「問話只要有技巧，在一、兩個問題之內就可以切入重點，曉得你一走進來沒花多少時間就開始搭訕她，當時才剛過六點。換句話說，這資訊完全凌駕隆巴的恐懼程度，她不只可以保護你，還是你的超完美救贖。他得立刻處理掉，下手要快。」柏吉斯這時中斷敘事，問道，「我講這麼久，會不會讓你很無聊？」

「這就是我的人生。」韓德森苦澀地說。

「夜長夢多，他當下就進行了第一樁交易，在其他酒客眼前。反正那酒保很好買通，就像成語說的，手到擒來。『要花多少錢，你才能忘記曾在這裡看到那女人遇見那傢伙？你不必忘記他來過，只要忘記她的存在就行。』酒保開了一個不小的數字。『就算警方來調查也能守口如瓶？』酒保聽他這麼問之後有點遲疑，隆巴當下就加碼五十倍。他手上有一千元現金，鈔票一大疊，原本是準備要帶瑪榭拉到南美雙宿雙飛。酒保立刻就沒話說了，不但如此，隆巴還低聲下了冷血的威脅。他顯然很擅長威脅，可能是因為他不說空話，聽的人也知道他是說真的。

「酒保從那時候開始就三緘其口，就算後來他知道了這案子的細節，我們也完全沒辦法從他口中套出任何資訊。不只是因為他收了一千元，他擅長保密又怕得要死，其他人也都一樣。你也看到鼓手克里夫．密爾本的下場。隆巴心狠手辣，完全不開玩笑。他這輩子個性都是那樣。

「搞定酒保之後，他順著你幾個小時前的路線，一步步來收買證人。我也不必給你所有細節了。當時很晚了，餐廳和劇場都已經打烊，但他設法聯繫上那些人。他為了找到其中一個，還跑了一趟佛瑞斯山丘，叫醒那人再回來。直到凌晨四點，他的任務終於結束。他還接觸了另外三個要共謀的人：計程車司機艾爾普、白屋餐廳的領班，還有賭場劇院票務櫃檯的小弟。計程車司機只要說他沒見到女人上車就行，領班要分錢給你那桌的服務生，畢竟他們兩個要聯手才不會穿幫，他得確保服務生說的話沒有破綻。票務櫃檯那個人後來竟變成他的盟友，就是透過這個人才曉得，有個大嘴巴樂手吹牛說他和這女人看對眼了，至少他是這麼聽說的，然後他建議隆巴處理掉那樂手。隆巴到謀殺案的隔天晚上，才有機會聯絡上那個樂手，不過他很幸運，我們首輪調查時根本沒盤問他，所以他雖然沒即時找上那樂手，倒也還沒事。

「這時再一個小時就要破曉，他的工作已經結束，確保她消失在所有人的記憶中。只剩一個人要處理，就是那女人。他回到旅館準備要動手。他承認他已經下定決心，不會花錢要她閉嘴，他要用更有效持久的方式——殺人滅口，這樣他才不會有危險。其他人都可能鬆口，但不會留下證據。

「他回到她隔壁的房間，在黑暗中坐了一會，仔細盤算。他發現在這樁謀殺案裡，他的嫌疑還比較重，勝過你太太的謀殺案，不過他只是個在樓下用假名登記住宿的陌生男子，沒用約翰．隆巴這名字。他還是打算上船前往南美，要是有人在附近見到他，之後被指認出來的機率有多少？會有人懷疑『他』殺了她，但不會有人知道『他』是誰。聽懂了嗎？

「他走出去，貼在她門上聽。房內很安靜，那時她應該睡著了。他小心地試了一下，但如他所料，房門上了鎖，他沒辦法進去。他還是可以從兩扇窗之間的排水管墊腳石進到她房裡，他一直都沒放棄那方法。

「她房間的窗簾還是降下來到離窗檽一呎左右，就和之前一樣。他安靜又敏捷地爬出窗外，踩在排水管墊腳石上穩定重心，然後毫不費力地躍到她窗臺上，從窗簾下面爬進房內。

他什麼都沒帶，只打算空手用床單殺死她。

「他在黑暗中摸索到床邊，舉起手臂，揪起被套避免她尖聲大叫。但他手一下去被子就坍了；床上沒人。她不在那裡，消失了。就像她來的時候行蹤飄忽，她又走了，在破曉前一小時，只在床上躺了一下。她留下兩段菸蒂，梳妝檯附近有些粉痕，床單皺成一團。

「等他最深層的恐懼退卻後，他就下樓有意無意地問起旅館的人，他們說她在他回來不久前才離開，還了鑰匙，悠閒地走到街上。他們不知道她朝哪個方向走，也不知道她要去哪裡，只知道她退房了——就和來時一樣神祕。

「他的計畫報應在他身上了。他花了一整個夜晚和大筆錢要把她變成你身邊的女鬼，結果這時真的像鬼魅般消失了。這完全不是他想要的結果。這樣一來，不確定性太高太危險，她可能隨時又會出現。

「他在那短短幾小時內，感覺去了鬼門關一遭，但他沒有太多時間，如果還想搭船離開就得趕快出發。他知道希望多渺茫。他知道，就連你我也都清楚，短時間之內要在紐約找人多麼困難。

「他四處找她，狂亂到不達目的絕不善罷甘休，但他沒辦法再找到她。過了一天，又過了一夜，他的時間到了，沒辦法繼續留下來尋人，也只好放手。他的狀況就像是頸子後頭隨時懸著一把斧頭，時時擔心斧頭落下來。

「謀殺案過兩天，他離開紐約，一天之內經過邁阿密和哈瓦納，終於在第三天趕上他原訂的那艘船，他跟船上人員說他啟航那夜喝醉了，錯過船期。

「這就是為什麼，當我用你的名字傳訊給他時，他那麼急著趕來。他正需要一個理由、放下一切回到紐約。他一直很慌，這會終於可以回來結案。大家都說凶手犯案後會回到犯罪現場，這對他來說就像磁鐵一樣。你向他求助，這就是他最需要的藉口。他可以名正言順回來『幫你找她』。他未完成的死亡追緝終於可以告一段落，確保他找出她的下落，確保她死無對證。」

「這麼說來，你那天到牢房時，已經在懷疑他了，還用我的名義發訊息。你從哪時候開始懷疑他的？」

「我沒辦法明確說是哪一天或哪個時間點。從我改變想法認為你無罪之後，就愈來愈懷疑，從頭到尾我都沒有確切的證據，所以我才得那麼迂迴。他在你家沒有留下指紋，他碰過的東西一定都擦得很乾淨。我記得我們發現，好幾個門把都擦得乾乾淨淨、毫無痕跡。

「剛開始，那只是你偵訊過程中提起的一個名字，一個老朋友，邀請你去參加告別餐會，你很遺憾不能去。我原本安排要訊問他，只是希望他能幫我們更了解你的背景。我發現他搭船離開了，就和你說的一樣，但我無意間也發現，根據船運公司的紀錄，他啟航那天沒搭上船，三天後才搭了小船從哈瓦納趕上。還有一件事，他原本訂了兩張票，他和他太太，可是當他上船時只有一個人，接下來全程都獨自一人。順帶一提，他從來沒有結婚的紀錄，也從來沒有太太，所以我又深入調查了一下。

「其實這並沒有特別值得懷疑的地方，你也曉得。很多人確實會趕不上船期，尤其是他們會在啟航前狂歡一番。也有些新娘在婚前反悔、退縮，或是兩人都同意將婚禮延後。

「所以我當時沒多想，但我也沒放掉這線索。他沒趕上船、後來單獨搭船的事，我一直放在心上，算他倒楣，我一直注意著他。被警察盯上總沒好事。後來，當我不再相信你有罪之後，案情留下一段空白，必須透過推理才能填補。他的這些事情又開始冒出來，在我察覺之前，這些線索就開始補滿了原本案情不明確的部分。」

「你完全把我蒙在鼓裡。」韓德森說。

「我只能這麼做啊。當時什麼都不明朗，最近才有些突破。其實是等到他把瑞齊曼小姐拐進樹林裡的那個晚上，我們才比較清楚。要是跟你討論他的嫌疑，這風險太高了。你八成不會懷疑他，搞不好還會憑藉義氣警告他。或是就算你願意相信我、配合我，但你一旦有所懷疑，就沒辦法演戲。他搞不好會察覺到你態度有異，然後我們變得綁手綁腳。你知道，你當時壓力很大，我覺得最安全的方式，就是利用你當一個不知情的媒介，不要讓你知道自己扮演的角色。這並不容易，簡直是要你擔任劇場的特技演員——」

「我以為你瘋了——或者如果我還是原本正常的自己，我一定會瘋掉。你不斷不斷不斷地重複問我每一個小細節、小動作、每一段對話，就是為了這個計畫。你知道我那時候以為你在幹麼嗎？我以為那是止痛劑，讓我不要一直去想死刑日。所以我聽你的話，你問我什麼我就一直回想，只是話經常鯁在喉中。」

「你的話鯁在喉中，我的心懸在空中。」柏吉斯嚴肅地笑了。

「調查過程中發生了那麼多意外，跟他有關係嗎？你有辦法調查出來嗎？」

「每一件都有。最奇怪的是，其中克里夫・密爾本的死亡最有可能是謀殺，經過調查後竟然真的是自殺。當然酒保是死於意外，但另外兩件看起來像意外的其實都是預謀殺人。他犯下的兩起謀殺案，死者分別是盲人乞丐和琵兒海特・道格拉斯，當中都沒有一般常見的凶器，盲人乞丐的死法特別殘忍恐怖。

「他留那盲人在房間裡好一會，表面上是要到街上打電話給我。他知道那瞎子怕警察取締他裝成殘障人士詐騙行乞這回事，知道那乞丐一定馬上想逃離現場，於是就在那等著。他一走到門外，就在樓梯口繫一條很粗的黑線，裁縫用的那種，大概到腳踝的高度。一邊綁在欄杆的底部，另一邊綁在牆頭釘子上，然後他打開燈。他知道那假瞎子這時會張開眼看路，他假裝腳步聲漸行漸遠，你知道那種小詭計，然後他躲在樓梯下面，從樓梯口看不到的地方等著。

「那瞎子慌慌張張衝出來，急著要在隆巴帶警察回來之前離開，所以他設的陷阱奏效了。那條線絆倒他，讓他整個人滾下來，頭先撞上牆。雖然那條線斷了，但威力很夠，他沒摔死，只是頭骨破裂，失魂無神地躺在那裡。隆巴趕緊回到樓梯上，跨過他，先上樓收起陷阱和斷線。

「然後他回到那動彈不得的人身旁，徒手檢查後發現他還沒斷氣。他的頭撞上牆，往後折成不自然的角度，頸子不能動，就像一座吊橋，肩膀平貼在地板上，頭半倚在牆上。他固定好頸子的位置，站起身，抬起一條腿然後重重踩下去——」

凱蘿立刻別過頭。

「對不起。」柏吉斯低聲說。

她又轉頭回來。「這是案情的一部分，我們應該要曉得。」

「那時候他才走出去打給我。當時他人就在一樓大門口，等我的時候刻意一直和員警說話，如果要接受調查，員警可以證明他一直在警方視線範圍內。」

「你在現場就看出端倪了嗎？」韓德森問。

「我那個晚上送他回家之後，才去太平間驗屍。我看到死者兩條小腿都有那條線留下來的紅色印記，還看到他頸子後方有灰塵。那時候我才搞懂事發經過。從這兩點看，謀殺就可以成案，但那時候還沒法靠這件案子判定他涉入你太太的謀殺案，線索太薄弱。我比較想要繼續等下去，辦大案。盲人的事情只是小案，我不想因小失大。而且我不希望在時機還不成熟的時候就逮捕他，結果證據不足又放他走。我一抓到他就要定罪，所以我一直沒說出來，繼續看他發展下去。」

「你說那個抽大麻的樂手，死因跟他無關？」

「儘管現場有兩種不同的刮鬍刀，但看起來樂手不是他殺的。克里夫・密爾本吸毒之後過於畏懼消沉，所以割斷了自己的咽喉。安全刀片有可能是前任房客或他朋友借用浴室時留下來的。

「行為學家會很感興趣，他在自殺的時候，本能地迴避了用途不同的工具，這是所有人都會有的反應，這就是為什麼我們的太太拿安全刀片削鉛筆時，我們男人會皺眉頭。」

凱蘿輕聲地說：「經過那一晚之後，我永遠都不會再拿刀片了。」

「但道格拉斯太太是他殺的？」韓德森好奇地問。

「他那次下手就更俐落了。她家地板很平滑光亮，玄關階梯前有條長地毯，一路延伸到落地窗前。這樣鋪很危險，他自己在地毯上打滑了一下，才興起這個念頭，她當時還笑了他。他一邊和她說話，一邊用眼睛打量環境。那條又長又直的地毯簡直就是在邀請他拿來當犯案工具。他在心裡做了個記號，她得站在那裡才能一滑就整個人失衡往後跌出窗外，他算好距離之後就一直記在心裡。聽起來很容易，實際上沒那麼簡單，尤其你一邊走動一邊對話，只能分神去準備謀殺的時候。

「這不是我靠假設重建的犯罪現場，他全部親口承認，並且白紙黑字寫了下來。從他動了殺機之後，死神就在兩人中間跳舞，他慢慢地導引她到那個位置。他開好支票之後便站起來走向窗邊，好像要讓風吹乾墨水。他接著側身一站，要她收下支票，於是他順勢離開了地毯。他伸出手好像要遞支票給她，他沒移動步伐，只在原地伸出手臂，所以她得靠近來拿。這就是鬥牛士所用的技巧，牛往紅披風衝過去，不會刺到鬥牛士。她朝向支票前進，來到了他的側邊。她一就定位，他就鬆開指頭，將支票交給她。

「她專心看著支票上的字樣，一時間沒有其他動作，他立刻往旁邊一站，穿過客廳，像是要急著離開。走到玄關口，他轉身看著她，對她大聲說『再見！』她抬起頭，眼神離開支票，準備轉身——這時身體還背朝窗戶。這就是他需要的位置和姿勢。如果面對或側對著窗戶，她可能會攀在窗框上。背對窗戶就沒辦法了，人類的手臂沒辦法往後旋扭。

「他身子一蹲，毯子拉起來高過頭部，再放下，簡單俐落。他說她像一陣風飛了出去，甚至連尖叫的時間都沒有。他一定是在她要開口說話的時候下手。

「她的鞋子飛落到地板上時，人已經整個摔出去了。」

凱蘿瞇起眼睛，「這比用刀槍殺人更過分，過程中還包括了多少心機、算計和欺騙！」

「對，但這很難向陪審團證明。他的手沒碰到她，從二十呎外殺人。證據當然還在那條地毯上，我一進去就看到了。地毯縐折的地方比較靠近他，她站的位置反而平順，只是離窗邊偏了點。如果真的是她滑倒或失足，那應該反過來，縐折會在她那邊，是她的腳踢開了地毯。他站的位置應該很平順，震動不可能傳那麼遠。

「現場有一根香菸還在燃燒，好像是她留下來的。那只是他故布疑陣、想假裝她在我們抵達前才剛墜樓，而他十五分鐘前就已經打電話給我了。如果我忽略掉這條線索的話，至少在我抵達消防局前和他會合時，他已經花八到十分鐘和我的員警在一起。

「我沒被他唬了，但他所布下的機關花了我三天時間才做出滿意的推論。那個直立式菸灰缸架中間有個讓菸灰落下去的洞，經過長長的支架，最下面的底盤就能接住菸灰。那裡應該有道活門，但他卡住活門。他拿三根正常尺寸的香菸，拔掉其中兩根的濾嘴，相接在一起，變成一根三倍長的香菸，最後一根的商標留在末端，這樣才有足夠的長度讓我調查。然後他點燃香菸，一根接著一根燒下去，通常那樣斜放的香菸，又有流通的空氣，就算沒人抽也不會自己熄滅。餘燼慢慢地從第一根燒到第三根，前兩根燒完就掉下去，完全不留痕跡；第三根完整擱在菸灰缸架上，留在原處，正如他所安排，我們抵達的時候看起來就只像一段完美的菸屁股。

「這個不在場證明對他來說反而綁手綁腳，如果他略過這一點反而容易脫身。為了要建立這個不在場證明，就不能跑太遠，他得趕快回來，香菸才派得上用場。他得挑個很近的地方，還要一眼就能讓人認出來，如此一來騙局才完整，這樣我們兩個才沒有理由在外面調查或問問題。所以他選了消防局，看一眼就知道在哪裡，我們可以立刻回到她的住處。

「也就是說，他為了靠香菸建立不在場證明，反而削弱了他證詞的可信度。她何必給他一個明顯的假地址，派他到附近走一圈？她要不給他真的地址，或者不給他任何地址，或——真要將他耍得團團轉，就該給他一個很遠的假地址，讓他整個晚上和隔天白天都疲於奔命，這樣她可就輕鬆了。總之，他想要製造謀殺犯另有其人的假象，寧可犧牲證詞的合理程度。畢竟已經有盲人乞丐被殺的前例了，我想他不敢冒太多風險。

「除了這項重大失誤，他其實執行得很完美。他還讓電梯服務員聽到他對著空房間說話，在他身後緩緩關上門，讓他誤以為是隆巴離開之後，她自己關的門。

「我想我也可以用這個案子來辦他，」不過他接著說，「但還是沒辦法認定他殺了你太太，所以我又裝傻，讓他自己重述案情。」

「用凱蘿當誘餌，是你的主意嗎？」韓德森問。「幸好我之前不知情，如果我事前知道，你絕對沒辦法——」

「是她提議的，不是我。我原先要找外面的女性來當替身。她很堅持。她氣勢堅定地走進我們布下的崗哨，在他要收攤的那個晚上看著他在雜誌店裡忙碌，就很堅持說她要進去面對他，不管我准不准，她都會進去。拜託，我根本沒辦法阻止她，只能讓她去。我們去劇場找來化妝師，好好地易容一番，然後就送她進去了。」

「你想想看，」她對著兩人任性地說，「難道要我坐在那裡，看那隨便找來的女演員搞砸這齣戲嗎？時間已經不多，不能再出錯，我們已經沒時間了。」

「她從來沒出現過，對嗎？」韓德森若有所思，「我是說真正陪我去看表演的那個人。最奇怪的就是，不管她是誰、究竟在哪裡，她真的很會玩捉迷藏遊戲。」

「她才沒這閒工夫，也根本沒玩遊戲。」柏吉斯說，「這才是最奇怪的地方。」

韓德森心驚了一下。「你怎麼知道？你是說，你終於有她的下落了嗎？你查出她的身分了？」

「對，我找到了她的下落。」柏吉斯簡略地說，「有些時日了。我已經知道她原本的身分好幾個星期，到現在已經好幾個月了吧。」

「原本的身分？」韓德森倒吸一口氣。「她死了嗎？」

「不是那個意思。她還活得好好的，起碼身體還活著。她住在精神崩潰到沒救的那種療養院裡。」

他慢慢將手伸進口袋，開始翻出許多信封和紙張，任那兩個人目瞪口呆地望著他。

「我親自去探視過，不只一次。我也跟她說過話，對話的時候不會覺得她精神失常，只是有點恍惚迷濛。但她連前一天發生的事情都不記得，過去的回憶更是一片模糊霧茫茫。她沒辦法幫我們辦案，一點用都沒有，更不可能作證。所以我沒說出來，繼續用我們的方法調查。我們唯一的機會就是找人取代她，用他的口將自己定罪。」

「多久──？」

「她在和你看過表演之後的三週內入院，後來一直進進出出，最後一次住進去就沒出來過了。」

「你怎麼找到她的？」

「很迂迴，現在已經不重要了。那頂帽子自己現身在舊貨店，你知道，有的人會拿不要的東西去賣個幾分錢。我的手下看到了那頂帽子，我們循線追查回去，就和隆巴一樣，只是方向相反。有個老太婆在回收箱撿起帽子，拿去舊貨店兜售。她指出那個回收箱之後，我們包圍了整個社區，進行地毯式搜索，花了好幾個星期，這才終於找到那個拿帽子去回收的女傭。她的雇主不久前住進療養院。我問了她先生和全家人，除了她自己之外，沒人知道她和你相處過，但他們給我的資訊足夠讓我確定那就是她了。她那樣行蹤不定已經好一陣子，經常徹夜一個人在外遊蕩，或自己住進旅館。有一次，他們還發現她日出時坐在公園長椅上。

「這是他們給我的。」

他遞給韓德森一張快照，一個女人的快照。

韓德森認真地看了很久，終於點點頭，但比較像是給自己信心，而不是向他們確認。

「對，」他低聲說，「對——我想這就是她。」

凱蘿立刻從他手上抽走那張照片。「不要再看她了。她這輩子對你造成的傷害已經夠多了。你現在這樣很好，繼續不記得她。來，照片拿回去。」

「當然，這有助於我們辦案，」柏吉斯收起照片，「那個晚上，我們替凱蘿喬裝易容的時候，就參考了這照片，化妝師可以把她妝扮得很像這個人，足以騙過他。他只從遠處在光線不足的時候見過她。」

「她叫什麼名字？」韓德森問。

凱蘿立刻揮揮手。「不，別告訴他。我不希望她跟著我們。我們要展開新生活了——那裡沒有幻影鬼魂。」

「她說得沒錯，」柏吉斯說，「結束了，埋葬這段過去吧。」

即便如此，他們三人還是安靜了好一會，想著她；他們未來還是會時不時想起她。這種事總是會糾纏你一輩子。

他們走到門口離開前，凱蘿挽著他的手臂，韓德森轉過身面對柏吉斯一陣子，眉頭深鎖。「這整起事件應該要有個理由，或至少給我們一點心得吧。你是說，她和我經歷了這一切——都只是冤枉？這件事應該至少要給我們一個教訓。」

柏吉斯拍了他的背一下，催他上路。「如果你想要一個教訓，我說啊，不要隨便帶陌生人去劇院，除非你很會記住別人的長相。」

【Mystery World】MY0006X

幻影女子【83週年經典回歸】

Phantom Lady

作　　者❖康乃爾・伍立奇（Cornell Woolrich）
譯　　者❖葉妍伶
封面設計❖馮議徹
內頁排版❖HAMI
總 編 輯❖郭寶秀
選書策畫❖許鈺祥（冬陽）
編　　輯❖江品萱
行銷企劃❖力宏勳

事業群總經理❖謝至平
發 行 人❖何飛鵬
出　　版❖馬可孛羅文化
臺北市南港區昆陽街16號4樓
電話：(886)2-25000888
發　　行❖英屬蓋曼群島商家庭傳媒股份有限公司城邦分公司
臺北市南港區昆陽街16號8樓
客服服務專線：(886)2-25007718；25007719
24小時傳眞專線：(886)2-25001990；25001991
服務時間：週一至週五9:00～12:00；13:00～17:00
劃撥帳號：19863813　戶名：書虫股份有限公司
讀者服務信箱：service@readingclub.com.tw
香港發行所城邦（香港）出版集團有限公司
香港九龍土瓜灣土瓜灣道86號順聯工業大廈6樓A室
電話：(852)25086231　傳眞：(852)25789337
E-mail：hkcite@biznetvigator.com
馬新發行所城邦（馬新）出版集團【Cite (M) Sdn. Bhd.(458372U)】
41, Jalan Radin Anum, Bandar Baru Seri Petaling,
57000 Kuala Lumpur, Malaysia
電話：(603)90563833　傳眞：(603)90576622
E-mail：services@cite.my
輸出印刷❖前進彩藝股份有限公司
初版一刷❖2025年06月
定　　價❖400元（紙書）
定　　價❖280元（電子書）

國家圖書館出版品預行編目資料

幻影女子／康乃爾・伍立奇（Cornell Woolrich）著；葉妍伶譯. -- 二版. -- 臺北市：馬可孛羅文化出版：英屬蓋曼群島商家庭傳媒股份有限公司城邦分公司發行, 2025.06
面；　公分. --（Mystery World；MY0006X）
譯自：Phantom lady
ISBN 978-626-7520-93-2（平裝）

874.57　　114005652

ISBN：978-626-7520-93-2（平裝）
EISBN：978-626-7520-92-5 (EPUB)

城邦讀書花園
www.cite.com.tw